Franziska König

Auf dem Krähenberg

Erinnerungen

Meinem lieben Onkel Hartmut gewidmet

TWENTYSIX – Der Self-Publishing-Verlag
Eine Kooperation zwischen der Verlagsgruppe Random House und
BoD – Books on Demand
© September 2020 von Franziska König
Titelbild: Omi Ella in jungen Jahren an ihrer Schreibmaschine
Zuschnitt: Andreas Rothfuß, Blankenfelde
Herstellung und Verlag: BoD –Books on Demand Norderstedt
ISBN: 9783740768645

Franziska (Kika) mit ihrer Violine – fotografiert von ihrer lieben Freundin Ute aus Rottweil.

„Wenn ich dereinst verstorben bin, so schweigt auch meine Violine!" so denkt sie.
Und drum bringt Franziska alle vier Wochen ein schlankes bis vollschlankes Taschenbuch heraus.
Sie eifert dem heiligen Petrus nach, der immer alles in sein goldenes Buch schrieb.
Erzählt werden Geschichten aus dem Leben, die von erhöhtem Interesse sein dürften.
Jeden vierten Dienstag um 18.05 wird das fertige Manuskript in die Umlaufbahn entsandt.

Die Vorkömmlinge finden sich am Schluß des
Buches im Personenverzeichnis

Hier die engste Familie vorweg:

Opa, (*1909) Opa mütterlicherseits
Oma Ella (*1913) Omi väterlicherseits
Buz, mein Papa (*1938)
Rehlein, meine Mutter (*1939)
Ming, mein Bruder (*1964)

Oktober 2000

Sonntag, 1. Oktober
Aurich/ Ostfriesland

Mehlig verhangen

Heute begann ich meine Violinstudien mit dem zweiten Satz vom Korngold-Konzert, und meine Gedanken wanderten dabei zu meiner Mutter, die dieses Werk einst mit großer Hingabe gespielt hat, wenn sie auch nur selten zum Üben kam, da damals so viele lose siebziger Jahre-Typen bei uns ein- und ausgingen, die sich durch Buzens gute Lehren zu Spitzengeigern formen lassen wollten.

Die Noten wimmelten von Buzens liebevoll ersonnenen Fingersätzen, die er in seinem juvenilen Schwung jedoch meist viel zu voreilig niedergeschrieben, und bald darauf wieder durchgestrichen und durch vermeintlich klügere ersetzt hat. Manchmal schrieb er auch den klügeren Fingersatz einfach auf den weniger klugen drauf, so daß man zwei Zahlen übereinander sah.

Als um halb vier der Wecker zum vierten und letzten Male ertönte, um den geigerischen Feierabend einzuläuten, hätte ich eigentlich froh und erleichtert sein müssen, doch mir ging's wie einem langjährigen Knastinsassen, der nun gar nicht mehr wüsste, was wohl mit der Freiheit anzufangen sei?

Am Nachmittag kam eine Fernsehsendung die mich interessierte: Über „Kinder auf dem Eis". Aber vielleicht sollte ich lieber schreiben „Kinder uffm Eis", weil das Geschehen in Chemnitz spielte. Ein kleiner, zirka 10-jähriger Junge trug einen kuriosen, allgemein ungebräuchlichen Namen: „Mac-Dennis", der vielleicht zu einer Burger- und Pommesbude gepasst hätte, weniger jedoch zu einem jungen Eiskunstläufer, wie ich fand.

Der arme Junge hat so eine gräßliche Mutter, so daß er gar nicht mehr gescheit eislaufen kann, wenn sie mit ihrer russischen Pelzmütze, dem erschreckend dünnen Näschen und einer von krankhaftem Ehrgeiz zerfressenen Miene dabei sitzt.

Die Mutter kommt „von driiibn", und der Vater ist ein vietnamesischer Koch, der nur wenig vom Eislaufen versteht, und somit zuhause blieb.

Bei einem Wettkampf wurde die Mutter immer ganz sauer, wenn der Sohn stürzte.

Bedrohlich sauer nach Ehefrauenart.

„No, *der* kann was erleben!" schoben sich ihre bedrohlichen und schwefelgelben Gedanken unter der Pelzhaube durch das Glas des Televisors hindurch in *unser* Heim!

Und auch eine prominente Dame mit Namen „Anett Pötsch", eine Variation von unserer Freundin Ute M., sah man wieder. Sie, einst medaillenbehangen, umjubelt und gefeiert ist heute Eislauflehrerin in der Schule für besonders ehrgeizige Aufstreblinge, und

die neuen Eislauflehrer sind viel netter als die alten, wie beispielsweise die 71-jährige Jutta Müller, die ja noch vom „olten Schlooche" ist.
Trotzdem mußte auch Annett Pötsch einmal heftig und laut werden, weil ihre 12-jährige Schülerin Carolin auf eine pubertäre Weise die Halle verlassen hatte, nachdem es sie beim Doppel-Axel beständig auf den Po „hieb". „Hiergeblieben!!" so hieß es barsch, „du kannst nicht von allem davonrennen!"

Ich empfinde es immer so beruhigend, wenn ich bei Regen die schöne, heimelige Lampe im Wohnzimmer der Runges von gegenüber leuchten sehe. Dann fühle ich mich den Nachbarn so verbunden, daß ich gar nicht mehr das Gefühl habe, allein zu sein.
Im Geiste spann ich bereits meinen begonnenen Früchtebrotbrief an Rehlein und Ming weiter: Daß ich mich immer so sehr an der vorbildlichen Lebensweise der Runges miterfreue: Herr Runge steht morgens immer zeitig auf, um ein wirklich gemütliches Frühstück abzuhalten. Dann kocht er sich einen köstlichen Kaffee, holt das Brot aus der Brotbackmaschine, bestreicht es mit feinster Marmelade, und entfaltet genüsslich das Tagesblatt.

Montag, 2. Oktober

Vormittags sonnig – abends bewölkt

Ob sich die Nachbarn in der Graf-Enno-Straße wohl wundern, daß die Frau König nicht mehr da ist und statt ihrer nun einfach eine andere Frau König in jung dort lebt?

Ich stellte mir vor, *daß ich Herrn Reimers Schrift einem Graphologen zur Begutachtung vorlege: „Den werden Sie doch hoffentlich nicht heiraten wollen?!?"* ruft der Graphologe fast entgeistert aus, um eindringlich fortzufahren: *„Das ist die Schrift eines psychisch SCHWERSTkranken Menschen! – nicht schwerkrank sondern <u>schwerst</u>krank!"* betont er mehrmals.

Die Buchstaben stehen paradontitisch und zusammenhangslos nebeneinander und manche Buchstaben sind so klein, daß sie praktisch „wie verschluckt" ausschauen.

Im Combi:
An der Kasse sagte eine Mutti zu einem Dreikäsehoch, der sich an irgendwelche Süßigkeiten ranmachte mit so einem ungeheuerlichen Nachdruck: „Nein, Alexander!" Streng betonte sie jede einzelne Silbe des langen Namens, und beständig hörte man nun im stressigen Einkaufsgewimmel, wie die Mutter lehrerinnenhaft „Alexander" sagte. Ein

scheußlicher Name, zumindest wenn er so lehrerinnenhaft ausgesprochen wird. So lang und mahnend - viel zu lang für so einen Pimpf.
(Alexander den Kurzen)
Nun schoben sich mir Gedanken an die entsetzliche Mutti vom kleinen Halbvietnamesen „Mac-Dennis" in den Kopf. Eine Frau in deren Aura man sogar durch die Fernsehscheibe hindurch gefrieren muß.
„Was haben wir doch für ein Glück mit Rehlein!" dachte ich dankbar.

Ming muß morgens ganz früh aufstehen, weil er einen Englisch-Kurs in Wien besucht.
Blanker Hohn wäre es, wenn man in der ersten Lektion lernte: „My name is Jim!" Wo doch das Lindalein jetzt mit einem Herrn namens Jim liiert ist.

Mit Buz am Telefon sprach ich über die Arbeit in der Musikschule.
„Ich würd´ sterben, wenn ich so etwas beruflich machen müsste!" rief ich theatralisch aus. Andererseits war ich aber Feuer & Flamme bei der Idee, am 9. Oktober an Buzens Statt die Musikschulkonferenz zu besuchen.
Ich will sagen, ich hätte ganz genau den gleichen Charakter und die gleichen Vorstellungen wie mein Vater, und dann säße ich authistisch und in der Nase wühlend da, beschelmte ich Buz durch den Hörer.

Dienstag, 3. Oktober

Grau aber angenehm. Hi und da leuchtete die Sonne matt, aber gutmütig auf mich herab. Z.B. als ich auf der Friedhofsbank saß

Z.Zt. lebe ich so, als ginge ich noch oder wieder in die Schule: Nach einem streng ausgetüftelten Stundenplan.

Um Siebene ist´s nun immer noch dunkel. Trotzdem riss ich das Fenster ganz auf, so daß die nasskalte Tauluft kühl und etwas morbide ins Zimmer hereinwehte.

Zu einem ausgiebigen Teetrunk reichte es mir kaum, da ja um 7 Uhr 50 die erste selbstaufgebrummte Schulstunde anhob: Korngold: Die letzte Seite vom zweiten Satz auswendig lernen.

Die mühsame Krümelarbeit tat z.T. fast weh, aber ich spornte mein müdegewordenes Hirn immer wieder an.

Immer wieder assoziiere ich an verschiedenen Stellen des musikalischen Gewebes verschiedene Dinge:

An einer Stelle z.B., Hank Backxs, den Chef der niederländischen Seite des Musikalischen Sommers, der mir mein Benzingeld noch immer nicht herausgerückt hat, und sich am Telefon immer verleugnen lässt. An anderer Stelle die unheimliche Chemnitzer Eislaufmutti mit dem dünnen Näschen unter ihrer russischen Pelzhaube.

Zur Mittagsstund sah man, wie die Ina mit ihrem Tuchrucksack das Haus verließ. Sie stellte sich an die Straße und wartete auf ihren Udo (so habe ich den Liebhaber, den man als Dauerknutschenden eigentlich nur von hinten kennt, genannt.)
Es schaute aus, wie eine nachgestellte Szene aus einem Kriminalfall.
Weil sie so dastand und wartete, wartete ich oben am Fenster einfach mit, und spielte dazu auf meiner Violine.

Ich fänd´s schad, wenn später auf meiner Parte stünd, daß man von Beileidsbezeugungen absehen möge.
Mit diesem Gedanken befand ich mich auf dem Friedhof und überlegte, daß es so toll wäre, wenn überall auf den Grabsteinen draufstünd´, was wohl wirklich zum Exitus dieses Menschen geführt hat?
So, wie es bei den Künstlern einer Lebenslaufsreform bedarf, bedürfte es eigentlich auch einer Grabsteinreform.
Unfaßbar, wer alles auf dem Auricher Friedhof liegt: Gustav Mahler fand dort seine letzte Ruh´, aber auch der Metzgermeister de Boer, mit dessen Wittib ich leicht befreundet bin, und der zwei Tage vor Silvester starb!
Der Friedhof wurde in warmes Abendsonnenlicht getunkt – nach Art eines zärtlichen Lächelns auf einem milden Gesicht.

Dann radelte ich ganz langsam nachhause. Ich fuhr durch die friedliche abendlich leergefegt wirkende Fußgängerzone, die in einem matt rosa Abendlicht so da lag, und fühlte mich nach dem Friedhofsbesuch etwas anders als zuvor: Ein bißl wie jemand, der aus dem Grabe wieder an Land gestiegen und jetzt unsichtbar ist.

Buz wollte die Hilde an ihrem heutigen Geburtstag nicht anrufen. „In fünf Jahren vielleicht", sagte er vage. Dann ist sie 41 und wohl kaum noch erotisch für ihn?

Mittwoch, 4. Oktober

Grau und windverblasen

Buz bekam eine Absage für die Professur in Stuttgart, und ich ärgerte mich schrecklich darüber, und fand es so ungeheuer schamlos von den Verantwortlichen. Einfach so, und ohne jede Begründung – bloß weil man sich wieder mit einem ordensbehangenen Russen schmücken möchte.

Ich mutmaßte schon ganz richtig, daß die Überschriften der Ostfriesischen Nachrichten gewaltig gewesen sein müssen, da die jetzt alle ausverkauft waren?

Das waren sie in der Tat, wie ich dann später in der Musikschule bemerkte: Durch die Graf-Enno Straße(!) sei ein Slipräuber gelaufen!
Eine etwas mildere Variante des Frauenmörders von Kehl.
Jetzt versuchte er dies vor dem Staatsanwalt als lustigen Scherz hinzustellen, auch wenn er während der ganzen Verhandlung laut heulte.
Eigentlich war die Sünde ja nicht soo schwerwiegend, fand auch der Staatsanwalt, doch die beiden jungen Damen seien so erschrocken! Er habe gesagt, er schießt, wenn sie ihr Unterhöslein nicht abziehen und ihm mitgeben.

Zum kleinen Sebastian, der auf seinen Unterricht wartete, sagte ein Mädchen zänkisch: „Gib mir den Gameboy, Sebastiaaan!" und den Namen sprach sie buchstabierend und lamentierend aus, so daß es sich anhörte als sei´s ein abscheulicher Name.
Seine Schwester Franziska, wie ich später erfuhr.

Im Unterrichtszimmer durchblätterte ich die Zeitung, und las dabei Folgendes: Ein Ehepaar, das nach Paris gereist war, kehrte nach Hause zurück, und dort wartete eine unschöne Überraschung:
Der 14-jähriger Sohn hatte eine kleine Feier mit zwei bis drei guten Freunden veranstalten wollen, doch es kamen einige mehr – z.T. auch ungebetene Gäste.
In angesäuseltem Zustand demolierte man die

Wohnung auf´s Übelste, und fuhr hernach auch noch das Auto zu Schrott.

Dem kleinen Kümmeltürken Denniz hab ich heute eine gelangt, weil er mir den Tennisball ins Auge geworfen hat. Danach war er etwas zugänglicher, weil er als Türke womöglich nur die Sprache der Fäuste versteht? Dabei hatte ich ihm so nett einen Hut gefaltet, und etwas kindergärtnerinnenhaft verkündet, wenn man den trüge, so könne man bald alle Lieder spielen.

Donnerstag, 5. Oktober

Bewölkt. Manchmal zart-lieblich
ohne Sonneneinschlag.
Abends bedrohliche schwarze Wolken

Wer hätte jetzt gedacht, daß mich die warmen Harmonien im letzten Satz vom Korngold-Konzert in einen regelrechten Sinnesrausch versetzen?

Ich rief die Omi auf dem Krähenberg an.
Die Omi klang ganz normal, und ich teilte Buzens Meinung, daß sie gar keinen erneuten Schlaganfall bekommen habe.
(Eine Entsetzensmeldung, die gestern vom zum Dramatisieren neigenden Onkel Eberhard durch die Telefonleitungen gejagt wurde.)

Beim Üben fiel mir wie aus dem Nichts heraus ein längst vergessener Moment aus meinem langen Leben ein: Wie Frau Leonskaja mich einmal fotografiert hat. Einfach so. Nur damit sie ein Erinnerungsfoto von mir hat, oder aber, weil sie sich einen neuen Fotoapparat gekauft hatte. Das fand ich sehr nett.

Ich mußte auch über die Backpfeife, die ich dem kleinen Kümmeltürken gestern verabreicht habe nachsinnieren, und wunderte mich, warum seine Mutter wohl keinen Rabbatz macht? Doch darüber braucht man sich eigentlich nicht zu wundern, da er es niemals zugeben würde, daß ihm eine Dame eine Ohrfeige herabgehauen hat.
Im Geiste erzählte ich der Verwandtschaft, daß es wohl nicht mehr sehr lange gut geht mit mir und der Musikschule? Ich küsse und schlage meine Schüler, und beides ist verboten. Ersteres sogar noch strenger als letzteres!
Dem kleinen Denniz habe ich eine Ohrfeige herabgehauen, so daß seine Brille quer durch den Raum flog. Doch die Erinnerung daran tut wohl....

In der Zeitung war zu lesen, daß sich der Mörder von John Lennon vergebens auf seine Entlassung nach 20 Jahren gefreut hatte.
„Ich bin sicher John hat mir längst verziehen" barmte er, um die Jury weichzustimmen.

Der kleine Christoph sagte ein zuvor festgelegtes Sprüchlein auf: Daß er nämlich nicht dazugekommen sei zu üben, weil er bei seiner Oma war.
Als wir einen simplen Zweizeiler einstudierten, bebte er vor Anspannung und Konzentration, so als würde diese simple Tastendrückerei seine geistige Kapazität förmlich sprengen.

Wieder las ich interessiert in der Zeitung:
Einem Englischlehrer wurde wegen grobem Unfug gekündigt, denn er hatte den Schülern eine dubiose Aufgabe gestellt: Sie sollten einen Mordplan und dessen raffinierte Vertuschung für ihn ausbrüten. Ein jeder durfte sich ein Opfer aussuchen, dessen Namen zu ändern ihm freigestellt war... wahrscheinlich hatte der Englischlehrer ja selber jemandem am Wickel, den er gern um die Ecke geräumt haben wollte, und bei 32 Schülern, so hatte er sich ausgerechnet, wird wohl zumindest einer dabei sein, der ihn auf die richtige Idee bringen könnte?

Abends hob mir ein E-Mail von Onkel Dölein aus Übersee die Stimmung. Einfach nur aus jenem Grunde, weil der Onkel an uns gedacht hat.

Freitag, 6. Oktober

Manchmal wunderschön.
Amerikanisches Kleinstadtwetter und dann doch
wieder dunkle Wolkenbänke
und Regenspritzer am Fenster

Ich lebte wieder nach meinem neuen Lebensmuster, so, als wenn ich der Lehrer Runge wäre.

Ich war froh, daß Frau Meyer erst *nach* meiner Frühstückspause kam, denn so gern ich Frau Meyer hab, so merk ich doch, daß die Unterhaltungen mit ihr eigentlich immer nach folgendem Schema ablaufen:
„Wie geht´s Ihnen – Dir??" (mit Überschwang (von mir.))
„Guuut" (mit beschwörendem Nachdruck)
„Wie war die Feier letzte Woche?"
„Gut"← halt immer ein wenig so.

In der Zeitung las ich über den Muttermord-Prozess in Leer.
Der 39-jährige Sohn habe seine Mutter nur deswegen umgebracht, weil sie angefangen habe zu zetern, und dann wollte sie ihm auch noch seine neue Liebe madig machen. Na, man weiß ja wie das ist.
Böse Zungen denken jetzt womöglich, daß es nicht einzusehen sei, warum ein tüchtiger junger Mann

womöglich lebenslang hinter Gitter muß, bloß weil es ein mißgünstiges, zetriges altes Weib weniger gibt?

Obwohl ich so froh war, daß Buzens bebrillter Schüler Heye nicht kam, hinterließ das Nichterscheinen des letzten Schülers doch einen schalen Nachgeschmack.

Ming las mir am Telefon einen Brief vom Lindalein vor. Die Linda gab sich sicher Müh, doch es war ihre amerikanische Persönlichkeit, die in diesem Brief zu Wort kam.
Mings warmer Antwortbrief, den er mir ebenfalls vorlas, erinnerte mich wiederum an den jungen Opa.
„Mir fehlt ein begeistertes „Au ja!"" schrieb der süße Ming über die anvisierte Ägyptenreise.
An anderer Stelle schrieb Ming vielsagend: „„..oder möchtest Du warten bis ich Dich nicht mehr liebe? Dann kannst Du warten bis ich gestorben bin." Worte, die ebenfalls vom jungen Opa hätten stammen können.

Samstag, 7. Oktober

Manchmal zart und zauberisch,
doch hi und da auch streng bewölkt

Ich träumte, *daß ich in einem riesigen Saal wieder die Schule besuchte. Unglaublich viele Leute – meist ältere*

Sahnehäupter – saßen in dem schön beleuchteten Saal ziemlich eng beieinander. Die Wände aus schwarzem Samt waren mit goldenen Wandleuchten und gesäumt.
Dies träumte ich, weil ich gestern auf dem Friedhof war, denn *in der Mitte des Saals gab es eine Reihe, wo die Leute Rücken an Rücken saßen – und genau so eine Reihe mit Grabsteinen gibt´s auch auf dem Friedhof.*
Des Rätsels Lösung: Es wurden zwei Klassen in einem Raum unterrichtet.
Zu Schulbeginn mußte man seine Lebensgeschichte in Romanform mitbringen. Etwas, was die Verwandten so nett für mich gemacht hatten, und nun hatte ich die zusammengehefteten Blätter vor mir. Auf das letzte Blatt hatten sie noch zwei Fotos draufkopiert, die mich als possierliches und jubilierendes Kleinkind zeigten.
Dann war Omi Mobbl eine ähnliche Überraschung geglückt, wie sie mir im wahren Leben mit der Gesine vorschwebt: Ein Bote brachte mir einen Schulbeginnskuchen, den Mobbl vor ihrem Tode noch extra für mich gebacken, und eingefroren hatte. Auf die Verpackung hatte Mobbl zur Sicherheit geschrieben: „Mindesthaltbar bis 11/02"

Aus dem Combi trat eine vor Ärger ganz bleiche Mutti, und zerrte ihren Zeter- und Mordio schreienden zirka vierjährigen Sohn wüst hinter sich her.
Ich wunderte mich, warum man so gut wie nie eine schöne und idyllische Familienszene zu sehen kriegt?

Selbst wenn´s vielleicht mal kurz nett ist, so sitzt man doch meist auf Kohlen, irgendeine Unbedachtsamkeit könne die kostbare Friede-Freude-Eierkuchen-Atmosphäre wieder zum Einsturz bringen?

Sonntag, 8. Oktober

Zuerst wunderschön, dann bedeckt, und schließlich entschwand der Tag nieselnd in die Dunkelheit

Das Wetter lud eigentlich zu einem Ausflug ein, doch den verschob ich – quasi genau wie die Mutter in dem Roman „die Klavierspielerin" (von Elfriede Jellinek) auf später, weil sich ein Mensch mit Weitblick im Moment immer gar nichts gönnen mag.

Ich schaute einen Report über einen erschlagenen Mohren in Dessau, den man im Sarg liegen sah. Für den Sarg hatte man ihn gekleidet wie zu einem Bewerbungsgespräch: Er trug eine edle Krawatte, und der Anblick griff auch mir ans Herz.

Hernach rang ich die Omi im Spital an. Es meldete sich der Onkel Eberhard. „Am Krankenbett von Ella König!" meldete er sich auf seine schicksalsgerupfte Art dramatisch. Im Hintergrund hörte man beständig hessische Wortfetzen mit rustikalem Inhalt.

Montag, 9. Oktober

Nach nassgeregnetem Beginn warm und herbstlich

Ab 7 Uhr 50 bin ich z.Zt. ganz „Tüchtigkeit" – so, wie einst in der Schule.

Auf dem Marktplatz:
Einmal radelte mir Herr Backa entgegen. Der einst so furchteinflößende Mathematiklehrer hat seinen Schrecken verloren, und wirkte ausgeglichen, unverbindlich und einfach „nur normal". Ich grüßte ihn freundlich und wäre so gern noch netter und persönlicher geworden, da es immerhin ein Herr ist, der schon mal seinen Sohn begraben mußte, und dies, so heißt es, sei der schlimmste Schlag für Eltern. Nun hat er nur noch seine Tochter Anna, die jedoch in die USA ausgewandert ist.
Doch wie es immer so ist: Man <u>will</u>, tut's aber nicht, und eines Tages ist's zu spät.
So wie ich Herrn Hamann ja auch nie erzählt habe, daß er im Traum mein Gesicht einmal mit zarten Küssen bedeckt hatte.

Ich schrieb den Brief an Frau Picker zuende. Um Poesie bemüht, schrieb ich ihr, daß ich wünschte, sie säße da, und stattdessen stünden aber nur drei leere Stühle um den Tisch herum.

Buzen sagte ich im Geiste über das Ableben von Herrn Hamann: „Zuerst war es mir einerlei, jetzt aber beginnt es doch zu schmerzen. Also gerad andersherum als bei Leuten, die man geliebt hat.
Später, unter der Dusche mußte ich noch darüber nachsinnieren, daß man die Leute viel mehr liebt, wenn sie gestorben sind, und ob es umgekehrt nicht besser wäre?

Um Punkt 20 Uhr gab´s ein Konzert im Radio. Die Midori spielte das Tschaikowski-Konzert auf ihrer Violine. Ich weiß nicht, ob´s wirklich toll war? Der Ton kam mir leicht steril vor, und hi und da schlichen sich gar leise Unsauberkeiten ein. Doch leidenschaftlich und wohl interpretiert klang´s allemal!

Dem Beätchen schrieb ich, daß mir die Arbeit in der Musikschule jetzt Freude machen würde.
Wahrscheinlich, weil sie jetzt vorbei ist. Und die Kollegen würden sich mittlerweile anfühlen wie echte Kollegen (so kollegenhaft).

Am Abend kam ein Anruf Buzens, und ich erfuhr, daß ich die ganze nächste Woche weiterunterrichten müsse. Da freute mich die Arbeit nicht mehr so.

Dienstag, 10. Oktober

Meistens grau, feucht und regnerisch

Draußen in der Dunkelheit regnete es klatschend. Morgens bereite ich mir neuerdings immer einen Karokaffee zu, und stelle mir vor, es sei ein heißes Pennergetränk, das ich mir fröstelnd in klirrendkaltem Morgengrauen an einem Kiosk im Stuttgarter HBF kaufe, und es kostet 4 Mark 90, die ich mir am Vortag in der Fußgängerzone zusammengegeigt habe.

Das System, nach dem ich derzeit lebe (Stundenplan wie in der Schule abstottern), scheint mir das beste zu sein, das ich jemals hatte! Doch das denkt man am Anfang ja immer. Zumindest vom Substraht her ist es aber wirklich das Einträglichste.

Nachteile hat es natürlich auch: Hauptsächlich diesen, daß sich die Tage zu sehr ähneln, und es schwer wird, etwas Neues ins Tagebuch zu schreiben.

Heute gab es für Frau Meyer irgendwie gar nicht soo viel zu tun, da ich die Küche so überaus schön geputzt hatte. So saugte sie ein bißchen, und zum Schluß wedelte sie noch mit Rehleins buntem Staubwedel herum, um die vorgeschriebene Zeit voll zu bekommen.

Ich übte derweil in Mings verwaistem Kabüffchen, und schaute dem Treiben im Hause gegenüber aus einer winzig veränderten Perspektive zu. Ich spielte so leidenschaftlich und fantastisch Korngold, daß ich mich wundern mußte, warum Frau Meyer sich nicht wundert?

Frau Meyer nahm´s ganz selbstverständlich.

Unter ihrer Perücke sprießt schon wieder gelbliches Haupthaar, und morgen früh um neun muß sie zur Nachuntersuchung ins Krankenhaus.

Dann war ich wieder allein und zog gleich wieder in mein Zimmer um, weil man in meinem Alter so gewohnheitsam wird, und das Haus der Ottens aus seiner richtigen Perspektive beobachten will.

Am Morgen hatte ich bereits gesehen, wie sich die Stephanie wie alle Tage zur Arbeit begab, und sich im Auto eine Cigarette anzündete. (Ein Ritual!)

Ich stellte mir vor, daß sie irgendwo als Sprechstundenhilfe arbeitet. Die Arbeit macht ihr sehr viel Freude, und sie hat eigentlich nicht vor, sich bis zur Rente nochmals zu verändern.

Besonders gelegen kommt es ihr, daß jeder Tag absolut gleich abläuft.

Mittags kommt sie zum Essen nach Hause, es ist gekocht, und Kostgeld braucht sie nicht abzugeben, da sie freundliche und gute Eltern hat.

Nur die Wochenenden mag sie nicht so besonders, weil sie sich mit ihrem Freund nicht so wahnsinnig viel zu erzählen weiß.

Mittags erlebte ich es hautnah mit, wie sich das Wetter verbesserte. Doch mir gefiel es nicht so sehr.

Man sah, wie die Wolkenmassen ganz schnell weiterzogen.
Als seltsam deprimierend empfinde ich es immer, wenn alles noch nass ist, und sodann zarte Sonnenstrahlen, ähnelnd einem schwachen Lächeln auf einem lebensgegerbten Gesicht, aus dem schmuddeligen Wolkengemisch hervorschimmern.

Auf dem Friedhof entdeckte ich zu meiner großen Verblüffung das Grab von Kurt und Ella Zachow. Somit habe ich nach all den Jahren traurige Gewissheit, daß Frau Zachow, eine uralte Anwohnerin mit Zuckerwattenfrisur, tot ist.
Sie starb am 30. 5. 88. im Alter von 84 Jahren, und ihr Mann Kurt, den man niemals kennenlernen durfte, starb bereits als Soldat im Kriege.

Onkel Dölein und Tante Bea hatten mir beide auf meine persönlichen Mails geantwortet. Die Bea findet den Jim gut.
Eine Passage in ihrem Brief verdross mich allerdings nachhaltig: Sie schrieb, daß Ming der Linda immer noch viele Vorwürfe mache, und deshalb sei es schwierig, befreundet zu bleiben.
Wieder wehte mich ein kühler Wind bzgl. der „Freundschaft" in Form einer abgeschwächten Liebe an.

Telefonat mit Ming.

Ming referierte ganz viel über die Linda, und bekommt womöglich bald ähnliche Erkenntnisse, wie ich sie habe? Daß es nämlich vielleicht besser wäre, sich nicht mehr zu melden?

Ming & Linda stecken jetzt nämlich in folgendem Teufelskreis: Daß sie sich Vorwürfe machen, daß sie sich Vorwürfe machen.

Der kluge Ming verglich es mit folgender Situation: „Der eine steigt dem anderen auf den Fuß, so daß dieser in lautes Wehklagen ausbricht. Darauf beschwert sich der andere, daß der eine ihn anschreit, und über den schmerzenden Fuß sagt er: „Ach so. Der Fuß schmerzt. Ja, das ist dein Problem. Damit mußt du ganz alleine fertig werden."

Mittwoch, 11. Oktober

Vorwiegend nass, pfützig und regnerisch,
doch manchmal auch atemberaubender
herbstlicher Sonnenschein

Mir fiel gottlob noch ein System ein, mit dem ich Buzens Schüler, den kleinen Sebastian ein bißchen bannen konnte: Ich gab ihm für jedes Schnaderlhüpferl eine (äußerst großzügig nach oben aufgerundete) Note, und schrieb sie ihm in schönster Schrift in sein Heft.

Zwei Einser und eine Zwei für eine Leistung die vom Prof. Kebap allenfalls mit einem fassungslos belustigten Hohnhüsteln quittiert würde.

Zum Schluß kam auch der gutmütige Bauer Albers, den ich schon ein bißchen gekannt habe ins Zimmer, um zu schaun, wie sich der Herr Sohn auf dem wackeligen Parkett der Tastaur wohl so mache?

Der Unterricht bei Herrn Dietrich fiel heute wegen Erkrankung aus, wie ein größerer Computerdruck verhieß, den man in den nächsten Tagen womöglich schwarz umrahmen, und das Wörtchen „Krankheit" durch „Tod" ersetzen muß – da ja die Krankheit im Grunde eine moribunde Vorstufe zum Tode ist?

Der Florian hätte sich für den kleinen Zweizeiler vom Elefanten (Schaumschule Band II) nur zwei Akkorde merken müssen, doch ich seh´s noch immer vor mir, wie seine Hand mit der kostbaren wasserdichten Uhr immer das f statt das „Fis" griff, bzw. zu greifen drohte.

Ich erfuhr, daß der Florian noch drei kleine Schwestern hat: 10, 8 und 1, und die Kleinste, die ihm doch so besonders lieb ist, ist vom neuen Freund seiner Mutter gezeugt, so daß dies streng genommen nur seine Halbschwester ist.

Manchmal frage ich mich, ob die Schaum-Schule vielleicht für klügere Kinder gedacht ist, und ob man nicht vielleicht Band I in einer vereinfachten friesenfesten Fassung herausgeben sollte?

Dann wartete ich auf den gräßlichen kleinen Kümmeltürken. Stattdessen aber kam seine Mutter, die eine ganz hilflose Miene trug, weil ihr schwererziehbarer Herr Sohn gar nicht erst ins Zimmer kommen wollte.
Sie versuchte das Problem mit Güte und Geduld zu lösen und sagte: „Deniz, wir müssen darüber reden, was man anders machen sollte!"
Dann stand der Knirps plötzlich doch im Zimmer. Aber er gab sich bockig und sagte über mich: „Die find ich blöd!"
Die Mutter wurde ganz ratlos, und machte ein ernstes verdrossenes Gesicht.
Doch dann entschlossen sie sich zu gehen, und ich war froh drum.

Im Flur traf ich die mittlerweile 14-jährige Anne-Kathrin Fiege, und auf dem Hof hinzu noch ihre Mutti, Frau Fiege.
Ich erfuhr vielfach und warm variiert, daß die Anne-Kathrin immer noch vom süßesten aller Rehleins als etwas ganz und gar Besonderem schwärmt, und wen stimmen Worte dieser Art glücklicher als mich?

Donnerstag, 12. Oktober

Z.T. ganz zauberisch.
Wunderschöner amerikanisch-blau getönter Himmel

Ich malte mir aus, wie man dem Opa einen wachrüttelnden Brief schreiben solle, warum er wohl nicht noch ein letztes großes Abenteuer wage, und mit Ming nach Ägypten reist? Würde er unterwegs sterben, so stürbe er eben in Ägypten, was sich auf dem Papier auch nicht schlecht ausnähme: Geboren in Schorndorf, gestorben in Kairo.
Der Opa hatte sich vor einiger Zeit in die „Omi Ägypten" verliebt – Ex-Schwiegermutter seiner Tochter Bea: Allerdings aufgrund eines Fotos, das vor mehr als 50 Jahren aufgenommen wurde. Auch mich hatte beim Anblick dieses wunderschönen Fotos vor einigen Wochen das spontane Bedürfnis erfasst, der fernen Omi in Kairo ein paar liebe Zeilen zu schreiben: Ich schrieb, daß ich sie auf dem Foto gesehen habe, und es schade fänd, daß man einander nie begegnet sei!
Tatsächlich dauerte es nicht sehr lang, und die Omi Ägypten antwortete mir auf diesen Brief mit warmen Worten und lobte freudig meine Zeichnung die ich ihr gemacht hab.

In der Zeitung konnte man heut lesen, daß im Auricher Stadtteil Neu-Ekels ein mißratener Zwölfjähriger sein Unwesen treibt. Es ist der Nämliche, der schon den Musiklehrer mit Eicheln beworfen hatte. (Das Blatt berichtete.) Doch so, als sei´s der Untaten nicht genug, habe er nun auch noch einen 83-jährigen, blinden Herrn mit Steinen beworfen!

Buzens 14-jähriger Klavierschüler Jasper U. erzählte mir, daß er seine Lebensgeschichte aufschreiben wollte. Doch seine Mutter erlaubte ihm nur dann an den Computer zu gehen, wenn er verspräche, daß die länger als nur ein paar Seiten würde. Sie sei es leid, daß man immer so schöne Pläne habe, aber nie etwas zuende führe!

Zum Schluß spielte der Jasper so schlecht Klavier, als hätte er den Verstand verloren. Und währenddessen kam der nächste Kandidat: Der ebenfalls 14-jährige Mauritz.

Etwas seniorinnenhaft versuchte ich anzuregen, daß die Altersgenossen Jasper und Mauritz zusammen ein Duo von Händel musizieren, doch der schüchterne Mauritz mit seinen vergitterten Zähnen traute sich nicht, und so griff *ich* zur Violine, und unser Zusammenspiel hörte sich an, wie eine Darbietung bei den Tagen für neue Musik in Donaueschingen.

Freitag, 13. Oktober

Zart sonnig

Am Morgen hüpfte ich ohne weiteres Federlesen aus dem Bett und freute mich auf den Tag – insbesondere auf das Fenstersimspicknick in der Dunkelheit.
Man sah den Lehrer Rolf Runge am Teetisch sitzen, und ich freute mich am Lichtspiel der Fenster.
Als der brave Lehrer das Haus verlassen hatte, sah man, daß oben die beiden Badezimmer der Nachbarn synchron erleuchtet waren. Im Badezimmer der Ottens waren die Vorhänge zugezogen, so daß das Fenster mehr verbarg, als es enthüllte, doch an jenem der Runges sah man, wie sich die Umrisse von Herrn Runges Lebensgefährtin Charlotte scherenschnittartig bewegten.
Man mutmaßt: Steigt sie nun ins Duschhäusl, oder setzt sie sich auf die Brille, oder, oder, oder?? ← ein Auszug, wie aus dem reichhaltigen Tagebuch einer neugierigen Seniorin.
Am Vormittag kam Heidi Abel, als Buz noch auf der Bank war.
Noch habe ich jenes Gefühl, daß ich mich in ihren Augen leicht als die ein wenig gestrenge Ehefrau Herrn Königs spiegele, nicht ganz abstreifen können.

Heidi Abel hatte gesagt: „Ich hoffe, ich störe nicht beim Üben?"
„Nein, überhaupt nicht!" hatte ich reflexiv geantwortet, doch jetzt, wo ich unverzüglich weiterübte, schien mir die Saat meiner Worte in ihren Ohren leicht höhnisch aufgegangen.

Im Carolinenhof traf ich meine liebe Freundin Frau Kamp. Wir sprachen darüber, daß Frau Kamp sehr großes Lampenfieber hat, wenn sie jemandem etwas auf den Klavier vorfingern soll. Manchmal übt sie ganz schweißgebadet und denkt: „Hoffentlich kommt Herr König nicht!"
Dabei hatte Ming die Worte, daß er mal vorbeikommt und zuhört wie sie Klavier spielt, doch nur zum Spaß mal so dahingeworfen und längst wieder vergessen, wie dies eben Künstlertypenart ist.

Nach dem Mittagessen brach ich zum Dienst auf. Mir kommt´s immer so vor, als würde ich Maike Windau seit vielen, vielen Jahren kennen, doch sie sei immer 17! Und dies seit 20 Jahren. „Die 17-jährige Maike Windau".
Jedesmal kommt die 17-jährige auf die Sekunde genau pünktlich.
Maike Windau bot den letzten Satz von ihrer Händel-Sonate und die drei letzten Töne spielte sie gar doppelt so schnell als Not getan!

Fünf Minuten vor Schluß sagte Maike Windau mit einer etwas blassen Ausstrahlung um die Nasenspitze nach Art eines Jemandem, der eine kleine bis mittelschwere Sünde zu beichten hat: „Ich will Sie ja nicht ärgern, aber ich muß jetzt lous. Meine Mutta waatet!"
Da war ich froh.

Ich lief mit Buz durch den Ihlower Forst, und hatte immer Angst, Buz zu langweilen, weil mir in seiner Gegenwart fast nie etwas Interessantes bzw. Beplauderswertes einfällt.
„Hier darf man nur 50 laufen!" wagte ich einen müden Scherz, als wir so ein Schild sahen.

Samstag, 14. Oktober

Nebelsuppe (angenehm)

Geträumt hatte ich heut wie folgt:
Daß Buz und Rehlein vor einem längeren Urlaub standen. Doch man spürte bereits jetzt, wie sich die Urlaubsgestaltungsvorstellungen wohl kaum verbinden lassen würden.
Buz wollte im Urlaub unterrichten. „Ich weiß gar nicht, ob ich das Dolce far niente so lange aushalte?" sagte er zu mir, während Rehlein zwischen den beiden Hotelzimmerbetten herumsaugte.

Ein Brief Mings war gekommen, und über einen Satz brach ich in prustendes Gelächter aus: Ming schrieb, daß ihm der Englisch-Kursus so viel Freude bereite, und berichtete plastisch über eine Venezuelerin, die ebenfalls diesen Kurs besucht.
Doch lassen wir Ming selber zu Wort kommen:
„Sie erzählt viel von ihrem Freund Ernesto, der sich äußerst hündchenhaft zu geben scheint, so wie einst ein gewisser Jemand…"

Um halb zwölf wollte ich damit anfangen, für die Gaßmanns zu kochen, und bis dahin hielt ich mich noch an der Teetasse fest und hoffte, die Zeit möge langsam rinnen.

Dann hetzte ich zum Supermarkt und wäre auf dem Parkplatz beinah von einem silbernen Auto gerammt worden, weil ein Senior einfach „auf gut Glück" rückwärts fuhr.

Überpünktlich kamen die Gäste. Die kleine Edith reckte Buzen freundlich eine gelbe Rose entgegen.
Leider fühlte ich mich ein wenig stimmungsarm – Dummerweise!
So bemühte ich mich zumindest drum, ganz nett zu sein.
Ich erzählte von Frau Schinke, die heut um 15 Uhr erwartet würde, und Buz erzählte plastisch und mit Freude an den bezaubernden Details, was die

Schinkes für ein wunderschönes Musikzimmer hätten. Außerdem spielen sie auf schier unglaublichen Instrumenten, üben alle fleißig und nehmen professionellen Unterricht.

Am liebsten würde ich mich von Frau Schinke in Naturalien bezahlen lassen: Z.B. „statt der Bezahlung wünsche ich mir ein paar Schuh!" oder: „Sie können stattdessen bügeln oder die Küche aufräumen!"

Etwas, das mir jetzt für Frau Gaßmann vorschwebte. Wenn sie gesagt hätte: „Vielen Dank für das schöne Essen!" so hätte ich antworten können: „Sie dürfen Ihren Dank wieder zurücknehmen, wenn Sie dafür bügeln würden!"

Der kleinen Edith holte ich den Esel herbei: Rehleins wunderschönen blauen Picasso-Esel der von uns allen ganz und gar unglaublich genial gefunden wurde. Sogar die Zähne hat das süßeste aller Rehleins einzeln genäht.

Der Unterricht für Frau Schinke fand später in Ming´s Kabüffchen mit der vielfach vom Bogen durchstochenen Lampe statt.

„Jetzt bekommen Sie sicherlich einen Schrecken, daß ich ein anderes Streichquartett mitbringe?" sagte Frau Schinke. Doch ich bekam davon keinen Schrecken.

Abends bekamen wir einen Riesenschrecken: Man hörte, daß ein Flugzeug nach Kairo entführt worden war, und heut ist doch der süßeste Ming gen Kairo geflogen!

In Anbetracht dieser Sachlage kam mir alles, außer daß wir den süßen Ming wiederhaben, total bedeutungslos vor.

Dann eiferte ich in der Küche Frau Reimich nach, so daß ich Rehlein hernach am Telefon stolz berichten konnte, es sähe so schön aus, als habe Frau Reimich gewütet.

Sonntag, 15. Oktober

Etwas grau und neblig

Heut erhob ich mich früh in jenen Tag hinein, an dem ich Buzen zum Bremer Flughafen bringen mußte. (Korea/Taiwan).

Eigentlich wollte ich mich ja auf die gemütliche Zeit allein freuen, zumal ich gestern schon gesehen hab, daß man schon ab „zu zweit" zu praktisch nichts mehr kommt.

Doch dann vermisste ich die Aura, mit der Buz unser Heim gefüllt hat, schon jetzt schmerzlichst.

Auf dem Flughafen fühlte ich mich plötzlich deprimant wie bei einem Begräbnis (zumindest fast), denn wenn Buz nachher über den Wolken fliegt, dann könnt´ man ja sagen „Er befindet sich nicht mehr auf Erden".

Nachdem Buz somit hinter den Schleusen aus meinem Leben gesogen worden war, konnte ich aus klammen Kummergefühlen heraus nicht gleich nach Hause fahren. Stattdessen fuhr ich damit fort, mich ratlos und wie gelähmt – kurzum, wie ein Trauergast auf dem Friedhof zu fühlen.

Später ging ich nochmals hin, weil ich Buzen fragen wollte, *wann* am 1. November ich ihn wohl abholen solle? Ich stand die ganze Zeit wie eine verdächtige Person einfach so herum.

Einmal nahm ich mir ein Herz und frug eine reife Frau: „Fliegen Sie nach Amsterdam?"

Zuerst reagierte sie ein wenig kühl, so wie jemand, der mit diesem kühl-verwunderten und doch wissenden Hauch aussagen will: „Den Trick kenne ich schon!" und sagte bloß in distanzierter Verwunderung „nein!"

Dann besann sie sich aber um und wurde netter. Ich bat sie, einen Herrn mit einem Geigenkasten zu bitten, nochmals hervorzukommen.

Zunächst erschien ein junger Spund mit Gitarre und schaute sich fragend um, doch dann kam Buz und ich rief ihm meine Frage nochmals zu.

Um Frage oder Antwort ging´s mir dabei eigentlich nicht. Das Ganze hatte einen tieferen Grund: Ich wollte mir einfach nur beweisen, daß der Anblick vorhin nicht der letzte gewesen war…

Abends malte ich mir aus, wie Buz in Korea ankommt, doch kein Mensch holt ihn ab!
Da hatte er wohl etwas mißverstanden, und alptraumartig sehen alle Koreaner ungefähr so aus, wie seine Schüler.

Montag, 16. Oktober

Zuerst bewölkt und nieselig.
Am Nachmittag wühlte sich die Sonne so allmählich durch und es wurde unglaublich schön herbstlich

Der Margarethe schrieb ich, daß einem, wenn man eine Weile lang täglich 45 Min. Briefe schreibt, bald niemand mehr einfällt, so daß man gezwungen ist, ganz periphere Bekannte mit seinen Früchtebrotbriefen zu „beglücken"← hahaha! schrieb ich nett und neckisch in einem.
Dann zeichnete ich noch die unterschiedlichen Bekanntschaftsradien der Menschen auf. Das resultierende Bild schaute aus, wie eine Schießscheibe. In die Mitte malte ich ein Herz hinein, weil dieser Platz für die allerglühenste Liebe reserviert ist. Vielleicht schaute es auch aus wie die Planetenbahnen um die Sonne? Die ersten vier Radien waren den verschiedensten Abstufungen der Liebe geweiht.
Wörtlich schrieb ich: Natürlich könnte ich noch ein paar mehr Kreise ziehen, doch die würden immer

kühler und negativer, ganz zum Schluß sind jene Leute angesiedelt, die einem zum Ekel sind, so daß man vorher abbiegt, wenn man sie in der Ferne schimmern sieht.

Dann schrieb ich dem Hubert, dem Mann von meiner Freundin Ute, zu seinem morgigen 39. Geburtstag.
Die Ute hatte mir gestern am Telefon erzählt, daß der Opa Nowak bereits ein Geschenk vorbeigebracht habe, und die kleine Feli brannte vor Neugier, es aufzumachen.
„Ich darf es aufmachen, weil ich Papas Freundin bin!" habe sie gar gesagt, denn im Moment dreht sich in Felis Leben alles um Freundschaften.
(So wie bei Buz.)

Dienstag, 17. Oktober

Zuerst schön. Dann graue Wolkenüberzüge, aus welchen sich auch noch ein paar Krokodilstränen quetschten – schließlich wieder zauberisch und mit rosa Wölkchen „betupft"

Am Morgen hatte ich leider schon wieder keinen gescheiten Traum vorzuweisen. Das macht mir immer ein bißchen Sorge, da ja die Tage seitdem ich nach dem Schulprinzip lebe, immer so uniform und ähnlich verlaufen.

So paßte ich gleich zu Tagesbeginn wie ein Luchs auf, was alles passiert.
Und tatsächlich passierte gleich etwas: Beim Aufstülpen verschwand meine linke Kontaktlinse, und erst als sie kurz vorm Vertrocknen stand, fand ich sie gottlob auf meinem Daumennagel.

Die Postfee hatte heute einen dicken Brief von Ute M. gebracht.
Gespannt wickelte ich das schöne ovale Hochzeitsfoto aus, und sah somit erstmals den Martin mit seiner kleinen Resthaarinsel auf dem kahlgewordenen Haupt.
Der Martin lächelt ob des freudigen Ereignis´ erfreut, während Ute M. geradezu selig wirkt.
Ich fand das Foto so toll, daß ich es dauernd anschauen mußte. Viele würden es wahrscheinlich lächerlich finden, ich jedoch nicht.

Ich rief die Omi im Spital an. Die Omi sagte ganz oft: „Bidddö??" und wollte mich animieren zu kommen.
Ich fühlte mich schofel, dieser Aufforderung nicht augenblicklich nachzukommen, erfand allerdings zunächst auf die typische Art einer ausgereiften Enkelin ein paar flaue Einwände. Tatsächlich aber spielte ich die Möglichkeit im Kopf durch, da ich, ähnelnd Rehlein, den alten Leuten einfach nichts abschlagen kann.

Ich machte der Omi ein Päckchen mit warmen Socken fertig und schrieb ein paar warme Zeilen dazu.

Beim Radeln dachte ich darüber nach, wie Frau Kehrwald mir erzählte hat, daß Herr Hamann am Ende seines Lebens ganz warm, freundlich und geradezu liebevoll geworden sei. Alles, was sein Leben früher so bestimmt hatte, wurde plötzlich nichtig und klein. (Dies sagte sie wörtlich, weil sie weiß, daß ich Reinhard Mey verehre.)
Eines Tages spürte er, wie er seinen Feinden nicht mehr böse ist – und das wo die Feindschaften doch so quasi sein Lebensinhalt waren! Er dachte auch nicht mehr hohndurchsetzt und voller Geringschätzung an seine große Feindesschar, wie all die Jahre zuvor, sondern nur noch warm und liebevoll. Seine Seele wurde gänzlich neu beleuchtet.
Man sollte vielleicht ein kleines Heftchen anlegen und genau hineinschreiben, wem man böse ist, und warum?
Ich stellte es mir vor und stellte fest, daß ich fast allen Leuten böse bin.
Um Läuterung bemüht rief ich die Omi an, doch die Omi wirkte alt und müde.
Vom vielen Brahms-Hören werde ich langsam ganz warmherzig und weise.

Mittwoch, 18. Oktober

Sonnig und etwas bewölkt

Ich dichtete und übte, und zuweilen fiel mein Blick auf den kleinen milchbeschorften Ming im Stubenwagen auf einem alten Foto aus dem Jahre 1964, und ich liebte Ming unglaublich.

Dem Beätchen in Amerika wurde leider ein Backenzahn gezogen.

Donnerstag, 19. Oktober

Zunächst Schultagsregenwetter.
Nachmittags grünlich-feuchte Wolken,
goldbesäumt mit Sonnenschimmer

Heute rief ich Frau Münch versehentlich im Frauenhaus an, so daß ich später mit einem heiteren Anekdötchen aufwarten konnte.
Nachdem jemand abgehoben hatte, fiel mir ein, daß Frau Münch doch zum 1. Oktober in Rente gegangen war, und somit stammelte ich: „Oh, Entschuldigung! Ich habe mich verwählt!" Doch die Dame schaltete sofort, und sah in mir eine verdroschene Ehefrau, die der Mut verlassen hatte.

„Nein, nein! Wir sind für Sie da – hinterlassen Sie bitte Ihre Adresse!"

Frau Münch ging es leider schrecklich schlecht: Sie lag mit Bauchschmerzen und größter Übelkeit im Bett, und als sie sich erheben wollte, wurde sie ohnmächtig und fiel mitten aufs Gesicht.
Das klang mir alles sehr nach einem baldigen Ende.
Nach ihrer Chemotherapie lässt sich die furchtsam gewordene Frau Münch nun alle drei Monate von Kopf bis Fuß durchchecken, obwohl sie auf ihre rustikale Art meinte, sie sei kein Arztgängertypus.
Aber was denn sonst?
Während ihrer Ehe ging es Frau Münch seelisch sehr schlecht, doch jetzt sei sie optimistisch und voller Lebensmut.
Traurig sei bloß, daß die Tumormarker im Blut so gestiegen seien: Zwischen 6 und 10 sei´s normal, und ihre stünden schon bei 55!
Mit diesen unschönen Neuigkeiten im Kopf radelte ich sodann in die regentrübe Stadt hinein.

Ich übte die „Caprice basque" weiter, und die Arbeit war anstrengend.
Doch ich hielt mich an einen Satz von meiner Tante Debbie, der im Jahre 1987 fiel, und an ihr bockiges kleines Töchterlein gerichtet war: „Do you want to learn something, or do you want to stay stupid?"

Am Graf-Enno-Straßen-Beginn warf ich den Brief an Herrn Hügler ein, was für mich immer ein kleines Zeremoniell ist:
Für Herrn Hügler endet somit morgen die Kette dessen, daß er seit vielen, vielen Jahren jeden Tag seinen Po darauf verwetten konnte, daß morgen ganz sicher und auch typischerweise, natürlich kein Brief von mir käme.
Ich selber hab heut eine kleine Resonanz auf meinen Schreibeifer erfahren:
Herr Schaarschuh schrieb, und lud mich ein, ihn auf Rügen zu besuchen. Etwas, was ich ja ohne weiteres machen könnte. Doch ich bin zu erwachsenenhaft geworden ← leider!
Ich genieße die Einsamkeit im Moment einfach zu sehr.

Abends rief ich die Omi an. Symbolisch gesprochen setzte ich mich in ihre welke Ohrmuschel und raspelte Süßholz. Die Omi war wieder sehr warm und bedankte sich für das Päckchen mit den warmen Socken. Von den drei Paaren, die mir für die geschrumpften welken Füßlein passend erschienen waren, passte eben mal *ein* Paar und die beiden anderen sind zu groß für die mittlerweile eingeschnurrten Moribundenfüße.

Freitag, 20. Oktober

Trübe und verhangen. Herbstlich geheimnisvoll

Nach meinem Erwachen dachte ich zunächst, ich hätte nichts geträumt, und kramte solcherart in meinem Hirnkasterl danach herum wie ein Schüler, der weiß, daß er keine Hausaufgaben gemacht hat, nach den Hausaufgaben.
Dann fiel mir aber doch ein Traum ein: *Man verabschiedete sich vor der Tür in der Nahestraße von Buzen, der seiner wahren Persönlichkeit aus dem Alltag diametral entgegenlaufend, an einem Fotoapparat herumnestelte.*
Wieder im Hause fand ich ein Video, auf welchem der Opa in Taiwan auf der Violine auswendig Mozarts A-Dur Konzert mit Orchester aufgeführt hat.

Unter dem Citroën von Rolf Runge sah man einen Apfel liegen, und es schaute aus, als habe das Auto ein Ei gelegt.

Auf der gemütlichen, von der Sonne warmgeschienenen Friedhofsbank hatte ich plötzlich das Gefühl, mehrere Feen kämen auf mich zu: Frau von der Nahmer inmitten ihrer sieben Kusinen und Schwestern, da heut ein Kusinentreffen stattfand.
Die Sonne schaute inmitten des eher bleich-feuchten Wetters wie eine Orange aus.

Später dachte ich mir aus, wie ich irgendwann erführe, daß Frau von der Nahmer am 17.10. verstorben wäre.
Wen hätte ich dann aber auf dem Friedhof gesehen?

Samstag, 21. Oktober

Feucht verhangen

Auf dem Weg zum Supermarkt dachte ich über die Irma nach. In meinem Kopf quoll einfach ungefragt eine Szene auf, wie's so ist, wenn sie ihre Kinder anruft: „Őööh…hallo. Guten Abend. Hier spricht Mutti aus Kiel…"
Ich dachte noch weiter daran herum: Wie die einsame Irma mit Fleiß immer ganz viel Zeit zwischen den Anrufen vorbeiziehen läßt, um nicht lästig zu werden, und wie sie immer eine Scheu verspürt, ein Schwiegersohn könne abheben.
Die Kinder selber melden sich nur, wenn sie etwas brauchen…dachte ich nostalgisch als ich mich zum Tiefkühlgemüse hinabbog.
Man hörte, wie eine Mutti so streng zu ihrem weinenden kleinen Töchterlein war. Sie meckerte.
„Es rahaicht!" rief sie schneidend streng, und färbte ihre Stimme hierfür sehr lehrerinnenhaft und spröd ein.

So gut wie nie erlebt man es, daß eine Mutter ihr kleines Buzzewackele liebevoll abbusselt und entzückt: „Du lieber kleiner Schatz!" ausruft, so wie ich es täte, wenn der kleine Ming im Stubenwagen auf dem Foto, das ich immer wieder zur Hand nehme, der Meinige wär! – Was er ja auch ist; bloß ist Ming mittlerweile zu alt für dererlei.

Einmal sah man, wie die Stephanie von ihrem Freund nach Hause gebracht wurde.
Der Freund blieb etwas unschlüssig sitzen, weil die Abschiede von seiner Angebeteten für ihn immer so unbefriedigend verlaufen.
Doch diesmal wunk die Stephanie vor ihrer Türe – wenn auch mehr mechanisch – ganz lang…

Heute mußte ich darüber nachdenken, ob mir das graue und immer gleiche Leben, das ich derzeit führe, nicht doch ein wenig eintönig wird?
Fitnessklub, Friedhof, Omi anrufen?
Doch ich finde nicht einmal am Wochenende aus diesem liebgewordenen Gewohnheitsgestrüpp heraus, und hab zu nichts anderem mehr Zeit.
Frau Kamp wartet, daß ich zu Besuch komme, Herr Schaarschuh wartet…Herr Rübel wartet.
Doch ich komme nicht.

Die Omi im Gesundbrunnen war heut ganz allein mit ihrem kleinen Radio zurückgeblieben, da ihre

Mitinsassin (eine gute Frau) wieder nach Hause entlassen worden war.

Die Omi erzählte mir vom Onkel Eberhard: Daß der Ebi damals, als die Kathi viel zu früh auf die Welt gekommen war, gesagt habe, daß er das Baby umgebracht hätte, wenn die Ärzte ihm zu verstehen gegeben hätten, daß es geistig nicht normal sei.

Diese Einstellung begrüßte ich. Lieber fünf Jahre in den Knast, als sich auch nur fünf Minuten lang mit einem hirngeschädigten Baby herumzuquälen.

Doch GOTTSEIDANK ist das Kathilein nicht nur völlig normal, sondern darüber hinaus auch noch von brillianter Intelligenz!

Ming hat einen kleinen Ägyptenreisereport verfasst, den er mir vorlas. Ich am Telefon lauschte Ming gebannt.

Zu später Stund´ gönnte ich mir noch ein Nocciolato-Eis, und als ich es hervorholte, flog eine schwarze Schmeißfliege ins Eisfach. Ich war aber barmherzig und ließ sie wieder heraus, denn so ein unschönes Ende hätte sie nicht verdient.

(Eine nicht mehr ganz junge Stubenfliege.)

Sonntag, 22. Oktober

Zart sonnig verhangen

Ich erhob mich, die Erhebungszeremonie in ein strenges Zeitkorselett zwängend, da sonst bildlich gesprochen zu viel Zeit daneben getrült wäre.

Heute setzte ich mich zu meinem Friedhofspicknick woanders hin, da neben meiner Stammbank zwei strenge Senioren standen.
Mein Blick fiel auf den Grabstein einer Dame, die genau an ihrem 79. Geburtstag starb.
Ich schaute durch die schöne Allee, und hi und da kamen Besucher und grüßten freundlich.
Manche vergaßen auch zu grüßen, weil sie traurig waren.

Schwere Gedanken dachte ich nebenbei auch: z.B. an meine arme kleine Oma im Gesundbrunnen, die immer wärmer und netter wird, so als sei sie nun am Ende angelangt, und *ob die alte Frau Kamp sich vielleicht grad heut das Leben nimmt, da ich ja leider – typisch erwachsenenhaft – nie zu Besuch gekommen bin?*
Dann stellte ich mir eine Psychiatersitzung bei Herrn Alting vor: Ich berichte von meiner Sucht, auf Beerdigungen zu gehen. Jeden Tag besuche ich ein, zwei Beerdigungen, die ja jedesmal eine Stunde lang

dauern. Und dann ist's auch noch jedesmal das Selbe!

Man schaut auf einen mit Blumen geschmückten Sarg, hört sich die Gebete und einen reichlich getünchten Lebenslauf an – lauscht ergriffen den Gesängen…

Wieder sah ich mich dasitzen und plappern:

„Es fing vor zirka drei Monaten an, und wurde bald zu einer unheilvollen Sucht. Nun bin ich so weit, daß ich keine Gäste mehr empfange, weil ich sonst mit meiner Zeit nicht hinkomme."

Herr Alting rät zum kontrollierten Suchtabbau: zwei bis drei ausgewählte Beerdigungen pro Woche. Mehr dürfe ich mir nicht erlauben.

In der Glupe sah eine dahinpromenierende Seniorin von hinten mit ihrem leuchtend roten Hut im Herbst so malerisch aus.

Abends erzählte mir die Omi überraschende Neuigkeiten: Der Eberhard wurde vor sechs Tagen Opa („Tonio"), und zu diesem schönen Anlass versöhnte sich sogar das böse Uschilein wieder mit ihrer Adoptivtochter Johanna, einem jungen Ding mit strahlend schönen Zähnen, das jedoch sehr schweizerisch ausschaut.

Die Omi, am Ende eines langen Lebens, freute sich sehr darüber, und der Eberhard freut sich auch.

Am 4. November wird nun geheiratet, und dann sehen sich Ebi und Uschi womöglich sogar wieder?

Der süße Ming hatte einen Kairo-Report geschickt, und ich erfuhr, daß Jennylein und Ming die Omi Ägypten besucht haben, (84 Jahre jung) und die Omi Ägypten kochte köstlich für die jungen Leute!

Montag, 23. Oktober

Zuerst sonnig, dann wechselnde Wolkenbildungen.
Abends regnete es laut

Im Morgengrauen schaute ich den zweiten Teil einer Filmbiographie über Jackie Kennedy. Einer Dame, die einem Jeden ein Begriff ist, und von der man aber gar nicht weiß, was sie im Leben so geleistet hat?
Die Jackie neigte zu Depressionen, und ich konnte mich gut hinein versetzen wie elend man sich als reiche, abgestellte Präsidentenwitwe wohl so fühlt, weil man ja gar nicht weiß, was man machen soll?

Während der letzten Übetappe am Nachmittag mußte ich hilflos mitansehen, wie runzelige Wolken das Himmelsbildnis verdüsterten.

Ich pflückte Zwergäpfel im Garten, und da leuchtete auch schon die Gestalt der emsig tätigen Frau Priwitz auf.
Mit Frau Priwitz plaudere ich immer gern.
Ich erfuhr, daß ihr Bruder in Bad Segeberg eines Abends zur Nachbarin rannte um zu sagen, daß er sein Gebiss nicht mehr anbekäme.
„Sie haben einen Schlaganfall erlitten. Ihr Gesicht ist ja ganz schief!" rief die entsetzte Nachbarin.
Jetzt hat er auch noch seine Sprache verloren und man hat nur noch wenig Hoffnung.
Wieder merkte ich, wie ich mit Frau Priwitz gerne plaudere, auch wenn man sie vielleicht im Verdacht haben muß, nach Außen hin gütiger zu tun, als sie eigentlich ist.
Währenddessen hörte man wie sich ein erschrockener Vogel mit lautem Flügelschlackern aus dem Geäst heraushebelte und in den Himmel erhob, weil ich einen zeternden Menschen parodierte.

Ich saß auf einer Friedhofsbank.
Liebevoll schaute ich auf das patinabehaftete alte Gymnasium, wo so viele Generationen an fleißigen Eleven geschult und gebildet wurden.
Ich schaute in den Himmel, der von einer plustrig durchlöcherten Wolkendecke überzogen war.

Wie anders ich doch bin als Frau Münch, die angstvoll den drohenden Exitus bekämpft, während ich wiederum dem Tod mit großer Erwartungsfreude entgegensehe, und das <u>obwohl</u> ich derzeit ganz viel Lebenslust empfinde.

Der Omi ging's heut gut. Sie hat eine nette neue Mitinsassin bekommen, und die war ihr gleich so vertraut, als habe sie sie schon immer gekannt!
Da freute ich mich mit der Omi im Duett.

Dienstag, 24. Oktober

Hi und da Gussregen. Ansonsten feuchte, graue und ziehende Wolken in herbem Winde.
Wie durch ein Wunder spürte ich auf dem Friedhof die Kälte nicht

Im Traume hatte ich das Gefühl, Rehlein krümele ununterbrochen im Haushalt herum – doch man sah leider nichts von ihren Bemühungen, da Rehlein nie etwas wegschmeissen konnte.
Einmal zog ich unter einem Schrank spinnwebendurchwobene schwarze Konzertschuhe hervor, von denen der Eine äußerst durchlöchert war, so daß man nur noch die nackte Konzertschuhstruktur sah. Und so frug ich Rehlein im hinteren Küchenraum, wo man die Tür kaum noch aufbekam, ob man den wohl wegwerfen dürfe?
Verbittert überließ es Rehlein mir, weil ich ja erwachsen sei – nicht ohne eine maliziöse Bemerkung über Ming, der immer

alles wegschmeisse, so wie sein Vadder! Dann pries Rehlein den Opa, der nie etwas weggeschmissen habe...

Im Morgengrauen schaute ich die Sendung mit dem Pfarrer Fliege über´s Tagebuchschreiben weiter. Man sah, wie er mit den Händen die heilje Schrift andeutete und hörte, wie er seine Worte mit leeren Worthülsen streckte.

Heute telefonierte ich mit Herrn Greiner, da der Franz dringend eine Expertise für eine Geige braucht.
Doch der große Geigenbauer entpuppte sich in simplen Alltagsfragen als grenzdebil:
Die Zahlen, die ich ihm geduldig – d.h. in voranschreitender Ungeduld diktierte. fanden in seinem Kopf auf geheimnisvolle Art keinen Halt, und dann vermengte er die Auricher Postleitzahl mit der Trossinger Telefonvorwahl!

Ich plante die Abendgestaltung, doch der Abend schmolz unter meinen Planungen stark zusammen.

Mittwoch, 25. Oktober

Gischtig, windig, hi und da Regen –
trübe wie in Nikko (Japan)

Heute schlief ich ganz lang und träge in einen unerfreulichen Regentag hinein.
Ich träumt ganz viel: z.b. folgendes: *Eine wildgewordene schwarze Riesenspinne raste wie von Sinnen auf die bleiche Wade einer Seniorin zu und zwackte sich dort fest und man sah, wie sich das Seniorenbein vergebens wild schüttelte....*

Telefonat mit Ute M.:
Die Ute hörte sich so warm und nett an.
In den Herbstferien fährt sie mit ihrem Martin ins Erzgebirge, um eine Pyramide für Weihnachten zu kaufen, da beide die Romantik gern lang vorausplanen, damit sie auch wirklich romantisch wird.

Telefonat mit Buz in Taiwan:
Buz hörte sich frisch und leuchtend an, weil es für ihn so aufregend ist, in Taiwan zu sein. Ich erfuhr, daß die Frau vom Xue Yiao Wu (einem alten Spezi Buzens) schon gestorben ist, und der Xue Yiao Wu selber sei ein altes Männlein von 72 Jahren geworden.

Etwas, was ich in einigen Jahren wohl selber über meine Bekannten sagen kann? „Der Heiko ist ein altes Männlein geworden..."
In einer Stunde würde ein Taifun über Taiwan erwartet. In rasender Geschwindigkeit stürme er auf die Hauptstadt zu, um dort die unglaublichsten Verwüstungen anzurichten, bevor er dann nach Peking weiterzuziehen gedenkt, und was er dort plant und im Schilde führt, entzieht sich den Gedanken.
Nachher muß Rehlein im Fernsehen vielleicht hören: „Wegen der verheerenden Sturmkatastrophe in Taipeh mit tausenden von Toten verschiebt sich der nachfolgende Spielfilm um zirka 15 Minuten."

Besuch bei Frau Kamp:
Es gab puderzuckerbestäubte Kuchenquadrate.
Der böse Schwiegersohn sei fort, erfuhr ich.
Frau Kamp sagt über ihre beiden Töchter immer liebevoll: „Meine Heidi" und „meine Iris".
Ich erfuhr, daß die Heidi, die ja nun wieder Singlette ist, ihrer Mutti angeboten habe, zusammenzuziehen. Doch weise lehnte Frau Kamp ab, weil's bei ihrer Tochter leider ganz ungemütlich sei. Die Damen haben völlig unterschiedliche Interessen, und die Heidi raucht so viel.
Ich bestaunte eine Sammlung von 24 bezaubernd anzusehenden Tellern an der Wand. Jeden Monat wurde einer geliefert und kostete 72 Mark.

Frau Kamp gönnte sich diesen im Grunde albernen Luxus, weil die pauschale Katalogeinrichtung drumherum sie sonst leicht depressiv gestimmt hätte.

Einmal gab sich Mutti Kamp einen Ruck, setzte sich doch noch ans Klavier und fingerte mit altersstarren Fingern etwas von einem tschechischen Komponisten namens Benda, während ich auf das pfützige Flachdach draufsah.
Mir wurde ein bißchen langweilig, denn in Frau Kamps Erzählungen sind für mich immer „weiße Flecken" drin, weil ich zwischendrin immer nicht aufpasse, und an etwas anderes denke. Man hört dann nur noch kadenzartige Satzfetzen wie beispielsweise:"...sagtse".

Abends fiel mir plötzlich ein, daß morgen der Versicherungsvertreter Herr Börchers kommt, *und wie ich ihm ganz spontan, während er sich über Rehleins Papiere beugt, einen Kuß auf seine Glatze gebe?*
„Entschuldigung!" sage ich dann. „ich bin manchmal sehr spontan."

Als ich am Abend übte, schwirrten zwei schwarze Brummer durch mein Zimmer. Sie warfen riesige Schatten auf den Boden und nervten.

Donnerstag, 26. Oktober

Sehr wechselhaft:
stürmisch, regnerisch, Duschregen,
Sonnenaufleuchten…

Während der Frühstückspause ereilte mich ein Anruf Rehleins. Rehlein rief an, weil's heut in Ofenbach so still war. Als Rehlein mit dem Opa frühstückte, war's so still, daß Rehlein sagte: „Gell Opa, wir zwei sind sehr schweigsam heut!" Der Opa verstand es aber miss, und dachte, sie hätte gesagt: „Gell wir zwei, wir sind alt!"
„Jaaa!" habe er daraufhin schlicht gesagt.
Bald darauf – um 10 – kam Herr Börchers.
Mag sein, daß ich unfrisiert war und nach Knoblauch roch, doch ich war trotzdem so entzückend warm und voller Frische, weil Herr Börchers so einen Plauderschwung in mir auszulösen pflegt.
Ich fühlte mich leuchten vor geballter Energie wie zu meiner Kleinkindzeit.
Wir sprachen über die Grippewelle, die laut den Medien auf uns zurollt.
Herr Börchers wollte auch mal praktisch sein und ließ sich gegen die drohende Grippe impfen, doch davon bekam er die schlimmste Grippe seines Lebens, von der er sich bis heut noch nicht so recht erholen konnte.

Telefonat mit der Veronika:
Ich frug sie über ihre Schwester aus: Ob sie wohl noch verliebt sei?
„Sie ist noch verliebt!" machte sich die Veronika nach Art einer älteren Schwester genußsvoll lustig über die Verliebte.

Wieder stellte ich mir vor, wie mich Herr Alting gegen meine Sucht, auf Beerdigungen zu gehen behandeln soll, doch die Behandlung schlägt nicht an. Ich zeige ihm meinen Terminkalender, wo nicht wie bei Musikern üblich: „Freitag 13 Uhr Mozart-Probe" steht – sondern: „Fr. 13 Uhr Friedhof Moordorf Frieda Harms, 84 Jahre..."
Gegen Ende der Sitzung spürt Herr Alting gar, wie ich unruhig werde, da um 16 Uhr in Wallinghausen bereits das nächste Begräbnis stattfindet.

Die Omi am Telefon erzählte mir zwiefach, wie der junge Buz früher immer den ganzen Tag geübt hat, und ihr alter Vater sagte alle Tage: „Der arme Junge hat wieder den ganzen Tag geübt, und *nichts* davon ist übriggeblieben!" Und dann sagte er es nochmals, und mitunter auch noch ein drittes Mal, da er das Gefühl hatte, diese köstliche Altherrenjovialitesse sollte noch etwas gründlicher belacht werden.

Freitag, 27. Oktober

Nieselnd trübe

Derzeit liegt bei uns der *Stern* mit einem packenden Artikel über Frank Gust herum. Der *Stern* beleuchtet die Problematik, einen perversen Frauenmörder in der Familie zu haben mal von einer anderen Seite her: Nämlich von Seiten der Mutter und auch der Ehefrau des Rippers.

Besonders geheimnisvoll schien mir das Verschwinden der Tante des Übeltäters: Er fuhr sie nach einem Besuch zum Bahnhof, und von da ab wurde sie nie wieder gesehen.

Das Kuriose dabei: Der 31-jährige zeigte sich äußerst geständnisfreudig beim Mord an drei Prostituierten. Mit dem Verschwinden der Tante will er aber nichts zu tun haben. Eigentlich ist er ja ein netter, patenter Kerl. Solcherart als sei´s ein Freund von Heiner & Friedel.

„Gib der kleinen Maus ein ganz liebes Küsschen von mir!" schrieb er seiner Frau aus dem Knast über sein kleines Töchterlein.

Immer noch wartete ich auf die so dringend benötigte Expertise von Herrn Greiner. Am Dienstag hatte ich drum gebeten sie uns so schnell wie möglich zu zuschicken und nun war sie immer noch nicht da! Ich schickte ein ziemlich knapp

gehaltenes Fax, hätte aber am liebsten auf hessische Art „mit Unterton" hinzugeschrieben: „Das kann so schwer nicht sein!"
Dann kam Frau Meyer.
Frau Meyer hatte eine rote Schrunde am Nasenwinkel, und schaute heute ein wenig aus, als sei sie zu lang im Regen gestanden.

Plötzlich trat mir überraschend und hinzu ohne mein Zutun eine Erinnerung an die Omi Mobbl ins Hirn: Ich wollte Ming & Linda als Gast überraschen, doch die Mobbl hatte es ausgeplaudert. „Ich hab mich sooo g´freut! Ich hab´s nicht für mich b´haltö könnö!" gab Mobblchen zu, und damals wie heute liebte ich Mobbln unglaublich für diese rührenden Worte.

Der Onkel Hartmut hat unsere Omi heut auf Ehrenwort mit nach Hause nehmen dürfen, und dort saß sie nun und aß Kuchen, als mich der Hartmut anrief, um ebendies zu erzählen.

Samstag, 28. Oktober

Bräunlich trüb und nieselig

Mir fiel ein Schüttelreim ein:

Wenn er mir bloß eine Stelle verschafft hätt, Bäschen!
Doch für ihn war ich nur ein simples Betthäschen.
(Muß man halt so lesen, daß es rhythmisch passt.)
Nachdem ich diesen Schüttling ausgebrütet hatte, erhob ich mich in einen nicht mehr ganz taufrischen, regentrüben Tag hinein, welchen ich gleich damit zu „krönen"←hahaha! gedachte, daß ich erstmal den Supermarkt besuchte.
Hinter mir an der Kasse stand eine Mutti mit ihrem zirka einjährigen Töchterlein.
Es saß in der Karre und hieß „Fabienne". Die Fabienne mit ihrer weizenfarbenen Frisur, wo einige Haare nach oben abstanden, sah so süß aus, fand ich.
Das Würm sagte ganz laut „Hallo!" zu der Kassendame.

Auf dem Friedhof:
Auf einem Grab hatte jemand ein ewiges Licht aufgestellt, und dies gefiel mir so gut.
Einmal flog mir ein großes Herbstblatt vom Himmel herab langsam, so doch zielstrebig mitten ins Gesicht.
Viele junge Leute ruhen bereits auf dem Friedhof.
Ein 15-jähriges Mädchen beispielsweise.
Vertreter von Altersgruppen, wo man sich gar nicht recht vorstellen kann, wie sie zu Tode gekommen sind, wenn nicht grad durch Mord?

Unterwegs malte ich mir aus, *wie ich mich mit Herrn Dietrich befreunde.*
„Herr Dietrich!" rufe ich aus.
„Warum wirkt es immer so, als würde man einem Karpfen begegnen, wenn man Sie trifft?"
Vor Empörung schnappt Herr Dietrich noch karpfenhafter nach Luft.
Gutmütig parodiere ich sein Luftgeschnappe und füge hintan:
„Wir beiden Hübschen gehen jetzt erstmal in die Teestube! Man kann sich doch nicht immer nur hinter Büchern verschanzen!"
Denn man weiß ja, daß Herr Dietrich Stammkunde im Buchladen ist, und immer ganz viele Bücher kauft, und sich nur daheim inmitten seiner Bücherburg sicher vor Feinden und Feindesfeinden fühlt.

Sonntag, 29. Oktober

Zuerst leicht sonnig. Dann grau bis trüb.
Abends einige blaue Löcher am Himmel

Als ich in der zarten Dämmerung in der Fußgängerzone stand, in welcher direkt schon eine Vorweihnachtsstimmung herrschte, mußte ich wehmütig an Rehlein denken.
Ich vermisste Rehlein ungeheuerlich.

Daheim rief ich meine Oma im Gesundbrunnen an. Zuerst freute ich mich nicht so auf diese Aufgabe, die seit einiger Zeit zu meinem täglich´ Brot zählt, doch wie´s immer bei mir ist: Freut man sich nicht drauf, so wird´s toll!
Ein erfüllendes Telefonat wurde daraus.
Ich erzählte von Frau Münch und ihrer Darmkrebserkrankung. Der Tumor selber sei so winzig gewesen, daß man ihn nur mit der Lupe sehen konnte, und machte auch keinerlei Beschwerden, aber an den Folgen der Chemotherapie, die zur Sicherheit verabreicht worden war, laboriert sie noch heute. Alle drei Monate geht sie zur Kontrolluntersuchung ins Auricher Kreiskrankenhaus, und dort heißt´s stets: „Die Werte sind leider bedenklich! Die Werte sind bedrückend! Nein, dies sieht aber leider gar nicht gut aus! Bitte kommen Sie in drei Monaten wieder zur Kontrolle!" Dann fühlt sich Frau Münch drei Monate lang seelisch unwohl, und dann hört sie bei der nächsten Untersuchung wieder wörtlich genau das Gleiche!
Und so geht es ihr nun schon seit drei Jahren!

Montag, 30. Oktober

Stürmischer Orkan

Am Morgen dämmerte es bereits zart, da wir jetzt Winterzeit haben, und draußen wütete jener ganz laute Sturm von dem Rehlein am Telefon gewarnt hatte, da unter solch stürmischem Gepuste wohl kaum ein Apfel an seinem Platz hängen bleibt?

Ich freute mich, ausgelost zu haben, einen Brief an Veronikas Schwester Franziska zu schreiben, und geriet darin direkt in brieflichen Plauderschwung. Mehr noch: Ich wurde vom Gefühl getragen, einer richtig guten Freundin zu schreiben. Solcherart vielleicht, wie ältere Seniorinnen früher, wenn sie Lady Di schrieben?

Und während ich das Frühstück zubereitete, dachte ich über Hildes Ehe nach: Im Geiste erzählte ich Ming & Rehlein das, was ich dann bei meiner abendlichen Plauderei mit der Omi romanhaft ausbreitete: Der Mohr sei eigentlich ein netter Kerl, doch die Hilde leidet daran, daß *sie* so nörglerisch ist, und sich nicht so recht zu bezähmen weiß.
Einmal legte sie eine häßliche, und im Grunde beschämende Szene auf's Parkett, weil das Zimmer so unaufgeräumt war. Daraufhin hat der Omar das

Zimmer so schön aufgeräumt, daß die Hilde hernach ganz beschämt war.

Im *Stern* las ich einen Report über den „rosa Riesen" (den Frauenmörder von Potsdam), der ganz alleine in einem grünlich modrigen, nicht unangenehmen Gefängnistrakt lebt, weil kein anderer der Gefangenen zu ihm paßt, obwohl dort oben, wo er wohnt, - einem Ort mit grünlichen Zellen und Duschräumen - Platz für viele wär.
„Nennen Sie mich Beate!" bat er den *Stern*reporter, da er lieber eine Dame wäre.
Er lebt dort ganz allein, zieht sich Frauenkleider an, und keinen geniert's.
Wenn alles klappt, dann wird er nächstes Jahr im August entlassen, denn dann sind zwei Drittel der Strafe abgesessen.
„Gebessert" wie man für ihn, und auch zum Wohle der Allgemeinheit hofft!

Beim Üben oben sah ich, wie unserer Briefträgerin der Alptraum aller Briefträger passierte.
Ein kleiner Junge durfte ihr ein paar Briefe hinterhertragen, die ihr der Sturm aus dem Wägelchen über die Straße hinweg, z.T. in Pfützen hinein gepustet hatte.

Frank Golischewski lud zur Feier seines 40. Geburtstags in Berlin-Mitte.

„Grüße aus der Mitte des Lebens" schrieb er.
Aber am allerschönsten war, daß Ming mir eine Karte aus Ägypten geschickt hatte.

Einmal klingelte es, und kurioserweise hatte bereits der Klang der Klingel eine so wohltuende Wirkung auf mich: Der Christoph-Otto war´s. Mit gestutzter regennasser Frisur stand er da und löste einen unglaublichen Plauderschwung in mir aus.
Ganze Romane packte ich gleich in die ersten drei bis vier Sätze, die ich an den Gast richtete: Daß ich angesichts seiner neuen Frisur, die mir zuerst ins Auge sprang, zunächst gedacht häbe, ein Staubsaugervertreter hätte den Weg zu mir gefunden?
Der Christoph brachte Noten von einem Streichquartett von Ludwig Meinardus vorbei, da er sich für seinen Landsmann, einen Komponisten aus Jever, einsetzt.

Der Omi erzählte ich heut vom Sturmwind „Nicole", und daß sich Buz doch schon so sehr auf den Apfelsegen gefreut habe. Ich könne mir aber nicht vorstellen, daß auch nur ein einziger Apfel an seinem Platz hängen geblieben war. „Die sind alle zum Nachbarn hinübergepustet worden – aber dafür die vom Nachbarn zu uns?" sagte ich frohgemut, da man sich ja seinen frischen Mut bewahren sollte.

Dann war ich zu später Stund noch im Combi.

Dort, wo die Einkaufswägen stehen, hatte jemand ein liebes, kleines Hündchen hingebunden.
„Mausele!" wurde es von einer lieben alten Frau genannt.

Übermorgen, wenn Buz kommt, feiert er ja auch gleich seinen 62 ½. Geburtstag, und ich bin schon voller Pläne, wie ich ihm einen schönen Kuchen backe, eine Flasche Wein besorge, und vielleicht seinen Spezi, den Christoph-Otto als frohstimmenden Überraschungsgast einlade?

Dienstag, 31. Oktober

Am Morgen zart sonnig. Dann nieselnd trüb

Beim Blick in die wetterliche Trübnis vor dem Fenster mußte ich darüber nachdenken, daß ich, wenn ich den Kuchen für Buz fertiggebacken hab, doch theoretisch die Nachbarn von gegenüber einladen könnte?
Doch wir müßten ja erst testen, ob wir uns überhaupt verstehen?
Könnt´ doch zumindest sein, daß wir hernach nur so dasitzen und Plattitüden von uns geben, wie beispielsweise: „Höhö, ce la vie!" u.dgl. mehr? Ein Satz, der für einen verlegenen Menschen gedacht ist, der nicht gar zu schweigsam scheinen will.

Abends machte ich mir unnötig Stress: Zwar stand beim Rezept vom Apfel-Möhren-Kuchen, den ich heut erstmals buk auf lose Weise zu lesen „wenig Aufwand", doch, Haha, da kann ich nur lachen: Das wahre Fitnesstrainig erlebte ich nämlich erst am Abend in Form vom Äpfel- und Möhrenraspeln.
Ich raspelte und raspelte, der Arm tat mir weh und es kam so wenig dabei heraus!
Doch viele Ärgerlichkeiten, die theoretisch hätten passieren können, passierten gottlob doch nicht. Z.B. *daß in letzter Sekunde der Teig auf Rehleins Bastteppich kippt und alles mit sperrigen Basthaaren durchsetzt ist.*

November 2000

Mittwoch, 1. November
Aurich- Worpswede

Vormittags sonnig.
Dann sehr grau und mit vereinzelten
windbepusteten Regentropfen durchsetzt

Am Morgen hatte ich einen verdrießlichen Traum, und fühlte mich doch so wohl im Bett:
Wir hatten ein Streichtrio von Herrn Stoppelenburg aufgeführt. Doch die Aufführung war lediglich mit einem kurzen, höchst verhaltenen Höflichkeitsapplaus, oder eher einem Pergamentsgeraschel altersgedörrter Hände bedacht worden.
Frau Stoppelenburg verbiss sich hernach drauf, daß ich das Werk ganz schlecht gespielt habe, und es nur deswegen kein Erfolg geworden sei. Und dabei hatte ich ganz normal, und hinzu recht gut gespielt.
Sie ließ das Tonband laufen, und man hörte ein paar Takte wo die Geige sogar besonders schön klang. Doch Frau Stoppelenburg bedeutete uns durch ein verständnisloses Vibrieren mit dem Haupt, einem seufzenden Ausdruck und allerlei Gestik, die ihrer Mißbilligung Form verleihen sollte, daß das mißerablig, und völlig am Kern des Werkes vorbeiinterpretiert gewesen sei.
Da nahm ich mir ein ♥ und frug: „Wie soll ich es denn anders spielen?"
„Na hör mal!" sagte Frau Stoppelenburg auf eine mildverwunderte Art solcherart, wie man vielleicht zu einem 14-

jährigen spricht, und ließ die Worte ohne weiteren Kommentar in der Luft schweben und für sich sprechen.
"Sie tut ja so, als sei es ein Desaster gewesen!" dachte ich unglücklich

Ich erhob mich, um Buz vom Flughafen abzuholen, und die Familie Gaßmann in Worpswede zu besuchen.
Wie schon zu erwarten, kam ich nur mühsam weg, und dann gab Buzens Limousine nur ein heiseres Stottern von sich. Dann aber bewegte sie sich doch, und ich fuhr zum „Opel Hiro".

Jener Herr, der ständig vor dem Autohaus herumlungert, beachtet mich nicht mehr, seitdem er mich einmal mit Ming Hand in Hand hat laufen sehen.
Bedient wurde ich von einem netten Herrn (Herrn Kugelmann), der einen leichten Defekt feststellte - einen verstopften Filter.
Auf zuvorkommende Weise fuhr er mir das Auto bis zur Ausfahrt hin, doch dann vergaß er, die Handbremse zu ziehen, und es rollte einfach rückwärts wieder hinab. Mit einem leicht hysterischen Hu-Ruf fing ich es wieder ein.
Gleich zu Beginn der Reise verfuhr ich mich. Doch das merkte ich erst gegen neun, als ich mich lang nachdem ich das Haus verlassen hatte, noch immer im Umkreis vom Auricher Fernsehturm befand.

Im Radio hörte ich eine erschreckende Meldung: Flugzeugabsturz in Taipeh, und unter den Verletzten sei ein Deutscher.
Da schien mir alles bedeutungslos: Z.B. ob ich jetzt zu spät zu Herrn Gaßmann komme, denn was wenn dies Buz wär?
Dann lief Beethovens siebte Symphonie, und mir liefen dabei Tränen die Wangen hinab, oder aber meine Augen entödematisierten sich wieder, wer weiß?

Flughafen Bremen gegen 13 Uhr 57:
In der Zeitung las ich etwas über das „Balkonmonster", einen 38-jährigen netten normalen Herrn aus Bremen. Theoretisch hätt´s ja auch Herr Gaßmann sein können („der nette Gitarrist von nebenan").

Schließlich stand ich um 14 Uhr 5 im Abholungseck, alle Fühler auf den heimkehrenden Buz gerichtet. Es fühlte sich an, als stünde man hinter der Himmelspforte und schaue auf die Ankömmlinge drauf, die einem im Allgemeinen fremd und vertraut in einem sind. So, als sei man durch die Lethe geschwommen und kenne seine alten Verwandten nicht mehr.
Einmal wunk eine Frau so freudig als sei´s die Tante Bea, so daß man richtig traurig sein konnte, daß dies freundliche Winken nicht einem selber galt.

Man sieht die Verwandten aufblitzen, doch dann muß man sich noch an ihnen herumgedulden, weil sie nämlich noch so lang auf ihr Gepäck warten müssen.
Und so erging es mir mit Buzen.
Vor Freude wunk ich mir fast die Arme aus der Verankerung, und auch Buz leuchtete vor Wiedersehensfreude und Erzähldrang.
Doch Buzens Gepäck ist gar nicht angekommen, so daß wir uns in die KLM-Schlange einreihen mußten.
Und während wir im zähen Menschenstrom herumwarteten, zeigte mir Buz Fotos aus Taiwan, die ihm jemand liebevoll auf Pappe geklebt, und zu einem Heftchen zusammengebunden hatte.

Wir wälzten uns im Nieselregen und zähfließendem Verkehr von Ampel zu Ampel, und Buz erunwirschte sich leicht, weil's ihm zu langsam ging.
Dadurch, daß mir Buz seine schwärmerischen Geschichten aus Seoul in dieser Wetterlage erzählte, assoziierte ich Seoul automatisch im Regen.

Worpswede am Nachmittag:
Von Frau Münch wußte ich ja schon, daß die Gaßmanns, bedingt durch den brotlosen Beruf des Familienoberhaupts, beengt leben - und zwar über einem Gemüselädchen gegenüber der Esso-Tankstelle.

Sehr nett wurden wir von der kleinen Familie in ihrem gemütlichen Heim empfangen. Auch wenn es vielleicht eng ist, empfand ich´s als fast wohlig gemütlich.

Wenn man aus dem Küchenfenster hinausblickte, sah man auf dem Rasen eine Schaukel für ein Einzelkind stehen, die leider Gottes leer war.

„Die Edith frägt, wann wir endlich lalala machen?" sagte Herr Gaßmann stolz, und spielte damit auf das gemeinsame Musizieren an, das bereits in den Lüften lag.

Tatsächlich war die kleine Edith schon so eifrig und stellte den Notenständer für uns auf.

Ich stellte mir vor, *wie die Edith später mal Orchesterwartin von Beruf wird: Sie schraubt die Notenständer in die richtige Höh, stellt die Noten auf und wenn sie dann im Jahre 2080 mit 82 Jahren verabschiedet wird,- da bis dahin der Eintritt ins Rentenalter drastisch in die Höhe geschraubt ist - dann wird in der Laudatio gesagt: „und in all den Jahren hat sich nie jemand beschwert."*

Donnerstag, 2. November

Zuerst sonnig. Dann grau und herb, aber angenehm. Abends regnete es

Dadurch, daß Omis Neigung zu Frösteln in Buz ihren Fortgang findet, war die Heizung gleich am Morgen bis zum Anschlag in die Höhe gestellt.

Ich schrieb Herrrn Schaarschuh dichterisch, daß ich mich schon mehrfach in einer Loswalzstellung Richtung Rügen befunden habe, und bloß erwachsenentypisch doch daheim geblieben wäre.
Das, was mich <u>wirklich</u> abgehalten hat, kann man natürlich nur dem Psychiater erzählen: Daß ich nämlich am allerliebsten alleine bin und Angst habe, daß die Wellenlänge nicht paßt und die beiden Alterchen vielleicht an Loggoröh laborieren?
Doch es könnte auch alles ganz anders sein? Daß Frau Schaarschuh die unglaublichsten Sachen erzählt, fantastischen Kuchen bäckt, und daß in der Schaarschuhschen Bibliothek nur Bücher nach meinem Gusto stehen?
Eigentlich sollte man doch lieber gleich so rum denken, oder?
Dann schilderte ich den fremden Leuten wie ich Buz zum Flughafen gebracht habe, um den Brief mit schelmischen Worten zu schließen: "Eigentlich sollte dies nur ein knapper Geschäftsbrief werden!"

Als Buz aus dem Duschhäusl trat, vermisste er seine blaue Hose.
„Sieh doch mal die positiven Aspekte daran!" rief ich ihm aus dem Musikzimmer zu.

Frühstück:
„Nun gönnen wir uns mal einen musikalischen Leckerbissen!" sagte ich mit leicht gespitzten Lippen, mit welchen ich Leute aus dem Holze von Frau Privath* verhohnepiepeln wollte.
*Eine vornehme Dame vom alten Schlage
Dann legte ich die CD von Stephan Schmidt ein, doch die simplen Gitarrenklänge taugten Buzen nicht als Frühstücksuntermalung.

Buz fuhr erst ganz spät ab. (Gen Grebenstein). Im Regen geleitete ich ihn noch zum Auto und wurde merkwürdig traurig dabei. Weil´s wieder so spät für unseren armen Schatz wird.
Die Wohnung war plötzlich ganz ungemütlich und leer und das Telefon schwieg auch, nachdem Buz weg war.

Freitag, 3. November

Altroter Sonnenschein. Zuweilen bewölkt

Um acht Uhr in der Frühe begann ich wie alle Tage in Mings verwaistem Kabüffchen mit der Briefschreiberei.
Irgendwie ist es ganz komisch, daß Ming nicht mehr da ist. Nicht einmal seine Aura spürt man mehr.
Dadurch, daß es Ming dürstet, sich von den Eltern zu lösen, und er in die große weite Welt strebt (ein Klischée), hat Ming symbolisch für dies Vorhaben bereits eine Schublade in seinem Zimmer leer geräumt.
Im unteren Stockwerk wütete Frau Meyer mit dem Staubsauger.
Immer wenn man Frau Meyer frägt, wie´s ihr wohl geht, so antwortet sie ein wenig unrhythmisch nach Art eines unschön verfrühten Einsatz´s in einem Duett: "Guut!"
Ihre Abschlußuntersuchungen sind befriedigend verlaufen. „Sie werden 100 Jahre alt!" habe der Arzt der alten Dame Mut gemacht, ohne selber daran zu glauben. „Das will ich gar nicht!" meinte Frau Meyer. „Aber wir!" scharmte ich und rannte schnell hinauf um meine geigerischen Studien weiterzubetreiben.

Zur Mittagsstund rief ich Maike Windau und Antje Onnen an. Antje Onnen ist jung und hübsch, und

man könnte sie sich sehr gut an der Seite Mings vorstellen, auch wenn ihr Violinspiel leider ein wenig seifig klingt. Ich fand's schad, daß man nicht mehr, so wie früher, zu Antje Onnens Mutti sagen kann: „Ist das Fräulein Antje wohl zu sprechen?"
(Das würde heutzutage weltfern klingen.)

Immer wieder mache ich an Ampeln kleine nette Bekanntschaften mit Senioren.
Man sagt z.B.: "Haben Sie schon gedrückt?" und ich antworte irgendetwas Nettes und lache ganz warm - so, als sei ein Scherz gefallen.

Auf dem Friedhof fiel mir ein, daß ich morgen Geburtstag habe, und sooo viele Wünsche habe.
Buz am Telefon sage ich: „Soll ich Dir alles aufzählen, was ich mir wünsche? Entweder die Brahms Symphonien mit Karajan oder Agrippina von Händel oder aber „mit 66 Jahren" von Udo Jürgens!"
Doch solche Käufe reizen Buz wohl kaum.
Buz meint natürlich, damit, daß er in Taiwan eine Kreisler-CD gekauft habe, sei die Sache geritzt, doch Buz hat die Kreisler-CD ja nur einfach so und hinzu für sich gekauft.
Dann saß ich auf meiner, von der Sonne warmgebratenen Friedhofsbank so da. Einmal raste ein Karnickel, das soeben unbarmherzig von einer schwarzen Katze gejagt wurde, an meiner Bank vorbei. Ich lief weiter.

Plötzlich stand ich direkt am Grab von Lucie Driever – einer Dame aus unserer Straße, die ich fast vergessen hätte, und die nun leider unter einer kalten Marmorplatte liegt, obwohl sie mir immer so rüstig erschienen war.
Eine große schlanke Dame – vielseitig interessiert...
Nun dämmerte es bereits, als ich heimwärts strebte.

Samstag, 4. November
Aurich - Grebenstein

Wunderschön herbstlich – zärtlich beleuchtet

Geträumt hatte ich so allerlei: z.B. daß Buz, Opa, Rehlein & ich am Ofenbacher Tische saßen.
Der Opa frug streng: „Wieviel Uhr ist es?" Buz hielt ihm seine Armbanduhr schräg hin und der Opa sagte auf eine Weise, als wäre dies nur der Auftakt zu einem ellenlangen Erziehungsversuch: „Wenn du die Uhr so schräg hälst, so sehe ich <u>nichts</u>!"
Ich fühlte Familienspannungen in der Luft liegen.
„5 nach 9!" murmelte ich mehrfach angstvoll, doch keiner hörte auf mich.
Einmal stand der Opa mit seinem Glasteller auf und ich hatte schon Angst, er würde ihn gleich wütend hinknallen, so daß Scherben spritzen, doch er wollte Rehlein nur zeigen, wie sauber er ihn abgeschleckt hat.

Im Auto dachte ich darüber nach, ob es wohl Leute gäb, die ich zu 100% gern hab?
Doch nur ganz wenige fielen mir ein.
Viele Leute, die man sehr nett findet, kennt man auch zu wenig um sich ein Urteil zu erlauben. Mir fielen nur folgende ein: Frau Picker, die Dsching-Yi, vielleicht die Simone Lause.
Und so rief ich Frau Picker an.
Frau Picker geht's schlecht, weil's ihr immer schlecht geht. (Seelenfrost.)
Ich konnte mich ganz genau in sie hineinversetzen: Die Sonne scheint, aber es ist dennoch so kalt, daß man Frostbeulen auf die Finger bekäme, wenn man seine Handschuhe abstreifte.
Frau Picker: „Es ist alles so sinnlos, Franziska!"
Frau Picker bereut so vieles im Leben: z.B., daß sie einige Schüler so gerne losgeworden wäre, weil das Talent zu nichts taugte.
„Heute denke ich, ich hätte sie mit Akribie und Liebe weiterunterrichten müssen...."
Da ich Frau Picker so gut verstand, unterbrach ich sie überhaupt nicht, sondern lauschte ihren Worten nur solcherart, als könne man jedes ihrer Worte unterstreichen.
„Es wäre alles leichter, wenn man wie eine Heilige durch's Leben schwebte!" sagte Frau Picker.

Ich kam so schwer los, weil vor der Reise immer so viel bedacht werden muß. Seelisch hatte es mich sehr

in die Tiefe gezogen, als ich hören mußte, daß heute Nacht um ein Uhr der Onkel Ebi nach Grebenstein kommt.
Ich hatte mir doch ein Gelübbde abgelegt: „Nie wieder Omisitten im Duett mit dem poltrigen Onkel!" und schon wieder saß ich in der Falle.

Die Reise genoß ich unendlich.
Ich hörte unsere alten Kassetten: z.B. jenes Rathauskonzert zur Weihnachtszeit 1976, das Buz einst mit seinem 12-jährigen Sohn Ming am Klavier gegeben hat.
Damals stak Buz in meinem heutigen Alter und spielte ganz hervorragend.
Bach´s g-moll Sonate spielte Buz sehr markant, wenn auch ein wenig einseitig streng. Doch das war damals so in Mode.

In der Zeitung las man über den entflohenen Häftling Frank Schmökl, der nur eine Kreditkarte und einen fahrbaren Untersatz hat.
Wo soll das bloß hinführen? frägt man sich.

Abends im „Gesundbrunnen" in Hofgeismar (Zimmer 207):
Die Omi saß am Tisch und schaute aus getrübten Augen geradeaus.

Frau Dersch, die Mitinsassin, eine in weißen Stützstrümpfen steckende Dame mit einem frisch reparierten Hüftschaden, lernte ich auch kennen.
Zuerst mußte ich der Omi die Batterien für ihr Hörgerät wechseln, und manchmal hörte man Selbiges laut pfeifen.

Einmal rief der Onkel Ebi auf seine gehetztverdrossene Art an und vermeldete seine Ankunft für um 21 Uhr 41 in Kassel-Wilhelmshöhe.

In Grebenstein begrüßte ich die Edith, die mir gleich nach dem Begrüßungsbeginn netterweise ein paar Kekse zum Geburtstag schenkte. Sie begleitete mich in Omis Wohnung, und einmal verirrte sich die Katze der Nachbarn in Omis verwaistes Zimmer.
Ich fühlte mich ähnlich deprimiert wie Frau Picker: In dem Sinne, daß ich mir wünschte, netter zu meiner kleinen Omi zu sein. Ich *war* zwar nett, aber so stimmungsarm, und der Onkel Eberhard pflegt leider immer eine solch große Dramatik in mein Leben zu bringen, daß ich Mings Anrufsbeantworter erzählte, daß ich mich vor dem Onkel schon im Voraus erholen müsse.

Onkel Eberhard hatte in Kassel den Anschluß verpaßt, und verschob sein Kommen auf 23 Uhr 31.
Schließlich holte ich den Onkel zu so später Stund´ vom Bahnhof in Grebenstein ab.

Obwohl dort deutlich zu lesen steht: „Das Überqueren der Gleise ist strengstens verboten", sah man ja doch eine Gestalt müde über die Gleise torkeln, und diese Gestalt war Spätheimkehrer Eberhard.

Dann war er aber doch herzlich und erriet richtig, daß ich heute Geburtstag habe.

„Wir beiden Hübschen gehen jetzt in die Kneipe" rief er aufgemuntert aus und hakte mich nett unter.

Tatsächlich war die „deutsche Eiche" noch geöffnet. Um diese vorgerückte Stund herrschte noch immer ein lebhafter Betrieb, und der Onkel kannte dort praktisch alle. Beständig mußte er sich über Tische beugen oder recken, um mit Jemandem Banalitäten auszutauschen, bzw. natürlich „die Situation" zu erörtern..

Ein angeheiterter Herr mit Bart war so entzückt von mir, daß er mir sogar einen Geburtstagskuß gab.

Mir gefiel´s. Das ist die hessische Urtradition, redete ich mir ein, und bedachte auch, daß das der Nährboden für Buzens Wurzeln gewesen war.

Es zeigten sich mehrere Charakteristika der Hessen: z.B., daß sie kein rechtes Gespür dafür zu haben scheinen, was andere wohl interessieren könnte, und außerdem war´s ein bißchen wie beim Pfarrer Fliege: Immer wenn´s grad spannend wurde, wurde etwas Dümmliches dazwischengequatscht, und man rutschte vom Pfade der Spannung wieder ab.

Einmal setzte sich die Witwe vom Wirt Hänschen Israel zu uns. Wir sprachen über alte Menschen die sich selbst überlebt haben, und kontrastierend zu diesem betrüblichen Thema über den viel zu frühen Tod ihres Mannes. Das Hänschen hatte sich seinerzeit noch zu unserer Omi ans Bett gesetzt, um mit ihr zu plaudern.
„Mein Mann hatte Seele!" murmelte die Witwe mit Nachdruck.
Der Onkel sagte etwa alle 11-14 Minuten zur Kellnerin: „Darf ich noch ein allerletztes Bier haben?" Dann erklärte er dem Herrn mit dem Rauschebart der mich geküsst hatte: „Meine Mutter und ihre Oma liegen beide auf dem Krähenberg. S´ ist nämlich die selbe Person!"

Sonntag, 5. November

Zuerst wunderschön. Dann bewölkt,
schließlich herbstlich verhangen –
abends jedoch eine zauberische Dämmerung

Als wir tief in der Nacht nach Hause gekehrt waren, versank der Onkel Eberhard am Eßtisch in eine katatonische Pose. Er saß da, bewegte sich nicht mehr und machte gar nichts. Außer seinem Anblick spürte man nichts mehr von ihm – so als sei er gar nicht da, und man habe ihn sich nur so dahin gedacht. Der Onkel schaute aus wie ein festgefrorenes Hirngespinst, das man nicht mehr vom Schirm bekommt.

Beim Frühstück hatte der Onkel wieder jene seltsam autistische Ausstrahlung, von der sich gar nicht sagen lässt, ob sie einem allgemein theatralischen Gebaren entspringt, oder aber auf eine jäh geplatzte Ader im Hirn zurückzuführen wäre?
Er saß hinter seinem Frühstücksgedeck, blickte quer an mir vorbei, und bei allem, was man so sagte, gab er ein lautes und stereotypes „Mmm-hm" von sich.

Schließlich fuhren wir auf den Krähenberg zum Gesundbrunnen, wo die Omi immer am Tisch sitzt und ins Leere schaut.
Ich küsse dann immer innig auf das kleine verglimmende Lebenslicht ein, weil man als Enkelin halt etwas tun muß.
Heute war die 59-jährige „Ulla" zu Besuch – die Tochter der hefeweichen „Frau Dersch".
Zunächst fühlte ich mich als Anhängsel vom Onkel Eberhard in den Augen der Besucherin als Schwiegertochter, doch dann bröckelte dieser Schein rasch unter dem schwiegertochterunspezifischen Kußhagel, den ich der Omi angedeihen ließ.

Der Eberhard erzählte auf seine asthmatischverdrossene Art von der Hochzeit, und so ziemlich jedes Wort von der Omi ging ihm ungeheuerlich auf die Nerven, so daß die Omi unter diesem Bann ganz verunsichert und sogar leicht tüdelig wurde.

Besuch mit dem Onkel Eberhard in der Wilhelmshöhe:
Der Eberhard erzählte, wie sehr sich die Omi darüber aufgeregt hatte, als es hieß, in jenem abgestürzten Flugzeug in Taiwan sei ein Deutscher gesessen.
„Das ist mein Wolfram!" habe die Omi gejammert, und: „Jetzt hat er keine Geige mehr!" -„wenn er überhaupt noch Hände hat?" dachte die arme kleine Oma zu allem Übel auch noch auf erloschene Weise hintan, da dem Leben durch diese Tragödie praktisch jeglicher Sinn entsogen schien.

An der Garderobe zum Museum hing ein herrenloser Hut, der am 4.11. einfach hängen geblieben war, wie ein Pickerl verriet. Ich stellte mir vor, daß der Herr, dem der Hut gehört, verschwunden sei. Wie vom Erdboden verschluckt. Niemand wird ihn jemals wiedersehen, und nur der besonders malerische Hut ist von ihm übriggeblieben.

Dienstag, 6. November

Zuweilen sonnig, meist grau-bewölkt

Am Morgen saß ich auf Omis ausgeleiertem Sofa und begann einen Brief an meine Kusine Linda zu verfassen. Ich hätte der Linda so gern geschrieben, wie traurig ich ihre plötzlich so unpersönliche Art Ming gegenüber finde, doch über dem hängt ja immer der deprimierend-dümmliche Erwachsenenpassus: „Das ist einzig und allein eine Sache zwischen ihm und mir. Halt Dich da bitte raus!" so daß man das, was einem auf der Seele brennt, gar nicht zu schreiben wagt.
Nach 20 Minuten wurde der Onkel wach und polterte auf seine onkelige Art – scheinbar grob, doch in Wirklichkeit gutmütig – gleich los.
Ich selber schickte mich an, ein paar Einkäufe zu tätigen. Der ewig kränkelnde Onkel wünschte sich einen Nieren-Blasen-Tee, und ich spürte Rehleins Erbmasse in mir, indem ich für diesen Kauf eine promenatorische Verrenkung unternahm und zur Apotheke lief, weil die Nieren-Blasen Kräuter dort doch wohl gewiss noch besser wären als im Supermarkt? – was sich besonders in dem noch gesalzenerem Preise zeigt?

Mittags auf dem Krähenberg:

Im Zimmer war es sehr warm, und beide Damen (Omi und Frau Dersch) saßen am quadratischbleichen Tisch, wo ihnen um Punkt 12 ein schönes Mittagessen serviert wurde.
Der Onkel Eberhard war heut an seinem Abreisetag sehr nett, fast aufgeräumt, und erzählte Witze, um die Damen zu erheitern. Er schürte ein kleines Erheiterungsfeuerchen unter den welken Pötern, um die Damen bei Laune zu halten.
Hernach saß er mit der Omi in einer Nische am Gang, und las ihr aus der heiligen Schrift vor.
Die versunken lauschende Omi sah so schön aus.
Mit polternder, ausdrucksstarker Stimme rezitierte der Onkel die Schauergeschichten aus der Bibel in einer Qualität, die an einen Spitzenschauspieler aus dem Burgtheater erinnerte, und auf die vorbeiflanierenden Besucher wirkte er womöglich wie ein religiöser Eiferer?

Zum Abschied auf dem Bahnsteig umarmte mich der Onkel Eberhard sehr fest, tiefempfunden und lang und sagte: „Ich hab Dich lieb!"
Dann verschwand er im Zuginneren, und wurde aus meinem Leben hinfortgespült.
Es hieß, Buz und ich sollten das Weihnachtsfest mit der Omi feiern, da dies womöglich ihr letztes Weihnachtsfest würd? Doch seit 1997 sagt der Onkel alljährlich auf seine dramatische Art: „Ich hoffe, ihr

seid euch dessen bewußt, daß es für Mutter das letzte Christfest sein wird...."

Ich fuhr zum Krähenberg zurück:
Die Damen hörten sich Buggi-Wuggi-Musik aus Omis kleinem Radio an, und warteten auf die Nachrichten.

In den Nachrichten wurde genau vermeldet, wo man den entflohenen Häftling Frank Schmökel sucht, so daß der listige Kerl genau Bescheid weiß, indem er jenen Orten, wo man ihn sucht, fernzubleiben gedenkt. Er hat sich längst als Pfarrer verkleidet und predigt pfarrgemäß irgendwo von einer Kanzel herab dummes Zeug.
"...oder als Polizist, und beteiligt sich an der Fahndung!" warf ich in die Miss-Marpeligen Mutmaßungen der Damen ein.
Der Apell seines liebenden Vaters "Frank! Ich LIEBE Dich! Bitte höre mir zu..." (pathetisch und voll Gefühl ausgesprochen) verhallte somit ungehört, weil's ja heißt, er habe den Sohn früher so verdroschen, daß man hernach die Haut abziehen konnte....doch heut´ bereut´s der Vater tief, und würde alles drum geben, seinen geliebten Sohn wieder in die Arme schließen zu dürfen.

Dienstag, 7. November

Mal warmer Sonnenschein, dann vorbeiziehende,
sehr düstere Wolkenbäusche

Auf der Speisekarte im Café Gesundbrunnen las ich, daß man dort, wenn man denn das Bedürfnis verspüre, sich ehrenamtlich zu betätigen, als Serviererin loslegen möge.

„Und der Lohn?" beantwortete die Speisekarte die in den Lüften vibrierende Frage auch gleich:

„Sie lernen nette Menschen kennen..." stand dort etwas evangelisch getönt zu lesen.

Ich aß einen köstlichen, von ehrenamtlicher Hand gebackenen Schmandkuchen, und las in der Zeitung über den entflohenen Häftling Schmökel, den sie wohl nie finden werden.

Die eine Helferin hat von der vielen Ehrenamtlichkeit, die sie von früh bis spät unverdrossen ausübt, bereits einen so freundlichen Ausdruck bekommen. Ein strahlendes Lächeln mitten im Gesicht.

„Woher kenne ich Sie bloß?" warf sie eine Frage auf.

Frau Dersch hatte eine neue Frisur auf dem Haupt, die ihrem Beruf (Bäckerin) zur Huld wie frischgeschäumte Sahne ausschaute.

Allgemein strebte man zum Gedächtnistraining um drei.

„Oh, das hatte ich ganz vergessen!" rief ich aus.
Ich durfte nämlich mit, und saß zunächst neben der Omi. So nach und nach wurden auch die anderen Knochengestelle herbeigeschoben.
Eine Dame mit Namen „Frau Goersl" hatte so einen erfreuten Ausdruck auf dem Gesicht.
„Heute wird der Gedächtniskönig gekürt!" scherzte ich, weil man inmitten der hefeweichen, aber gleichsam lernfreudigen hessischen Moribunden nach anfänglicher Scheu ganz locker wird.
Für die Omi war´s ein Erlebnis wie für ein Kind, wenn die Mutti mit in die Schule kommt.
Die anderen Senioren schauten neugierig zu mir her, weil ich noch so jung bin, und schon mein Gedächtnis schulen wollte.
„Sie mjiiiisn da chiinten siiitzen!" sagte eine russische Krankenschwester in sozial getönter Bärsche, weil immer noch mehr Rollstühle mit welken Pflanzen herbeigeschoben wurden.
„Setz dich hierher, Mädchen!" setzte sich die Omi über die Bärsche der russischen Schwjeeestr hinweg, doch dann war sie bereits von anderen Gehkäfiggestellen umkeilt, und und ich wiederum an eine hintere Ecke des Zimmers hinweggeschwemmt worden, wo ich nun wie eine Protokollführerin so dasaß.
Dann begann der Unterricht, moderiert von Frau Hudek, einer netten jungen Frau mit einem riesigen

ausladenden Po, der in einer transparenten weißen Mitarbeiterhose stak.
Zuerst mußten alle ihren Namen nennen, und ein paar Worte um den einst ausgeübten Beruf ranken.
Dann wollte Frau Hudek wissen, ob man sich wohl gemerkt habe, wie sein Sitznachbar hieße?
Die Omi war ein wenig aufgeregt, wie man an ihren Rührbewegungen sah.
Vor lauter Aufregung hatte sich fast niemand gemerkt, wie sein Sitznachbar heißt.
Doch wie in einer Kindergartengruppe kristallisierte sich auch hier bald ein Primus heraus.
Dann mußte man Sprichwörter aus den spinnwebsverhangenen Gehirnkammern hervorklauben, und bald war die Stunde um.
Ich fühlte mich direkt ein wenig wie eine Mutti, wenn der Kindergarten aus ist, als ich mich mit der Omi wieder entfernte, und den langen Linoleumflur entlang wackelte.

Ich hatte meine Thermoskanne mit feinstem Adventstee befüllt, und an dem kleinen quadratischen Tischlein von Frau König und Frau Dersch breitete sich ein dahingehendes Behagen aus, als wolle man gemeinsam eine Adventstunde feiern.
Frau Dersch ist immer so ernst und bemüht, alles richtig zu machen.
Zum Thema „Gedächtniseintrübung" erzählte sie, daß – sofern sie jemand darauf hinweist, daß sie

diese Geschichte schon mal erzählt habe, - sie diese Geschichte dann niemals wieder erzählen würde, um nicht noch einmal in diese unschöne Verlegenheit gebracht zu werden.

Frau Dersch hatte ein Buch begonnen, doch es gefiel ihr nicht und empörte sie sogar.
Es spielte in Kanada und erzählte von einem rohen Farmer, der seine Frau schon 17 mal geschwängert hat – doch es kamen „nur" sieben Söhne dabei zustande.

Die Omi kann noch ein bißchen ohne Brille lesen, und las auf einem Werbeblatt für den Bertelsmann-Verlag herum, während draußen düstre Wolkengebilde vorbeizogen. Zuerst sickerte aus einem Loch in den Wolken noch ein wenig Gold heraus, doch nach einer Weile war das Loch plötzlich verschlossen.
Zum Dämmer bin ich mit der Omi wieder durch die Gänge gewackelt.
Dadurch, daß ich beim Gedächtnistraining heut bereits viele Senioren kennengelernt habe, spitzte ich neugierig nach den Türschildern.
Ich freute mich immer, einen bekannten Namen zu entdecken, und bei anderen war ich auf Vermutungen angewiesen.
Ich sprach davon, wie das jetzt wohl wäre, wenn der Opa Gerhard auch noch hier herumwackelte, und

was der beim Gedächtnistraining wohl für eine Figur abgeben würde?

"Ich bin dr Mann zu dr Frau da!" würde er sagen, da ihm Omis Name in der Aufregung nicht einfiele.

Jetzt frug ich die Omi nach dem kleinen Wolfhard aus, denn über ihn muß ich in letzter Zeit immer öfter nachdenken: Wie er wohl geworden wäre, wenn er jetzt als 66-jähriger, wie im Hit von Udo Jürgens, bei uns säße?

"Muddr. Soll ich dir denn ein wenig aus der heiljen Schrift vorlesen?" hörte ich ihn im Geiste sagen.

Für die Omi ist ihr Sohn Wolfhard nur ein kleines Intermezzo gewesen, und sie denkt heute nicht mehr groß über ihn nach.

Damals war sie keine so besonders gute Mama, erzählte sie unsentimental.

Man hatte damals gemeint, daß man den Kindern keine Brust geben dürfe, da sich sonst der Busen verformt und bald schon ausgeleiert und welk herabhängt, - und ein knackiger Busen schien der damals 21-jährigen Omi und ihrem Mann von immenser Wichtigkeit. (Heut wär´s ihr wurscht.)

Bis gestern stand auf Omis Stundenplan neben dem Bett: Entlassung ---, doch seit heute steht ein Datum drauf: Entlassung am 20.11.00.

Man meint, man müsse sich freuen, doch es fühlt sich nur komisch an.

Die Omi ist es jetzt gewöhnt im Gesundbrunnen zu leben, und möchte nicht mehr so gerne aus diesem neuen komoden Pfad der Gewohnheit herausgehebelt werden.
Theoretisch könnte man das Entlassungsdatum ja ein wenig verändern und ein: 20.11.08 daraus machen?
Dann ist am Abend unsere polnische Verwandte Wjescha zu Besuch gekommen. Sie hatte sich ihr dünnes Haar ganz schwarz gefärbt und aufgeplustert und brachte ihrem Namen zur Huld die Wäsche mit, die sie der Omi gleich liebevoll in den Schrank hinein räumte.
Ich half Frau Dersch barmherzig beim Strumpfabpellen.
Dann fuhr ich heim.

Buz kam, als ich gerade einen Film anschaute. Unser Papa war mild und müd, und erzählte, wie er in Trossingen die ganze Familie Xie getroffen habe.
Buz war begeistert von den süßen Kindern. Doch leider wandern die Xies demnächst nach China aus.

Mittwoch, 8. November

Meist grau und bleich. Hi und da Geniesel

Buz wollte schon um acht Uhr bei der Omi sein, und die Omi legt immer so eine große Erwartung in diesen Besuch, der dann doch meist leider ganz unbesonders wird, da es Buzen aus dieser zähen Moribundenaura hinwegzieht wie einen Verliebten, der einen Anstandsbesuch bei einer Seniorin machen muß. Mehr als ein: „Na, Ellalein! Sieh zu, daß mir keine Klagen kommen!" fällt Buz nur selten ein, so daß die Omi hernach immer ganz traurig ist.

Frank Schmökel wurde gefaßt und in den Bauch geschossen, weil er die Polizisten mit dem Messer bedroht hat.

Einmal klingelte Frau Schröder.
„Ich muß schon wieder ein bißchen meckern!" sagte die Schrödersche, wenn auch in gutgelauntem, muntrem Tonfall.
Ich dachte schon, es sei wegen meiner Geigerei, auch wenn ich heute noch gar nichts gespielt hatte. Doch es ging darum, daß Buz und Eberhard die Haustüre immer so abscheulich zudonnern, und das wo die Schröders doch immer so ein Etepetetengetue mit ihrer neuen Türe veranstalten.

Nicht mal nach der Omi erkundigte sich die Schrödersche, und man spürte es so überdeutlich, wie man sich mit der Schröderschen leider nur mit Müh befreunden könnte, und wie sie mit Sicherheit nie in unsere Konzerte käme.

Mittags im Gesundbrunnen:
Heute gefiel es mir nicht so gut wie gestern. Es roch ein wenig strenge, und dann stellte sich heraus, daß das die purpurnen Blumen von der Martha (der Schwägerin) waren. Ferner bohrte nebenan irgendwo irgendein Depp, so wie in dem Hit von Reinhard Mey beschmäht, und ich nahm diesen abscheulichen Lärm als Aufhänger, den Damen zu erzählen, wie ich mal in Mölln im Caféhaus saß, wo plötzlich jemand ein Loch in die Wand bohrte.
Hernach verkündete eine um Versöhnung bemühte Stimme, daß alle Eisbecher „auf's Haus" gingen, weil man den Gästen diesen häßlichen Lärm zugemutet hatte.
Dumm wär's bloß gewesen, wenn gerade ein junger Mann seiner Freundin einen Heiratsantrag gemacht hätte:
„Willst Du ---ssssssssssssssssssssssssssss – meine Frau werden?"
„Biddö?"
„Ob du meine Frau werden willst?"
„Du, bei diesem Lärm hier verstehe ich kein Wort!"
„Ach, vergiss es!"

Wir liefen in den schönen großen Aufenthaltsraum, und ich erzählte dichterisch von Rehleins Onkel Viktor, der immer so gerade lief, als habe er einen Spazierstock verschluckt, und die Frau Dersch mit ihrer frisch geschäumten Sahnehaube auf dem bleichen Kopf saß auf einem Stühlchen im Flur. .
Nach einer Weile kam Besuch: Frau Derschs zweite Tochter Margot mit ihrem holzgeschnitzten, netten und zurückhaltenden Ehemann und zwei kleinen Enkelchen – für Frau Dersch somit die Urenkelinnen: Viktoria und Johanna, zwei und vier Jahre alt, und die vierjährige Johanna ist leider diejenige, die nicht spricht. Wie ein Vögelchen, das man sich angeschafft hat, um die Wohnung mit schönen Frühlingsgesängen zu füllen, doch das Vöglein bleibt stumm.
Ein Besuch beim Kinderarzt habe jedoch ergeben, daß Hirn und Ohren einwandfrei funktionieren, und somit spricht die kleine Johanna aus jenem Grunde nicht, weil es nichts zu sagen gibt, oder aber, weil vielleicht ein anderer genau das sagt, was sie jetzt auch gesagt hätte?
„Jetzt schauen se doof!" sagte Frau Dersch über die schüchternen kleinen Mädchen.
Ich fand diese Worte sehr häßlich, doch unsere Omi sagte so bezaubernd zu einem der Kleinen: „Gib mir dein Händchen!"

Als ich mich anschickte, zum Fitnessklub aufzubrechen, kamen Edith und Frau Kionczyk zu Besuch.
In gewisser Weise ist unsere Omi ja schon gestorben – in jenem Sinne, daß sie nicht mehr bei uns ist, und doch kann man sie in einem Vorort vom Paradies ja noch besuchen, denn eigentlich hat dieses Altenheim eine wunderbare präparadiesische Ausstrahlung.
Man hatte sogar lustige Papierdrachen auf die Fenster geklebt – wie im Kindergarten.

Später stellte sich heraus, daß das Handtuch, das ich mit in den Fitnessklub genommen hatte, Frau Dersch gehörte!
„Da könnense froh sein, daß ich mir damit nicht den Hintern getrocknet habe!" scherzte sie auf ihre matte Seniorinnenart.
„Dann wäre der doch gerade frisch gewaschen gewesen!" scherzte ich nett zurück, so als mache mir dererlei nichts aus – aber innerlich war ich doch froh.

Abends rief mich die Katharina an, die derzeit hochschwanger ist. (Wurftermin in zirka einer Woche.)
Ich scherzte, daß das Baby vielleicht so würde wie ihr Vater, und die Katharina gab einen Entsetzenslaut von sich, da sie an dererlei noch gar nicht gedacht hatte.

Jetzt ist der Vater fast am Ende seines Lebens angelangt*, und das Leben mit ihm ist fast ausnahmslos entsetzlich gewesen, weil er nie zu leben gelernt hat.

*Nachtrag 2020: Lebt noch immer!

Einmal bettete ich, am Tische sitzend, meinen Kopf schräg auf die Arme, und schaute nach rechts, bis ich nur noch den Opa Gerhard sah, wie er seit vielen, vielen Jahren mit einer guten Zigarre zwischen den im doppelten Sinne vergilbten Fingern so dasitzt, und einen durch einen Silberrahmen hindurch mustert.
Sonst schaut er immer auf den Rücken von der Omi drauf, doch jetzt schaute er auf mich.
„Opa Gerhard, hol mich!" sagte ich ein paar mal.

Donnerstag, 9. November

Unterschiedlich:
Mal sonnig, dann z.T. düster bewölkt

Mittags verließ ich wie alle Tage das Haus, und fuhr nach Hofgeismar.
Dort besuchte ich jene Pizzeria am Wegesrand, in der ich neulich mit dem Onkel Eberhard beisam-

men saß, und setzte mich nach Art einer Seniorin auch noch an den selben Tisch.

Ich bestellte mir einen italienischen Vorspeisenteller, auf dem wahrscheinlich die Reste, die man von den liegengebliebenen Pizzateilen der anderen Gäste abgeschabt hatte, zum Jubelpreis von 9 Mark 90 feilgeboten werden.

Leider hatte ich sehr große Augenschmerzen rechts, aber sonst ging´s mir sehr gut, und so gönnte ich mir auch noch eine Nachspeise, die auf dem Teller etwas übertrieben ausgebreitet war, und sich in der Speisekarte fast noch verheißungsvoller ausgenommen hatte, als nun in Natura:

Crêpes mit Amaretto-Mascarpone und Walnußeis.

Sehr gut dies alles, und nur der Cappuccino schmeckte abscheulich, wie ich fand. Aber vielleicht liegt dies auch an mir, weil ich immer mit dem Zucker geize.

Dadurch, daß ich mir gestern in Anlehnung an Frau Pickers Worte vorgenommen hatte, daß es mich nicht mehr ärgerlich stimmen dürfe, wenn die Omi mich „Mädchen" nennt, war ich heut schon richtig gespannt, wie sich dieser gute Vorsatz wohl auswirken wird, und wie ich reagiere, wenn sie mich doch wieder „Mädchen" nennt?

Die Omi nannte mich heute nur zweimal „Mädchen", und einmal davon sogar nur indirekt:

Ich hatte erzählt, daß ich mit 90 zu meinem Bruder ziehen werde.
„Der wird sagen: „Mädchen, das kannste nicht machen!"" legte die Omi Ming äußerst wesensferne Worte in den Mund.
„Der nennt mich niemals „Mädchen!" sagte ich eifrig und leicht gekränkt, und war auch ein bißchen enttäuscht, daß die Saat des guten Vorsatzes nicht aufgegangen schien. Doch leider fand ich es immer noch ekelhaft, sich „Mädchen" nennen zu lassen, so wie man sich ja vielleicht auch nicht darauf konditionieren kann, die Benennung „Stinker" (für ein appetitliches kleines Kind!) neutral zu finden?

Als ich kam, saß eine Dame da: Die 67-jährige Marianne aus Immenhausen, die von der Omi und ihrem Ehemann vor Jahren in der Eisenbahn kennengelernt wurde.
Die Marianne sieht fröhlich und vielleicht ein wenig antroposophisch aus, und sogar über meinen Opa Gerhard konnte sie mir etwas erzählen. Nämlich, daß er mit seinen beiden älteren Kindern immer nur französisch sprach, damit die´s endlich lernen.
Frau Dersch las die ganze Zeit mit ernstem Ausdruck in ihrem Buch – einem Schmöker solcherart, wie er in der Ofenbacher Kellerbibliothek herumsteht, und schüttelte immer wieder in humorfreiem Ernste den Kopf über dieses Buch.

"Also so was Verrücktes!" sagte sie in altersgrämlicher Verdrossenheit über die Geschichte, wo es darum ging, daß sich zwei Liebende einander nie erklärten.
Doch hätten sie sich erklärt, so wäre das Buch ja wohl kaum geschrieben worden, versuchte ich der alten Dame zu erklären.

Ähnelnd Mobbln behandelt mich die Omi vor Publikum etwas anders als sonst, auf daß ein etwas rustikaleres Enkel/Omi-Bild entstehen möge.

„Ich habe gehört, daß man bei einem guten Buch einmal pro Seite schmunzeln muß!" sagte ich zu Frau Dersch, die immer so überaus ernst las.

Manchmal habe ich das Gefühl, daß ich meine *beiden* Omis auf einmal besuche, denn Frau Dersch ist eine richtige Oma wie aus einem Kinderbuch. Sie erinnert mich an die Eisinger Erika aus meiner Klasse in Lanzenkirchen, auch wenn ich die ja nur als Zehnjährige kenne.
Ein gewissenhaftes, ernstes Mädchen, das mangelnde Begabung durch Ernsthaftigkeit und Gewissenhaftigkeit auszugleichen verstand.
Im Gegensatz zu Mobbln leuchtet Frau Dersch allerdings überhaupt nicht.

Die Omi jedoch, so finde ich, leuchtet schon – allerdings leuchtet sie als Verwandte womöglich nur für uns?

Auf unseren langen Flurwanderungen kamen wir am Zimmer von Herrn Menne vorbei, der im Bette lag und schnarchte. Weil er so schnarcht, bekam er ein Einzelzimmer.
Dann liefen wir noch einen Flurappendix entlang, und ein Herr, der dort wohnt, heißt „Herr Wacker", und durch großen Zufall lief die Omi gerad wacker an seiner Türe vorbei.
Hernach war die Omi ganz erschöpft, so daß ich ihr ein Glas Wasser herbeiholte. Doch die Omi trank nur so wenig wie ein Vögelchen.
Dann machte sie sich Sorgen, ob Buzens Film wohl jemals fertig wird, und ich schilderte Buzens Tageslauf, so daß man sehen konnte, daß die Tage viel zu kurz für Buz sind.

Am Abend besuchte uns Frau Reimich und blieb sehr lang. Sie brachte uns kleine, possierlich zusammengerollte Pfannkuchenstücke mit, die innen mit einer köstlichen Quark-Schmand-Mischung gefüllt waren. Sie wirkten wie Lebewesen und fühlten sich auch so an, und drum schrieb ich auch „possierlich", auch wenn dies auf eine Speise gemünzt im Grunde gänzlich unpassend ist.

Frau Dersch sagte nett: „Frau Reimich! Ich FREUE mich, daß Ihr Sohn wieder da ist!"
Frau Reimichs 20-jähriger Sohn war nämlich eine ganze Woche lang verschwunden, und Frau Reimich konnte während dieser Zeit gar nicht richtig arbeiten, und zitterte und heulte immer unkontrolliert.
Aber auch Frau Dersch hat heut als Mutter etwas hinnehmen müssen: Ihre Tochter Gabriele wurde von einer Katze gebissen, und die Tetanusspritze kostet 2200 Mark! Etwas, das die Krankenkasse nicht übernimmt, und die Katze hat ja derothalben zugebissen, weil die Gabriele sie geärgert hat.
So sprachen wir jetzt darüber, daß die Mütter unter uns immer so viele Sorgen haben.
Frau Reimich ist böse mit ihrem Mann Andrej, und die Omi setzte sich so rührend dafür ein, daß sie ihm heut abend wieder gut sein möge, und lenkte das Thema immer wieder drauf.

Wieder in Grebenstein.
Im Treppenhaus hörte ich lautes und furchterregendes Geschimpfe – doch nach einer Weile lachten alle fröhlich und applaudierten, und es war bloß, daß jemand seiner Familie eine Theaterszene vorgespielt hatte, da er wohl demnächst einen Auftritt hat?

Abends telefonierte ich ungefähr eine Stunde lang mit dem Onkel Hartmut. Ich erzählte dem Hartmut das, was ich mir heut ausgedacht hatte: Dadurch, daß wir noch immer nicht wissen, wer Amerikas neuer Präsident ist, ist mein Interesse daran gänzlich erloschen, indem ich es nämlich gar nicht mehr wissen WILL. Ich will versuchen mich die nächsten vier Jahre unter diesem Wissen hindurchzuducken, indem ich´s nämlich nicht erfahren möchte. So, wie ich ja auch mal den Ehrgeiz hatte, meinen japanischen Nachbarn Hikaru Furue niemals kennenzulernen, so daß er immer geheimnisvoll bleiben sollte.

Freitag, 10. November
Sonnig

Ich erhob mich zum Tagesgeschehen.
Bei Schröders wurde bereits im allgemeinen Aufbruchsschwung auf dem Flur gelärmt, und ich dachte mir aus, wie ich der Schröderschen zuvorkomme und mich ständig, wenn auch in netter Form über alles mögliche beklage? Ich klingele und sage Dinge wie: „Jetzt muß ich doch noch mal meckern, auch wenn ich das selber doof finde. Aber bevor ich es in mich hineinfresse, laß ich doch lieber nochmal Dampf ab....." und dann folgt irgendeine Banalität.

Umsichtig wie Rehlein rief ich den einsamen Buz in Aurich an, um darauf hinzuweisen, daß heut Martini

gefeiert würd.
„Entweder du kaufst Leckereien ein…..aber ich rate Dir, den Abend aushäusig zu verbringen!"
Rehleinhaft wollte ich nämlich vorbeugen, daß der süße Buz ganz enttäuscht ist, wenn er meint es käme ein interessanter Gast, und stattdessen sind´s immer nur die Martinisänger mit ihren erbärmlichen Gesängen!

Im Supermarkt kaufte ich mir für das kleine Picknick auf dem Altenheimtischchen einen blassgrünen Salat mit Knoblauchdressing. Etwas, das ich allerdings erst später durch die Nasen der Damen gemerkt habe.

Immer habe ich das Gefühl, zu spät zu kommen und mir von der Omi einen Vorwurfshagel einzufangen, den ich wegen meinen dünnen Nerven kaum verkrafte.
„Wo warst du so lang, Mädchen?" – „Biddö???" – „Ach, ist ja nicht wahr!"

Wieder besuchten wir das Gedächtnistraining. Die Omi saß heut ganz vorn, und konnte somit beim Gedächtnisspiel um den gepackten Koffer gar nicht richtig brillieren.
Die Gruppenleiterin, Frau Hudek, über die ich heute schon mit Rührung nachgedacht hatte, (daß die tauben Moribunden bei ihr, wie in einer Rübezahl-Geschichte, und wie durch ein Wunder jedes Wort

verstehen) eröffnete das Spiel und sagte, sie nehme ein Buch mit. Dazu machte sie eine pantomimische Buchaufklappsgeste.

Die Omi meinte, *sie* nähme einen warmen Mantel mit, und der Herr, der hernach zu Wort kam scherzte, er nähme auch ein Buch mit.

Das Spiel wäre somit ganz leicht gewesen, doch dann wurde es den ersten Senioren doch bald zu schwierig. Frau Lorenz, eine Dame im Rollstuhl, die von ihrem bodenständigen Ehemann eigenhändig herbeigefahren worden war, schlummerte fast die ganze Zeit, so als spiele und zupfe der Tod bereits an ihren unsichtbaren Fäden – da wir ja alle im Grunde Marionetten sind, mit denen sich das Schicksal allerlei erlaubt.

Zwei Superhirne gab´s allerdings auch: Die 84-jährige Arztfrau Frau Schmidt, die sich außerdem auch noch sozial so rührend engagierte, wenn jemand von ihren Artgenossen den Faden verloren hatte – und natürlich die Omi.

Herr Menne, der immer so laut schnarcht und als letzter drankam hat leider ein ganz schlechtes Gedächtnis und vergisst immer alles.

Auch Herr Wacker, an dessen Türe wir gestern vorbei gewackerlt sind, war dabei, und im Grunde war´s ein bißchen so, als haben sich die Türen in einem Adventskalender geöffnet, und eine Figur wäre hervorgetreten von der man vormals nichts geahnt hatte.

Herr Wacker ist deutlich jünger als der Rest – etwa 67 Jahre alt – und seine rote Nase läßt einen hebefreudigen Herrn vermuten.
Obwohl er nicht so besonders gut in der Gedächtnisgruppe war, sagte er zum Schluß, als man sich nochmals vorstellen mußte, auf Art Buzens:
„Ich heiße Manfred Wacker, und mache den Spaß hier mal mit."
Später als ich wieder mit der Omi auf Wanderschaft ging, sah man ihn im Aufenthaltsraum sitzen und fernsehen (eine schrille Spielshow).
Die Omi war seelisch heut nicht so besonders gut drauf, weil ihr Entlassungstermin vorgezogen worden war, und sie nun beständig darüber nachdenken muß, was nun wohl werden soll?
Am Nachmittag wartete Frau Dersch schon ungeduldig auf ihre Tochter und eine Enkelin, und auf ihrem Gesicht setzte sich ein stumm-empörter Ausdruck nieder.
Ich erzählte vom Orchester, und wie man für jede verspätete Minute eine Mark entrichten muß.
Hätte Frau Dersch dererlei eingeführt, so müssten die Damen jetzt bereits je 24 Mark Strafe zahlen.
Macht immerhin 48 Mark!
Später freute sich die 35-jährige Enkelin, daß ich so lustig bin, weil sie sich von ihrer Omi wahrscheinlich immer nur empörende Geschichten anhören muß.

Frau Dersch erzählt Empörendes, bekommt davon ganz runde Augen, und auf ihren freudlosen Zügen spiegelt sich die Botschaft: „Üüch verstehe es nicht!"
Doch manchmal lacht auch sie, und gestern hat sie sogar etwas Lustiges erzählt:
Bei einer Gedächtnisgruppensitzung mußte man erzählen, wie und wo man seinen Ehepartner kennengelernt hat, und Frau Dersch erzählte: „Ich hab meinen Mann im Himmel kennengelernt!"
„Ist die jetzt völlig hinüber?" mag da so manch einer kurz gedacht haben, doch in Wirklichkeit hieß die Kneipe, wo sie ihren Mann kennengelernt hatte „Im Himmel."
Ich kämmte meiner süßen Omi ihre schönen weißen Haare, und bequasselte die Enkelin, die sich immer über Erheiterndes freut, darüber, daß ich nun mit dem Kamm von Zimmer zu Zimmer gehe und sage: „Wird eine neue Frisur gewünscht?"
Frau Dersch berichtete von einer Zimmermitinsassin, die sie mal gehabt habe, und die ihr auf die Nerven gefallen sei, weil sie bei den Telefonaten mit ihrem Mann so ein übertrieben verliebtes Getue an den Tag gelegt habe.
Mit gespitzten Lippen imitierte Frau Dersch auf leicht gehässige Weise ein unglaubwürdiges Liebesgesäuseltelefonat.
Dann dachte ich mir aus, daß die Omi jemandem fünf Mark dafür gibt, daß er ständig das Telefon bei ihr aufklingeln lässt. Er darf dann gleich wieder

auflegen, doch die Omi könne dann vor der Frau Dersch dran so tun, als sei es ihr Gerhard und Süßholzraspeln ohne Ende.

Beim abendlichen Telefonat mit dem Utelchen sagte die Omi so oft „Mädchen", daß einem ganz blümerant zumute werden konnte:
„Was macht Dein Mädchen?"
„Ich hab ja ´s Mädchen hier!"
„Ja, mein liebes Mädchen!"
Im Bett hatte die Omi dann das Hörgerät entfernt und verstand praktisch kein Wort mehr, und obwohl ich die Omi liebe, dachte ich an ihrem Bett: „Ich mach ja drei Kreuze, wenn Du endlich unter der Erde liegst, Mädchen!"
Als ich Abends in der Wanne saß, dachte ich beim Denken an fast jedem Satzende, „Mädchen", so als würde sich das Wort in meinem Kopf wie ein Kreisel drehen und sich selbstständig machen. Ich stellte mir vor, wie ich ganz in Omis Charakter schlüpfe, und wenn Buz anruft, dann sage ich: „Augenblick, bitte...." dann lass ich eine Zeitspanne verstreichen in der ich es mir auf umständliche Weise bequem mache und sage dann: „Und, nichts Neues, mein lieber Junge?" – „biddö??"

Abends fand ich ein neues Hobby:
Evchens dramatische Briefe zu lesen.

...Sie erinnern sich vielleicht, wie Elisabeth mich frug: „Wieviele tausend Sommersprossen hast Du eigentlich?" Damals bin ich gegangen. Heute würde ich **zuschlagen!**

Samstag, 11. November

Sonnig bis wolkenüberzogen

Ich stellte mir vor, *wie der Schröder völlig überraschend Selbstmord begeht, und das, wo sie doch gerad die neue Türe haben. Jetzt darf er nur noch einmal durch diese Tür: Im Sarg.*

Für den Nachmittag hatte ich mich mit der Edith im Hochzeitscafé verabredet. Dies nahm ich als kleinen Hafturlaub, auf den man sich freuen darf.

Zimmer 207 im Gesundbrunnen.
Das erste was ich heut von unserer Omi hörte war: „Biddö?" Nervös und flügelschlackerisch ausgestoßen solcherart, als würde man die gehörten Worte erstmal hektisch vom Gehörgang hinwegscheuchen ohne ihnen überhaupt die Möglichkeit zu geben, Einlass zu finden? Sie sagte es zu Frau Derschs etwas monoton klingenden Litaneien.

Bald schon gab´s ein Mittagessen für die Damen: Eine Erbsensuppe und einen Erdbeerquark zum Nachtisch. Der Omi schmeckt aber nichts mehr, und später sagte Frau Dersch, daß sie von der Erbsensuppe leider einen Durchmarsch bekommen habe. (Von jeder Mahlzeit bekommt sie was.)
Sie zwängte sich in ihren schwarzen Mantel, und wälzte sich ihrerseits auf den Balkon, so daß ihr Sahnehaupt vom Winde bald ganz verblasen ausschaute.
Beim Vorbeiwackeln sahen wir sie von hinten so dasitzen und in die Freiheit hinausschauen, und ich dachte mir aus, *Omi und Frau Dersch wären zwei Lebenslängliche, die ihr ganzes Leben in der Haftanstalt verbracht haben, und nun alt geworden sind.*
Einmal wackelten wir an Herrn Menne vorbei, der einbeinig in seinem Rollstuhl saß, und mit dem man leider nicht mehr viel anfangen kann.
Später frug ich die Damen zum Zwecke der Gedächtnisschulung: „Wie heißt der Herr mit dem ganz schlechten Gedächtnis?" Beide wußten es. „Herr Menne!" tönte es eifrig und synchron aus zwei Kehlen wie einst in der Schule.
Die Schwester aus Kasachstan war ganz kritisch mit Omis Laufstil, und meckerte daran herum wie eine russische Violinpädagogin.

Dann traf ich mich mit der Edith im Hochzeitscafé. Ich las im *Stern* über Frank Schmökel vor, wie er als

Knabe immer verdroschen wurde. Einmal wollte er seiner Mutti eine freudige Überraschung bereiten und buk einen Kuchen, und als dieser ein wenig anbrannte, bekam er Dresche.
Täglich wurde die Parole ausgegeben: „Bis drei Uhr sind alle Hausaufgaben gemacht, sonst gibt's Dresche!" Doch der mäßig begabte Frank wurde kaum jemals fertig damit. Dann kündigte man für den Abend, wenn der Vater von der Arbeit zurückkehrt, Dresche an, und somit lebte der Knabe jeden Nachmittag in Angst und Schrecken.

Am Abend war ich mit der Edith nochmals bei der Omi. Doch es war nicht sehr schön. Die Omi war so moribund. Ich küsste sie ganz oft, doch sie ging nicht groß darauf ein, sondern saß nur da und machte sich Sorgen darüber, wie es wohl weitergehen solle?
Bald gab's ein Abendessen, doch die Omi hielt die Schale mit dem Quark ganz schief, so, daß er ihr auf ihre Beinkleider tropfte.
Dann babbelte sie allerlei Unsinn vor sich hin: z.B.: "Dein Papa ist geboren in 1905!"

Aus der BILD las ich vor, daß der Wussow seine beiden Kinder Barbara und Sascha ausdrücklich von seiner Beerdigung ausgeladen hat, und dann schrieb er auch noch darunter: „Dieses Testament ist unwiderruflich!"

Sonntag, 12. November

Sonnig bis bewölkt. Abends regnete es ein wenig

Gestern, als ich anklingen ließ, daß ich sehr gerne bald wieder mit der Edith ins Caféhaus gehen würde, sagte die Edith zu meiner Bekümmerung leicht wegwerfend: „Ach, das ist nicht so mein Ding! Das geht mir ein bißchen gegen die Hutschnur."
Das stimmte mich ein bißchen traurig, auch wenn man weiß, daß die Edith einfach nie Zeit hat, weil sie immer so systemlos rumwurstelt, es verlernt hat, Freude zu empfinden, und weil eben immer etwas getan werden muß.
Ich hatte der Edith zum 58. Geburtstag geschenkt, daß ich ihr 58 Wäschestücke bügeln will. Eine Arbeit, auf die ich jetzt Lust gehabt hätte: Ich rufe an, und frage, ob ich bügeln darf – solcherart vielleicht, wie manche Leute nach Israel ziehen und drum ansuchen, daß ihnen Asche auf's Haupt gestreut werden möge?
Doch die Zeit bis zum Omigesitte auf dem Krähenberg schrumpelte bereits, und der dünne Rest davon würde bald anfangen unter dem Po zu brennen. Frau Kionczyk würde mich bequasseln, so daß mir ganz rappelig zumute würde – aber andererseits: Bügele ich die 58 Wäschestücke nicht, so wär's ja ein bloßes Lippenbekenntnis gewesen! So fühlte ich mich momentan etwas windschief in mein

soziales Umfeld hineingezwackt. Vielleicht wäre es am besten, ich würde nach Art vom Evchen anfangen, die Edith mit Briefen über meine derzeitige Gefühlslage zu bombardieren?

Ich hatte ein bißchen Angst, daß das Leben mit den fortschreitenden Jahren immer langweiliger und vorhersehbarer wird? In meinem Alter beispielsweise bekommt man zum Geburtstag nur noch Floskeln durch's Telefon zu hören, und bis auf die Veronika, die mir einen Brief geschrieben hatte, hat sich niemand etwas Nettes für mich ausgedacht.

Zum Mittagsschlummer der Damen saß ich unten im Aufenthaltsraum, trank Tee, kratzte mir einen kleinen Schuppenregen vom Kopf, und freute mich so, daß mein sonnenblumenfarbenes Tagebuch vollgeschrieben, und ich ein neues Kapitel im Leben in Form eines neuen schönen glutroten Tagebuchs aufschlagen durfte.

Frau Dersch telefonierte, und man mußte mit anhören, wie ihr der Brokkoli heut nicht bekommen sei, und sie davon einen Durchmarsch bekommen habe.

Sogar das häßliche Wort „Scheißerei" fiel, und ließ sich, einmal gefallen, nicht wieder eliminieren, auch wenn Frau Dersch beim Seitenblick auf mich verschämt die Hand auf den Mund hieb.

Ich saß an Omis Bett und wartete darauf, daß die Omi jetzt vielleicht für immer die Augen schließt – und es wäre so schön, wenn ich die Letzte gewesen

wäre, die noch bei ihr gesessen wäre. Einmal schlug die Omi die Augen auf und sagte: „Ich hab dich lieb!"
„Das wäre doch jetzt ein schönes Schlußwort gewesen!" dachte ich sehnsuchtsvoll, doch das alte Herz schlug weiter, und ich frug mich, ob die Omi auch in fünf Jahren noch weiter so vor sich hinglimmt?
So, wie die allerletzte Kerze am Weihnachtsbaum, der man noch beim Verlöschen zuschaut?

Dann liefen wir in jene Ecke vor dem Fernsehzimmer, wo sich die Senioren im Rollstuhl nach Art von Federvieh auf der Stange zu versammeln pflegen.
Die grusige Frau Juhlke, die immer „Hilfe!" und „Schwester!" ruft, sah ich heut aus der Nähe. Sie sah aus wie eine ganz gewöhnliche Seniorin: Ein Rebhuhn beim Frisör – bloß, daß mit ihr nichts mehr anzufangen ist.
Frau Merle, eine andere alte Dame, die ein Bein verloren hat, sich aber ihre Fröhlichkeit und ihren frischen Humor bewahren konnte, war dazu auserkoren worden, die menschliche Hülle (Schlauch ohne Verstand) Frau Juhlke wieder aufzumuntern – zumal die Ärzte in ihrem Falle eher von einer Altersdepression denn von Alzheimer ausgingen.
Freudig nahm sich Frau Merle dieser ehrenvollen Aufgabe an, doch bislang hatte nichts genutzt.

„Schwester! Hilfe!" bellte es stereotyp aus dem altersgeronnenen Fett heraus.

Dann schob man den stumpfsinnigen Herrn Menne, dem leider ebenfalls ein Bein abgängig ist, herbei.

„Schauense Herr Menne! So viele Damen!" sagte die Krankenschwester nett, „eine hübscher als die andere!" Doch Worte dieser Art prallen an Herrn Menne ab.

Am Abend hatte sich die Omi überanstrengt: Die letzte Etappe zu ihrem Zimmer schaffte sie fast nimmer, und man hörte, wie ihr kleines Herzlein bumperte.

Frau Juhlke gröhlte den ganzen Abend herum, und dabei waren Sohn und Schwiegertochter zu Besuch, und den beiden blieb nichts anderes übrig, als einfach so dazusitzen, und zu hoffen, daß sich der Tod der alten, 93-jährigen Dame bald mal erbarmen möge.

Ich hatte das Gefühl, daß die Altersdepressive derothalben so herumgröhlt, weil sie womöglich Angst vor dem sengenden Höllenfeuer hat? Weil sie im Leben vermutlich sehr viel (zu viel) gesündigt hat?

Auf dem Flur hörte man die stereotypen Hilferufe der greisen Frau Juhlke, die womöglich schon zur Hälfte im Höllenschlund stak? Ich wünschte ihr, daß heut vielleicht eine Mordschwester eine Patrouille macht?

Frau Juhlke, Herr Menne und leider auch die Omi gehören demnächst endlich mal erlöst.

Montag, 13. November
Nieselig

Mittags trafen die heiß herbeigesehnten Gäste Beppino & Francesca ein.

Der Beppino rauchte leider eine Cigarette, die er auch noch mit in die Wohnung trug, weil ich im Banne dessen, daß man sich so viele Jahre nicht gesehen hatte, nicht gleich mit einer Ermahnung kommen wollte.

Später blühte die Omi, so wie man es vorausgeahnt hatte, unter diesem Besuch sehr auf, und wurde ganz warm. Für den Beppino war es sicherlich bewegend, seine alte verglimmende Oma noch einmal zu sehen, auch wenn sich Omis hoher Verglimmtheitsgrad heut noch nicht einmal sooo offenbarte. Sie wirkte direkt griffig, gütig & weise, so daß man ihren Exitus nicht mehr herbeisehnen mußte.

Ich selber mutierte direkt ein wenig zu einem Abstellgast, dieweil ich ja immer da bin, und saß bescheiden hinter der Omi.

Bloß, wenn ich mal wegging, dann fühlte ich es hinter mir herdenken: „Ach Gott, wo ist´s denn jetzt hin, das Mädchen?"

Die Omi machte gleich einen langen und sehr warmen Wortwirbel drum, daß die beiden in der Pension Winter in Grebenstein übernachten müssen, und zahlen solle dies der Onkel Eberhard.

Die Omi wurde immer wärmer und vergnügter, und sagte: „Ach, mein lieber Junge!" und der Beppino sagte: „ach mein lieber Oma!" und lachte nett, weil er sonst nicht so recht wußte, was er zu seiner Oma sagen soll?

Die Oma frug die beiden aus, wo sie sich kennengelernt haben.

„…und dann habt ihr Euch verliebt?" hakte sie der Schilderung, wie man einander immer wieder im Treppenhaus begegnet sei, interressiert nach.

„"Verliebt" ist vielleicht ein bißchen viel gesagt. Wir gewöhnten uns aneinander!" lachte die Francesca in ihrem geschliffenen Deutsch höflich.

Am Abend füllten wir zusammen den Krankenhausfragebogen aus:

„Was würden Sie für Veränderungen vorschlagen?" stand da im Stile von Herrn Heike zu lesen.

„Veränderungen nicht, aber Bereicherungen wie z.B. Aquarien und Volieren…" schlug ich vor.

Über den frühen Exitus, ihres Schwiegersohns Giuliano, der bereits mit 60 Jahren heimgeholt worden war, meinte die Omi einfach, das habe der liebe Gott gut gemacht.

Frau Juhlke gröhlte heute den ganzen Tag, und man frägt sich, wie lange die Batterie wohl noch hält?

Beim Zubettbringen las ich den Damen noch drei Kurzgeschichten aus einem christlichen Gute-nacht-geschichtenbuch vor: Die eine gefiel mir ganz besonders gut, und schien fast ein wenig „wie für mich geschrieben": Sie handelte von einem „Herrn Müller", der fünf Kinder hatte und immer sehr sparen mußte. Und dann ging auch noch die Waschmaschine kaputt…da verkauften reiche Leute ganz günstig eine Waschmaschine, und er fuhr hin um selbige abzuholen.
Dort war´s überraschenderweise sehr nett, und getragen von der warmherzigen Stimmung die dort herrschte, erzählte er von seinen Sorgen. Z.B., daß er jede Woche ein paar zerrissene Kinderschuh zum Schuster tragen müsse. Da verließ die reiche Frau schnell den Raum, aber nicht schnell genug, als daß man nicht hätte sehen können, daß sie weinte, und dann erfuhr Herr Müller, daß sie eine Tochter haben (8 Jahre alt), die von Geburt an gelähmt sei.
„Was gäben wir für ein paar zertanzte Kinderschuh!" sagten beide, nachdem die Tränen getrocknet, und man wieder so fröhlich war wie am Anfang, und Herr Müller fuhr doppelt beschenkt

zurück, und freute sich auf eine völlig neue und wunderschöne Art auf seine Kinder vor.
Ich dachte: „Wenn die Omi wieder gesund wird, dann will ich sie mit Freuden mit nach Trossingen nehmen, und bei mir zu Hause aufstellen! Und wenn ich dann vom Einkaufen zurückkehre, dann werde ich mich auf eine völlig neue und wunderschöne Art auf meine liebe Oma vorfreuen!"

Dienstag, 14. November

Trüb. Am Tagesende allerdings
eine atemberaubende Dämmerung

Beim Üben schaute ich auf den von Buz gemalten Opa an der Wand. Er, in der vierten Dimension schwebend, weiß vermutlich, daß die Zeit auf Erden für seine Tochter Ella hier nun so allmählich abläuft, und wehmütig dachte ich darüber nach, wie es den alten Herrn vielleicht schmerzt, daß seine Tochter nun in einem Altenheim so vor sich hin dörrt, und wurde ganz traurig dabei.

Beppino & Francesca schliefen heut in der Pension Winter bis um 11 Uhr, und als sie endlich kamen mußte ich schnell auf die Sparkasse, um für die Omi 600 Mark abzuheben.

Ich fühlte mich ein bißchen verdächtig, und der Beamte fühlte sich auch leicht unbehaglich, weil's im Grunde eine klassische „Achtung-Falle"-Konstellation schien, wie ich da mit dem Bankkärtchen einer steinalten Dame aufkreuzte. Und daß ich behauptete, das sei meine Oma, machte mich eigentlich nur noch verdächtiger. Ungern und mit Bedenken händigte man mir somit die Scheine aus.

Daheim hatten Francesca & Beppino den Tisch so wunderschön und liebevoll gedeckt, nachdem sie extra mir zu Ehren Säcke mit Köstlichkeiten aus der Stadt mitgebracht hatten: Käse und Wurstdelikatessen, die nun fein mit Petersilienbüschen geschmückt auf edlen Platten aufgefächert worden waren.
Ich erfuhr, daß die beiden jungen Leute sehr gerne nach Deutschland ziehen würden, und so erörterten wir an all jenen Orten herum, wo man schön leben könnte.

Einmal schrillte mein Wecker, und ich erklärte denen, daß ich nach einem Stundenplan, so wie in der Schule lebe und erzählte, wie die Lehrer in Taiwan der Klasse immer Aufgaben stelltten, und sich dann entfernten, um mit den anderen Lehrern zu tratschen.

Gemeinsam gingen wir in die Stadt und ich zeigte denen Omis altes Haus, das heute nurmehr ein lebloses Caféhaus ist.
Die Francesca möchte auch so gerne ein Caféhaus eröffnen, und hat schon so schöne Ideen.

Unter dem Brücklein trug eine Seniorin so schwer an ihren Einkäufen, daß ich Rehleins Gene in mir spürte, und ihr die schweren Tüten abnahm. Doch die Omi trippelte so langsam wie der Opa, und man kam auf seinem Lebenspfad kaum vorwärts.

Das Stube hatten wir liebevoll aufgeräumt.
Auf dem Tisch stand ein Blumenstrauß, und daneben stellte ich das gerahmte Foto vom Onkel Eberhard hin. Dort stehend wirkte die schöne Photographie wie die hilflose Erinnerung an einen Sohn, der eines Tages das Haus verließ, und nicht wiederkehrte, und von dem niemand je in Erfahrung bringen konnte, was aus ihm geworden ist.

Auf dem Krähenberg:
Wenn Francesca & Beppino dabei sind, dann beachtet mich die Omi nimmer.
Beim Gedächtnistraining lauschte der Beppino interessiert, und mir kam es heut ein wenig vor, wie bei einem Seniorensportwettkampf, wo man anteilnehmend und mit gedrückten Daumen auf die Seinen draufschaut.

Heute wurden Zettel verteilt, auf denen je zwei Fragen draufstanden, die die Senioren aus der Reserve locken sollten. Traurig war, daß unsere Omi sagen mußte, daß sie nicht mehr gucken kann.

Als Herr Menne an der Reihe war sagte er bloß: "Biddö?" und hatte dabei die Ausstrahlung eines törichten Huhnes, das soeben stark verspätet und somit voll erblüht oder gar „überreif" aus einem Ei ausgeschlüpft ist, und sich bar jeglicher Orientierung in wirrer Nervosität ersteinmal umschauen muß.

Doch dann wurde auch er durch das Rumgestocher in der Vergangenheit wieder angefacht, weil ihm einfiel, daß er seine Frau in Heidelberg kennengelernt hat.

„Ich hab mein Herz in Heidelberg verloren!" zitierte er einen Schlager und alle lachten dünn.

Frau Dersch, die ja noch gar nicht sooo alt ist (78) passierte eine leichte Peinlichkeit: „Ich hab ne Schwester von 19 Jahren!" sagte sie, und alle rechneten schnell und wild, ob dererlei rein rechnerisch überhaupt möglich wäre? Wenn ihr Vater *sie* als höchst unreifer Jüngling mit 16 Jahren gezeugt, und Jahrzehnte später als 76-jähriger Lustgreis tatsächlich nochmals Vater geworden sein soll?? Kaum zu glauben! las man in den Gesichtern.

Doch es war ja bloß, daß die Schwester 19 Jahre jünger ist.

Einmal wanderten Omi und ich durch den schönen Wintergarten, wo es wie im Hallenbad riecht, und eine gelockte Pfarrerin gesellte sich zu uns. Wir erfuhren, daß sie und ihr Mann sich haben scheiden lassen, weil sie zusammen eine Pfarrdienststelle bekleidet hatten, und es so schwer sei, das Private und das Kollegiale zu vereinen.
Am liebsten hätte ich übermütig hineingerufen: „Es handelte sich nämlich um den Pfarrer Fliege!"

Mittwoch, 15. November

Das Leben fand zunächst
unter düstrem Wolkgebräu statt.
Dann interessante Himmelsaufrupfungen und
starker Duschregen unter schwärzlichster Bewölkung

Ich war sehr vergnügt, weil der Beppino so nett ist. Heute organisierten wir den Umzug für die Omi vom Gesundbrunnen ins Kreiskrankenhaus, und wir hatten große Mühe, das Kreiskrankenhaus überhaupt zu finden. Hofgeismar verwandelte sich in Rom, und ich mußte auch noch auf der Post fragen, wo es lang geht?
Wie eine Seniorin beim Gedächtnistraining mußte ich mir den Weg dann angestrengt merken.
Schließlich fanden wir in Friedhofsnähe das Krankenhaus, das auf den ersten Blick an einen

Flughafen erinnert. Von außen wirkte es etwas unfreundlich, und ich tröstete mich damit, daß es innen vielleicht nett sei?

Ein bißchen hat man das Gefühl, den Pförtner (Herrn Kehler) fragen zu sollen: „Wo geht's zu Terminal 4?"

Als besonders häßlich und bedrohlich empfand ich die platten Liegen, die da überall herumstehen und ein Vorkatafalksflair ausströmen.

Die Omi wurde im Raum 210 untergebracht und etwas futeralartig hatte man unsere Oma, die heut so besonders schön angezogen war, als wolle sie sich um ein Führungspöstchen bewerben, in ein ganz steifbezogenes Krankenbett gelegt, welches (noch) so unpersönlich und kalt wirkte, daß man wirklich das Gefühl bekam, es müsse erst eingefurzt werden.

Drei weitere ganz lautlose Damen, die nur noch mit Spinnweben ans irdische Leben befestigt schienen, waren auch in diesem beklemmenden Raum untergebracht, in dem man eigentlich nur in Bogenform vorausdenken mag: Nämlich wie man sich entweder daheim, oder auf dem Friedhof, oder wieder auf dem gemütlichen Krähenberg wiedersehen möchte.

Gegenüber von der Omi lag eine gänzlich vertrocknete Variante von der Tante Lore – zirka 91 Jahre jung. Lautlos wie ein Fisch im Aquarium.

Einmal mußte sie allerdings auf den Schieber und ein Zivi mit blonder Bürstenfrisur und gemäßigtem hessischen Scharm half ihr dabei.
Unter dem Flügelhemdchen blitzte kurz ein berührender Anblick jener Art auf, daß die alte Dame keine Arschbacken sondern leider bloß mehr Arsch*lappen* hat.

Die Omi wollte, daß ich das Evchen anrufe, und als es sich nicht gleich meldete, sagte ich in Moribundenlogik, die nun allmählich auch auf mich abfärbt: „Scheint auf dem Schieber zu sein!"

Ich erzählte dem Beppino vom Onkel Eberhard, und wie er sich immer vornimmt, nett zur Mutter zu sein. Bloß funktioniert das im günstigsten Falle gerade mal eben zwei Minuten lang, und schon sagt sie wieder etwas, das ihn auf die Palme bringt.
Nett ist er dann nur noch beim Abschied, und auf der Heimreise wird er von Reue gepeinigt.

In der Stube erzählte ich von Ming und seinen Plänen: Ming will das Abitur nachmachen, hernach ein Studium durchziehen, und dann möchte er seine große Liebe zurückerobern.
Die Francesca meinte allerdings, er solle die große Liebe zuerst zurückerobern, weil's sonst womöglich zu spät sei?

Die Francesca würde sehr gerne nach Grebenstein ziehen und das Caféhaus, das ihr vorschwebt, über dem langweiligen Hochzeitshauscafé anbringen. Dort oben hängt sie dann ein Fähnchen aus dem Fenster auf dem zu lesen steht: „Ein Geheimtipp für den Caféhausgänger!" Bloß sind's meist Ü70er, die ins Caféhaus gehen, und die steigen nicht mehr gerne Treppen.

Einmal fiel mir die Haustüre dummerweise mit einem lauten Knall ins Schloß, und die Schrödersche hetzte gleich wie eine Furie herbei. Doch dann vergab sie mir noch einmal, weil ich gleich mit dem demutsvollen Entschuldigungsgestammel anhub, statt eine Grobheit von mir zu geben, wie es von einer bodenständigen Dame doch wohl erwartet würd? („Jetzt kriegense sich mal wieder ein, gute Frau!")

Wir holten den Onkel Eberhard am Bahnhof Wilhelmshöhe ab. Der Eberhard trug sehr interessante Beinkleider, die man im Sommer, wenn es warm wird, in der Mitte abschrauben kann, und sprach gleich davon, wie wir heut abend Fußball schauen müssen. Die Dänen nannte er einfach „die Smörebröds".

Gemeinsam besuchten wir die Omi im Krankenhaus.
Die klapprige Omi saß im Rollstuhl in der Mitte des Raumes an einem grauen Tisch.
Ein bißchen erinnerte es an die Besuchszeit im Gefängnis.
Der Onkel Eberhard ließ die Omi die Patientenverfügung unterschreiben, und auf die anderen Besucher wirkte dies womöglich wie eine listige Testamentsangelegenheit?

Da ich morgen nach Aurich zurückkehre, liebte ich die Omi am Abend sehr, und schaute mit Tränen in den Augen auf das kleine Klappergestell im Rollstuhl drauf, so als sähe ich es vielleicht zum letzten Mal im Leben? Nach einer Weile schaute ich dann nochmals ins Zimmer – bloß, damit das nicht der letzte Anblick gewesen sein soll, und dann schaute ich auch noch ein drittes Mal, als sie von den Schwestern für die Nacht entkleidet wurde.
Die Schwestern wunderten sich leicht darüber.
Im Flur trafen wir die treue Wjescha, die zur Oma strebte, und plauderten mit ihr über die jüngst verstorbene Tante Marie, die den 90. Geburtstag, wo man sogar vom Posaunenchor angeblasen würde ganz knapp verpasst hat.

Den Abend verbrachten wir in einem Nobellokal in Kelze – einem Ort, in welchem vor einigen Jahren 100% der Bevölkerung NPD gewählt hat, wie der

Onkel Eberhard erzählte. Ich aß Böff Stroganoff und hätt´s fast schon vergessen, dieweil es eben nicht fantastisch war.

Das Lokal war ganz voll – so, als träfe sich der Bund deutscher Mädels.

Ich erzählte vom Nebelsiek, und wie er dazu tendiert, seine politische Meinung durch Gemurmel kundzutun.

Wir erfuhren, daß Onkel Hartmut und Onkel Eberhard politisch nicht auf einer Welle schwimmen, so daß es zwischen den Brüdern zuweilen kracht. Doch dann vertragen sie sich auch wieder.

Ich erzählte noch, wie sich Eberhards Frau Gabi zuweilen über sich selber ärgert – warum sie wohl immer Herzklopfen bekommt, wenn ihr Schwager Hartmut anruft?

Dies jedoch erinnert an Buz. Buz hält seine Schülerin M. für eine blöde Ziege, und dennoch bekommt er immer Herzklopfen, wenn sie anruft, und kann nichts dagegen machen!

Donnerstag, 16. November

Vormittags sonnig,
dann Wolkenteppiche.
Schöner, rosa glänzender Sonnenuntergang.
Abends Regen

„Gestern" riss der Onkel Eberhard im Schein der Lampe noch alle Fenster auf und saß versunken, nach Art von Hiob am Tische.
Zuweilen nickte er ein, und dann hörte man ihn ganz laut schnarchen – so wie im Märchen.

Am Morgen hörte man Schröders Wecker ganz aufdringlich tuten. Immer noch einen Ton mehr, und ich dachte, der Eberhard denkt, *das sei vielleicht mein Wecker und sträubt sich in seiner Gereiztheit wie ein Stachelschwein, das verärgert alle Stacheln ausfährt?*

Eberhard und Beppino fuhren noch zur Omi und ich wäre so gerne mitgefahren, doch man wunk ab, da ich ausschlafen möge, und so blieb ich daheim und dachte wie folgt: „Wenn ich die Omi gestern zum letzten Mal im Leben gesehen haben sollte, was ich nicht glaube, so war das ein schöner Abschluß der Bekanntschaft!"
Ich zog mein Bett ab, und hatte das Gefühl, mein Kissen sei so alt, als stamme es noch aus der Beethovenzeit.

Nach einer Weile kehrte der Onkel Eberhard zurück.
„Hast du dich noch nicht angeschickt, Tee aufzubrühen, Mädchen?" sagte er mit seiner Theaterstimme leicht polternd.

Leider paßt meine Wellenlänge nicht zu der des Onkels: In seiner Aura fühle ich mich befangen und verlegen, manchmal fällt mir nichts zu sagen ein, meine Stimme klingt fremd, und ich sage damit Dinge, die nicht zu mir passen wollen, und die ich auch gar nicht denke.

Der Eberhard wird nicht so recht schlau draus, wie Buz zu den Problemen „middrmuddr" steht, und ich wiederum erzählte, wie Buz bei seinem letzten Besuch gar nichts eingefallen war, was er mit der Omi noch reden könne, so als sei die Buchstabensuppe für die Worte, die noch hätten gemacht werden sollen, bereits leergelöffelt. So, wie es *mir* ja damals ging, als das Lindalein nach Amerika zurückgewandert ist. Plötzlich gab es zwischen uns nichts mehr zu sagen – nachdem man sich drei Jahre lang so fantastisch verstanden hatte.

Buz sagte: „Ellalein,...daß mir keine Klagen kommen!" was ja womöglich nur eine Floskel ist?

Rührend hatte der Onkel für ein köstliches Frühstück eingekauft: Meterlang aneinandergereihte Schinkenlappen für seine Lieben beispielsweise.

Später saßen Beppino und Francesca bei uns am Tische. „Entschuldigung!" sagte die Francesca, weil sie glaubte, mir auf den Fuß getreten zu sein, doch ich wiegelte ab und meinte, daß ich meine Strümpfe immer so anziehen würde, daß ein langer Strumpfabschnitt vor dem Fuß, innen hohl, auf dem Boden zu liegen käme, falls mir mal jemand auf den Fuß treten sollte. Friesenlogik pur!

Wenn ich mit Beppino und Francesca alleine bin, dann tendiere ich immer zur Loggoröh, doch wenn dann der Eberhard dabei ist, dann handelt es sich nur noch um eine gedämpfte Loggoröh.
Doch nun nahte der Abschied.
Rührend waren meine Lieben für mich tätig:
Die Francesca schmierte mir ein Schinkenbrötchen, während sich der Onkel mit dem Picknicktee für mich abmühte.
Vor meinem Auto liefen mir zwei schwarze Katzen über den Weg, und so, als sei´s des Unglücks nicht genug, fauchten sie sich auch noch auf´s Abscheulichste an!
Der Onkel Eberhard schenkte mir noch ein kleines Gänseblümchen, und wir liebten uns alle unglaublich.

Beim Autofahren mußte ich drüber nachdenken, ob dem bösen Uschilein und Frau Huschenbeth wegen ihrem sündigen Leben wohl auch das Schicksal von Frau Juhlke bevorsteht? „Im Höllenschlund!"
Als es dunkel war, regnete es laut, und ich nahm mich ein wenig ins Gebet: Was ich bereue, und was

ich im Leben alles falsch gemacht habe: Lauter Kleinigkeiten traten mir in den Kopf, die sich allerdings zu einem großen Sündenkloß summierten und ballten: z.B., daß ich in Taiwan ein liebes amerikanisches Mädchen einfach an ihrem Pferdeschwanz gezogen habe, als handele es sich dabei um eine Türschelle. „Muuum!" heulte es, und es tat mir damals wie heute, so wahnsinnig leid, daß ich mich zu diesem Blödsinn hab hinreißen lassen, und ich begann augenblicklich loszubereuen.
Oder, daß ich genervt von Mobblns Kaufsucht war. Ein Königreich würde ich dafür geben, nochmals mit Mobbln einkaufen zu gehen, und in ein paar Jahren schreibe ich vielleicht ins Tagebuch: „Heut würde es wie Musik in meinen Ohren klingen, wenn mich die Omi nochmals „Mädchen" nennte.

Nachtrag 2020: Und genau so ist es gekommen!

Freitag, 17. November

Nach grauem Beginn zurückhaltend sonnig.
Nach Art milden Sonnenlichts
auf einem verknitterten Seniorenantlitz

Um Punkt acht begann ich mit der Überei, und beständig stob die Frage von Herrn Heike durch meinen Kopf: „Was findest du an der neuen Musik gut? Was nicht?"

Mir fielen so viele verschiedene Aspekte ein: z.B. dieser hier: Daß die Keimzelle bzw. die biologische Antriebsfeder zu komponieren doch sicherlich darin läge, hübsche junge Mädchen anzulocken? (Später verselbständigt sich dies Bestreben natürlich, und man komponiert um zu imponieren, oder aber man ist ein Auserwählter? Beispielsweise auserwählt das Gesamtwerk von Schubert niederzuschreiben?) Doch wenn man heute die Konzertsäle betritt, so sieht man vorwiegend graue Häupter. Frauen werden zwar angelockt und schleifen auch die Männer mit – bloß 50 Jahre zu spät! Das bedeutet in der Tat: Neue Musik muß her!

Doch über all diesen Gedanken schwebte auch mein neues Lebensmotto von Frau Picker: Man solle wie ein Engel durch´s Leben schweben, und ich müsste alles tun, um Herrn Heike zu inspirieren und zu motivieren.

Natürlich könnte man monieren, daß anerkannte neue Musik immer so schrecklich gefühlsverhalten ist, so als habe man alles Erbauliche und Beglückende aus der Kunst hinausverdammt. Nach dem Kritikermotto: Nach Auschwitz <u>darf</u> und sollte es so etwas nicht mehr geben.

Doch die Musik von Lloyd-Webber, Pärt und wiesealleheißen wird von den Fachkundigen, darunter zuweilen auch mir, ja leider auch zum kotzen gefunden.

Zuerst war´s draußen etwas bleich und jahresendzeitlich, und ich konnte es kaum spüren, daß ich jetzt doch eigentlich in meiner Lieblingskonstellation stecke: Ich allein daheim. Tuen könnend was mir behagt, und mich doch selber leider sehr in ein Tüchtigkeitskorsett hineingezwängt habend.

Abends herrschte so ein schöner zartweihnachtlicher Nebel, und ich fühlte mich plötzlich so ohne Rehlein ganz gerupft auf der Welt. Wie ein Vögelchen, das aus dem Nest gefallen ist.

Samstag, 18. November

Zuerst sonnig milde, dann bewölkt, kalt und nieselig

Mich beschäftigte der Gedanke, wie es wohl wäre, das böse Uschilein zu besuchen. Wahrscheinlich würde sie mich gleich wieder wegschicken, so wie ja auch unlängst ihren Adoptivsohn Oliver, den sie sich doch so hysterisch gewünscht hatte.
„Feinde will ich hier nicht!" habe das Uschilein gesagt und ihrem Adoptivsohn die Türe vor der Nase zugehauen.

Ich würde dann sagen: „Mich mochtest du doch aber gern!?! Du hast mir doch sogar ein Schmuckstück geschenkt, das ich leider verloren habe, und die letzte Erinnerung, die ich an dich habe ist, daß du uns warm aus dem Fenster nachgewunken hast!"
Dann dachte ich mir aus, wie's wohl wäre, ein Institut zu eröffnen, wo man schlechten Menschen hilft, wieder gut zu werden, bevor's zu spät ist.

Mittags hörte ich das Wunschkonzert im Radio. Eine sehr nette Frau wünschte sich ein selten zu hörendes Requiem von Schumann, ein Rentner erzählte, daß er von früh bis spät Radio hören würde, und nur am Nachmittag, wenn es manchmal zu klavierlastig würde, dann legt er sich eine schöne Schallplatte auf. Ein Holländer litt am Telefon an leichter Loggoröh, indem ihm, so wie mir zuweilen, so viel zu plaudern einfiel, und eine Seniorin wünschte sich den langsamen Satz von Beethovens c-moll Konzert. Bei der Erinnerung an ihren lieben, verstorbenen Mann mußte sie plötzlich weinen.
„Aber, aber!" hätte da das Radiofräulein theoretisch sagen können, doch es schwieg betreten.

Mittags wärmte ich mir meinen Hirsetopf auf, und beschäftigte mich gedanklich mit dem Opa, und wie ich am Telefon ernst mit ihm reden sollte, denn wann habe ich schon mal ernst zu ihm gesprochen?
„Opa, du bist jetzt fast 91 Jahre alt, und wer weiß,

wie lange du´s noch machst! Auf jeden Fall ist es Zeit für dich, ein wenig Bilanz zu ziehen, was du im Leben alles falsch gemacht hast!" Der Opa würde wahrscheinlich „hha??" sagen, oder sich sonst irgendwie von einer schwerfälligen Seite präsentieren? Doch ich könnte seinem Gedächtnis ein wenig auf die Sprünge helfen: „...daß du früher deine kleinen Söhne auf den Ofen gesetzt und ausgelacht hast, wenn sie weinten – das finde ich so häßlich!"

„A-wa! Das ist so lange her!" würde der Opa womöglich nach Vorkriegsmannesart abwinkend sagen, wenn ich ihm vorschlage, seine Söhne anzurufen, und sich bei ihnen für seine oft unqualifizierte Pädagogik zu entschuldigen.

„Es ist nicht allzulange her, und hat deren ganzes Leben geprägt!" würde ich wiederum beharrend ausrufen.

Aber zum Glück ist der Opa ein einsichtsvoller Mensch – eine seiner herausragensten Eigenschaften, die ihn weit über den Durchschnittsmenschen erheben.

Über Herrn Heikes Frage dachte ich auch heute nach: Er hat´s geschafft, und sich mit dieser dämlichen Frage in mein Hirn verzwickt, dachte ich noch, und schrieb ihm im Geiste:

Eine Komposition ist immer auch ein Psychogramm des Verfassers und somit niemals ganz uninteressant.

Du beispielsweise bist ein verhaltener Mensch, der mit Gefühlen geizt, immer etwas abseits steht und kaum beachtet wird. Vielleicht solltest du eine Kommunikationstherapie machen, oder den Aurasauger bemühen?"

Heute bin ich auf dem Friedhof Herrn und Frau Mürdl begegnet. Etwas schwer begründlich stolperte ich gerade hinter den Gräbern hervor, als ich die beiden in der schönen Allee gewahrte.
Ich mußte einen Rapport über das süßeste aller Rehleins erstatten, und räumte kunstvoll mit den Gerüchten auf, indem ich nämlich sagte: „Hi und da fährt auch mein Papi nach Österreich, damit seine Liebe nicht erkaltet."

Sonntag, 19. November

Nieselig trübe

Ob es Buzen wohl eine gewisse Pein bereitet, Silvester mit einer so alten Dame zu verbringen? Unter „seiner Mutter" stellt sich Buz eine schicke Dame um die 50 vor, möglichst mit einer zierenden Feder auf dem Hut, und in eleganten Stöckelschuhen durchs Leben stolzierend. Ein solch welkes Knochengestell, wie es die Omi heute ist, ist eigentlich nichts (mehr) für Buz.

Dann überlegte ich mir, Herrn Heike Folgendes zu schreiben: „Ich selber, die ich nicht *eine* Note schreiben könnte, stehe mit uneingeschränkter Bewunderung vor so kundigen Menschen, die neue Musik schreiben können, und ob die nun gut oder schlecht sein soll, überlassen wir lieber den Kritikern, oder solchen die etwas davon verstehen!"
Könnte aber natürlich sein, daß der erkühnte Herr Heike auf diesen Brief antwortet: „Du schreibst viel, sagst aber im Grunde nichts aus mit Deinem Brief..."

Telefonat mit der Mireille:
Ich erfuhr, daß es der Hisako so schlecht geht: Letztes Jahr nahm sich ihr Bruder das Leben, vor kurzem starb ihr Vater, ihre Mutter hat Alzheimer und ihre Schwester, die eine eigene Familie hat, ist immer so kühl zu ihr!
Sie selber hat ihre Arbeit verloren und findet keine Freunde, weil sie ziemlich übergewichtig ist.

Um 13 Uhr 15 schaute ich eine kleine Reportage über China:
Ein engagierter Herr macht sich einmal in der Woche mit seinem klapprigen alten Fahrrad auf den Weg, und fährt mit einem Filmvorführgerät in die Dörfer. Dort baut er alles für´s Freiluftkino auf.
„Ich bringe Kultur in die Dörfer!" sagt er, „was kann man besseres tun?"

Dann ruft man über Megaphon zum Kino auf, und überall treten die Leute, bepackt mit ihren kleinen Klappstühlchen und köstlichen Naschereien aus ihren Häusern.
Dann lief dort auf der Leinwand ein Film über Akrobatenkinder, moderiert von einem deutschen Herrn, der sehr gut chinesisch sprach.

In unmittelbarer Nähe vom Knollennasenkiosk – ich nenne ihn so, wegen seinem Besitzer, einem Herrn mit Knollennase - begegnete mir Herr Dietrich – ein Herr, der mir kurioserweise immer wieder begegnet. Zu Begrüßungszwecken wackelte Herr Dietrich ganz oft, mindestens dreimal mit seinem Haupt, um dann eilig weiterzustreben, und als ich nochmals den Kopf nach ihm umbog, da war er schon verschwunden.

Montag, 20. November

Bleich-grau.
Doch am Nachmittag so schön vorweihnachtlich

Ich erhob mich in jenen Tag hinein, für den ich mir so einiges vorgenommen hatte:
Wieder fleißig für meine Karriere zu schuften.
Ich wand mich, dank Rehleins wachrüttelnden Worten wieder aus jenem Eck heraus, in welches ich so quasi ohne es zu bemerken, hineingerutscht war:

Gestern z.B. sprach ich mit der Mireille am Telefon darüber, daß man sich jetzt bereits auf's Sterben vorbereiten solle, und da gäbe es eine Menge zu tun.
Als ich gestern Nachmittag am Bestattungsinstitut „von Halle" vorbeiflanierte, stand ich im Geiste sachlich Rede und Antwort auf die Frage, was man denn da so tun müsse?
Mit den Bestattungsunternehmern sprechen, sich ein Grab aussuchen, die Feierlichkeiten bedenken, Gästeliste, Probeliegen im Sarg, eventuelle Sündenreste oder Restsünden wieder in Ordnung bringen – kurzum tausend Kleinigkeiten.
Heute ging's mir in variierter Form wie dereinst dem Friedel (Mauz* 1/96), als er im Frühjahr 1995 beschloß, endlich Vater zu werden. „Also: Weg mit der Chemie!" schrieb der Friedel der Menschheit, und so dachte ich heute: „Also: Weg mit den Todesgedanken! Die Phase ist vorbei. Jetzt wird erstmal gelebt!" (Ute M.-haft gedacht.)

*Ein Journal, das der rührende Friedel einmal im Monat für Freunde und Verwandte herausgab.

Telefonat mit Ofenbach:
Mit Rehlein sprach ich darüber, daß wir dem Opa morgen ein Hörgerät schenken. Doch wie alle Tage wunk der Opa grämlich ab, und ich stellte den Vergleich auf, daß sich jemand nur ein Brillengestell kauft, und wenn die Verkäuferin ihm nachruft: „Da müssen Sie aber noch beim Optiker die Gläser dazu

kaufen!" dann hört er nichts, und sagt daheim: „Also ich seh´ *kein bißchen besser* durch die Brille!"
Dann rief um 23 Uhr die Han-Lin an.
Zuerst klingt sie immer mürrisch, - und auch wenn *sie* angerufen hat, so wirkt´s dennoch die ganze Zeit so, als habe man selber sie zu einer Unzeit aus dem Bett geschellt. Doch dann wärmt man sich schließlich doch mit ihr an.
Ihre 88-jährige Oma liegt im Sterben, und sie muß nach Taiwan reisen, und ist sehr traurig.

Buz kam relativ früh, als ich ihm soeben Diener-Wang-artig zwei Wärmflaschen ins Bett gelegt hatte. Rehleinhaft hatte ich auf einen Zettel sogar geschrieben: „Vorsicht Wärmflasche!" weil ich´s schon vor mir zu sehen glaubte, wie sich Buz wahrscheinlich gleich auf sein Bett schmeisst?

Aus einem Brief von Ute M. erfuhr ich, daß „was im Busch sei".

Dienstag, 21. November

Zuerst wunderschön.
Dann dünn, so jedoch lichtabdeckend bewölkt

Beim Ankleiden rief ich ganz krächzelig die Tagesneuigkeiten hinab: z.B., daß der Opa heute Geburtstag habe. (91)

Dann begann der eigentlich wunderschöne Tag für Buz doch nicht so besonders, denn Buz bekam einen Strafbefehl zugestellt, welcher uns von der netten Briefträgerin persönlich überbracht wurde. „Das kann nur mein Vater sein!" sagte ich, „denn ich fahre immer zu langsam!"
„So was geht ja auch sehr schnell!" sagte die Briefträgerin in Friesenlogik.
Buz muß 36 Mark Strafe zahlen, und für einen ganzen Monat den Führerschein abgeben.

Ständig kommen irgendwelche Wische von der Rentendienststelle oder von der AOK für Rehlein, und gestern hatte ich Rehlein am Telefon schwärmerisch gesagt: „…und ich geh doch so gern auf Ämter!" (Das stimmt).
Ich sagte es allerdings mehr aus jenem Grunde, weil ich ein positiver Mensch sein will.

Auf dem Markt schwatzte ich mich mit einer jungen Marktfrau fest.
Sie erzählte, daß sie früher in der Werbebranche tätig war, doch dort war's immer nur ganz unpersönlich und man verkehrte mit der Bevölkerung nur per Phon, Fax und Mail.
So wurde sie Marktfrau, und eines Tages begegnete ihr das Glück gar in Form eines Kunden! Nicht auszudenken, wenn sie weiterhin als Werbefräulein

von der Umwelt hinweggeblendet gewesen wäre, war auch ich der Meinung.

Um elf Uhr kam Frau Schinke.
„Und wie geht es Ihnen?" frug ich warm.
„Ja – nicht so gut!" meinte Frau Schinke, bezog es allerdings fachbezogen nur auf die Geigerei.
Gestern haben sie Streichquartett gespielt, und Herr Schinke habe hernach zu seiner Frau gesagt, daß sie eine Stelle zu spitz gespielt habe.

Einmal zeichnete ich Frau Schinke in ihr Heft, wie man den Ringfinger krümmt und wieder geradebiegt, und sogar den Ehering malte ich ihr dazu.
Dann fiel mir die Bogenwanderungsübung aus meiner Jugendzeit wieder ein, auch wenn ich gar nicht weiß, wozu die nutz sein soll?

Heute hatte mir <u>Frau</u> Hügler stellvertretend für ihren Mann geschrieben, der nach einer Medikamentenvergiftung halbseitig gelähmt sei und nicht mehr sprechen kann.
Der Brief war sehr nett, aber ein wenig traurig stimmte mich, daß gegen Schluß stand: „Antwort nicht vonnöten!" auch wenn's gut gemeint war.
Mich hätte es mehr gefreut, wenn dort zu lesen gestanden wär: „Sie müssen noch ganz, ganz oft schreiben!"

An seinem 91. Geburtstag ging es dem Opa gut. Ich erzählte, daß ich ihm ein Päckchen geschickt habe: „Ich habe der Omi Ella ihr Höhrrohr gestohlen und Dir geschickt!" scherzte ich.

Omis Stimme am Telefon klang heut alt, brüchig und zittrig, weil man in ihrem Zimmer immer eine böse alte Frau lärmen hört. Abends bringt man die dann allerdings immer weg.
„Dann kommt sie ins Kühlhaus!" scherzte ich, „und morgens wird sie dann wiederbelebt."

Mittwoch, 22. November

Zart-sonnig. Freundlich. Dann bedeckt.
Zur Dämmerstund
atemberaubende gelbe Beleuchtung

Post war zwar gekommen, doch leider nur langweilige: Rehlein bekam einen regelrechten Stapel an öd anzulesenden Blättern von der Rentenkasse.
Das listige Rentenamt möchte Rehlein immer irgendwelche Teilzeittätigkeiten nachweisen.

Nach dem Frühstück räumte ich auf Haushälterinnenart auf, und Buz tätigte stupide Fingeraufklappsübungen, so daß ich einmal ganz erunwirscht auf Art einer kulturbanauseligen Nachbarin an die Türe klopfte.

Wir sprachen über den Führerschein, welchen Buz ja nun für vier Wochen einschicken muß – etwas, das an Rehlein möglichst vorbeigeschmuggelt werden sollte.
Wie's wohl gekommen wär, wenn in dem Brief gestanden wäre, Buz solle für vier Wochen ins Gefängnis?
„Anzutreten innerhalb der nächsten vier Monate in einem Gefängnis Ihrer Wahl!"
Buz war nämlich an einer Stelle in Windeseile ganz kurz zirka 50 km/h zu schnell gefahren. Und eigentlich könnte er ja Einspruch einlegen mit der Begründung, er sei zwar eine ganze Stadtgeschwindigkeit zu schnell gefahren, aber dafür sei er einmal in der Stadt überhaupt nicht gefahren, und so käme es doch bei Null wieder heraus!"

Für meinen Geburtstag hat sich Buz nun doch etwas überlegt, weil ich immer wieder etwas schmoll- oder dorohaft gesagt hatte: „Du hast dir immer noch nichts für meinen Geburtstag überlegt!"
Buz möchte mir ein Fest ausrichten, und zählte auf, wen er dazu einzuladen gedächte:
„Den Christoph!" „Au ja!" rief ich begeistert.
„Und wenn er Lust hat, auch seine Frau!" fügte der nette Buz hinzu.

Am Abend tat mir meine kleine Omi so schrecklich leid, weil sie jetzt in dem ekelhaften Vierbettzimmer vor sich hinvegetieren muß. Ihr Telefon war ständig besetzt, und wäre ich jetzt bloß eine Schwiegertochter, so würde ich womöglich lose vor mich hindenken: „Na, Omi scheint sich ja gut zu unterhalten!" Doch ich bin ja eine leibliche Enkelin und machte mir somit Sorgen, sie habe den Hörer nicht gescheit aufgelegt und ist ganz traurig, daß niemand an sie denkt?
Ich rief die Edith an, und die Edith redete ganz viel. Doch ich liebte sie für alles, was sie für unsere Oma getan hat, und wünschte, sie wäre meine allerbeste Freundin.
Das Traurige ist nur, daß die gestresste Edith hernach womöglich denkt, *ich* hätte so viel geschnuddelt, und kein Ende mehr gefunden.

Am Abend tippte ich ein paar Tage aus diesem Diarium für Onkel Dölein nieder.
„Mein Onkel Dölein ist mir das Liebste auf der ganzen Welt!" hätte ich so gern zu irgendjemandem gesagt, aber es war niemand da.

Donnerstag, 23. November

Grau, trübe und nieselnd

Am Morgen hat Buz nach Künstlertypenmanier nicht mal den Deckel auf das Honigglas geschraubt, so daß am frühen Abend eine Schmeißfliege in den Honigtopf fiel, und mit dem Tode rang.

Ich arbeitete an meiner Karriere. Die Arbeit war insofern mühsam, als der „Fassunge-Verlag" zwar unzählige Telefonnummern herausgesucht hatte, doch fast alle sind falsch, weil man die Basisarbeit nicht liebevoll genug betrieben hatte.
Lediglich mein Konzert in Goslar wurde solcherart zurechtgezupft, daß ihm ein Platz im Zeit- und Weltgeschehen eingeräumt wurde.

Abends mußten wir uns große Sorgen um den Onkel Hartmut machen, der an seinem 55. Geburtstag einfach spurlos verschwand. Nicht einmal die Omi im Spital habe er angerufen um sich seine Glückwünsche abzumelken, und wir hätten ihn doch beinahe in Münster besucht!
Eberhard und Gabi hatten im Morgengrauen noch die Türe scheppern hören, und seither fehlte von unserem Onkel jede Spur!
Dies erzählte der Eberhard polternd dramatisch am Telefon, und Buz wurde aschfahl unter der Last der

ratlos stimmenden Worte, die dem Verschwundenen hinterhergeschüttet wurden. Nichts im Leben schien mehr von Bedeutung, und zurück blieb nur noch ein einziger Wunsch: Daß der Hartmut unversehrt zurückkehren möge.
Man könnte meinen, vielen Menschen reiche es, einen Verwandten in Form seiner Adresse und Telefonnummer ordentlich in seinem Notizbüchlein zu verwahren – doch ist er dann abgängig, so ist der Jammer quälend.

Freitag, 24. November

Grau und trüb

Im Traume hörte man den Opa unten herumnörgeln, doch ich wurde nicht recht schlau daraus, was er meinte – irgendwas in der Art, daß er sich zum Geburtstag eine Katze gewünscht hätte! Nur diesen einen kleinen bescheidenen Wunsch habe er gehabt – aber nein! Wiedermal sei er nicht ernst genommen worden!

Dadurch, daß an unserem Spiegel im Flur zwei Hochzeitsfotos von Ute M. kleben, werde ich immer an Ute M. erinnert.
„Ute M. ist doch wirklich eine ideale Ehefrau!" sagte ich zärtlich, und um Buz ein wenig aufzumuntern, weil er ja sicherlich vergangenen Glückschancen

hinterhertrauert, erzählte ich, daß die Hilde ja doch nicht so eine ideale Ehefrau geworden sei, wie man sich das vielleicht erhofft hätte.
Sie sei sehr nörglerisch geworden, und kann einfach nichts dagegen tun, obwohl sie gar nicht nörglerisch sein *will*. Neulich habe sie gar eine abscheuliche Szene hingelegt, weil´s im Wohnzimmer so schrecklich unordentlich war. Alles lag einfach nur rum!

Besuch von Heidi Abel:
Gleich zu Besuchsbeginn brachte ich die Sprache auf ein äußerst entlegenes Thema: Wie es wohl wäre, wenn man frisch geheiratet hat, und sich schon am nächsten Morgen am Frühstückstisch der erste Scheidungsgrund zeigt: Ohne sich etwas dabei zu denken, bläst der frisch angetraute Ehemann in jugendlichem Übermut die Brötchentüte auf und läßt sie mit einem lauten Knall zerplatzen…
Dann erzählte ich ganz viel von der Omi:
Wie sie viele, viele Jahrzehnte lang immer mit dem Zug nach Kassel fuhr, und im Eisenbahnabteil alle Leute kennenlernte, die in ihrem Leben eine Rolle spielen sollten. Z.B. ihren Mann Gerhard.

Ich mußte darüber nachdenken, daß die Gerswind ihre kleine Gesine ganz besonders liebt. Einmal kaufte sie ihrem kleinen Liebling silberne Schnallenschuhe, um ihn ein bißchen zu verwöhnen. Vielleicht sagt die Gerswind eines Tages auch jenen Satz, den ich gestern über Onkel Dölein gesagt habe: „Meine kleine Gesine ist mir das Liebste auf der Welt!"

Mittagessen mit Heidi Abel:
Man sprach spöttisch ironisiert über Heidis Violinlehrer, Herrn Heise, der erst 35 Jahre alt ist aber viel älter wirkt, da er durch Alkohol und Zigaretten leider bereits äußerst verlebt ausschaut, so daß man ihn auf 50+ zu schätzen pflegt, und dann sprach man wiederum über den Bremer Klavierlehrer Kurt Seibert. Eine seiner Schülerinnen verehrte ihn so glühend, daß sie ihm zu seinem 56. Geburtstag 56 verschiedene Küchlein buk.
Dann erzählte ich noch von Herrn Schüt, der sich als Gästevater zur Verfügung gestellt und den sympathischen Taiwanesen „Franz", der ihm zugewiesen worden war, sehr tief in sein Herz geschlossen habe.

Als ich aus dem Fitnessklub heimkehrte, war es wie alle Tage schon dunkel. Buz war daheim, und hielt als notorischer Geigenspieler bereits wieder die Violine in der Hand, als er mir öffnete.
„Das kann schon sein, daß sich in meinen roten Rucksack etwas für Dich verirrt hat!" sagte ich nach Art vom Meister Eder zu Buzen, und zog die schwarzen Lebkuchen hervor, die Buz so liebt.
Dann rief ich die Omi im Spital an.

Die Omi klang sehr schwach und moribund, dieweil sie eine Schlaftablette bekommen hatte, die immer noch wirkte. Dann bemühte sie sich allerdings sehr, dem Klang ihrer Stimme mehr Festigkeit zu verleihen.
Einmal trat Buz ins Zimmer und drückte einen falschen Knopf, so daß die Verbindung gleich unterbrochen war. Da tat mir die Oma so leid.
Später, als ich sie gottlob doch noch erwischte, meinte die Omi, daß es gut sei, daß ich sie nochmals anriefe, da sie sonst ganz ratlos zurückgeblieben wäre, denn vom Evchen her ist sie es leider gewohnt, daß jemand einfach den Hörer aufklatscht, wenn sie unbeabsichtigt ein falsches Wort anbringt.

Samstag, 25. November

Zart sonnig. Kalt. Dann verhangen

Am Morgen ging ich auf den Markt, und unzählige, unausgereifte Kaufideen turnten mir durchs Hirn. (Schreibe ich schon wie Günther Grass?)
Der ganze Marktgang war so anstrengend: Ständig mit kalten Fingern mein ohnehin aper bestücktes Börsl zu öffnen.
Um 13 Uhr 42 wollten wir heute einen angekündigten Gast, den Arno, am Bremer Hauptbahnhof abholen.

„Wenn wir ganz pünktlich sind, dann pflücken wir ihn direkt vom Zug ab, wie einen reifen Reisenden", versprach ich fröhlich.
Buz meinte, wir müßten erst um 12 Uhr losfahren.
„So. Jetzt üben wir noch eine Stunde!" sagte er weltfremd, obwohl's doch schon ¼ vor 12 war.

Autofahrt nach Bremen:
Buz schaute geradeaus, und als ich auf seine Hände am Lenkrad blickte, wurde ich vom Gefühl beweht, daß mein kleiner Papa alt wird.
Da wurde mir das Herz schwer, und ich erzählte Buzen, wie der George so allmählich tütelig wird, um ihn indirekt dazu zu animieren, etwas für den Erhalt seines Verstandes zu tun.

Worpswede am Nachmittag:
Ich frug Mutti Ingrid, ob sie wohl noch weitere Kinder plane? „Nein!!!!" sagte die Ingrid und schüttelte sich regelrecht vor Inbrunst, da ja schon das Leben mit der kleinen Edith kaum auszuhalten ist.
Die Ingrid hatte gleich eine fantastische Wellenlänge zum Arno, da sie ein sehr lebenszugewandter und fröhlicher Mensch ist, der sehr leicht und gern Kontakte knüpft. Ein Überbleibsel aus der Kindergartenzeit!

Abends waren wir mit den Gaßmanns im griechischen Lokal.
Die Ingrid neben dem Arno geriet wieder in Schwingung, beplauderte den frisch kennengelernten Herrn lebhaft, hängte sich gleichzeitig an seine Lippen, und fühlte sich hernach womöglich von Gefühlen angesengt, die sie schon gar nicht mehr gekannt hat?

Ich sprach davon, wie Rehlein sich wundern wird, wenn sie eines Tages nach Aurich zurückkommt, und wir uns total auseinandergelebt haben! Gleich an der Türe wird sie von einem kläffenden Bündel Hund angefallen.
„Der macht nichts!" rufen Buz und ich fast synchron. „Der will nur spielen!"

Sonntag, 26. November

Zunächst schön, doch dann lugubrierte es sich,
und später gab's auch noch einen Sprühregen

Zu mitternächtlicher Stund drohte sich unser seltsamer Gast Arno auch noch in meditativen, leisen Klavierimprovisationen zu verlieren.
Was, so dachte ich bang, wenn er die ganze Nacht daran herumklimpert und Buz & ich je zu schüch-

tern und höflich sind, dem Einhalt zu gebieten? Doch irgendwann verklang der Lärm.

Am nächsten Morgen, so ohne Mutti im Hause, dümpelte das Leben gleich so unkontrolliert vor sich hin, indem man beispielsweise nicht wußte, ob der Arno jetzt womöglich bis 14 Uhr schläft. Ein bißchen mußte ich sogar bangen, ob Buz vielleicht verstorben sei, weil er als alter Mann so quasi die halbe Nacht um seinen Schlaf geprellt wurde, und man weiß ja nicht, wie schädlich so etwas ist?

Frühstück:
Ganz viele Themen wurden angeritzt. Manche interessant, manche weniger...
„Wäre das pietätlos gewesen, wenn man bei Omi Nowak*s Begräbnis „aber bitte mit Sahne" gespielt hätte?" warf ich etwas unpassend in den Konversationsring. Doch keiner hörte auf mich.
*einer Dame mit starkem Übergewicht, die bereits mit 60 Jahren starb
Ich schlug vor, daß sich der Arno bei Herrn Schüt als Gesellschafter bewerben könne, und formulierte brilliant, was Herr Schüt für eine Anzeige aufgegeben haben *könnte:*
Schwerhöriger, aber geistig durchaus noch agiler 83-jähriger sucht Gesellschafter(in) für geistvolle, anregende Gespräche in seinen schlaflosen Nächten.

Am Nachmittag besuchten wir eine Synagoge, und als leicht albern empfand ich's, daß ein Herr so übertrieben emsig drum bestrebt war, daß alle Männer sich eine kleine Kippa überstülpen, da man als Mann dem HERRN nicht mit barem Haupte entgegentreten dürfe. Und so sahen Buz und Arno aus wie orthodoxe Juden.

Später befreundete sich Buz mit dem friesisch-jüdischen Führer in Form eines Wortabtauschs über jene Klessmergruppe, die im Sommer in Ostfriesland musiziert hat.

„Sind Sie auch Jude?" frug der Herr erfreut, doch Buz ist es leider nicht, und damit schwand auch der Sonnenschein aus dem Gesicht des Herrn wieder hinweg, um einer sachlich neutralen Miene Platz zu machen.

Montag, 27. November

Altrosa Sonnenschein. Sehr reizvoll

Ich legte eine Karrierestunde ein. Viel kam dabei nicht heraus. D.h., die Adressen die ich sammle um keine Antwort zu bekommen, die summieren sich.

Dann schaute ich wieder auf unsere „Glücksgalerie" am Spiegel: Auf die selige Ute M. in den Armen des linkischen Bräutigams Martin, und überlegte, daß Männer vielleicht so im Alltag, und auf lose Weise, auf Blödchen abfahren, doch als Ehefrau suchen sie sich dann doch lieber einen anderen Typus, wie ein Blick auf Ute M. oder Dagmar Schreiber (frisch Angetraute eines alten Freundes – ebenfalls in Form eines Fotos am Spiegel klebend) vermuten lässt. Nämlich eine, die daheim die Gemütlichkeit im Griffe hat, und wo man nicht ständig von Eifersucht geplagt werden muß? So wie vielleicht der Dimka, wenn er mit seiner Frau und den Kircherbuben probt? Wo doch der ein oder andere ein recht fescher Bursch, und seine Frau wiederum eine Schönheit ist?

Vom Arno bemerkte man zunächst gar nichts, und ich befürchtete, daß nach einem dreitägigen Zusammenleben sich nun womöglich die ersten Maröttchen herauskristallisieren? Z.B., daß der Arno täglich mehrere Stunden im Bad der Reinlichkeit weiht?
Nach einer Weile strebte Buz zur „Landschaft" und entwand sich unserem gemütlichen Heim.
Der Arno hat nur zwei riesige harte Eier essen mögen, und zappte dann im Internet nach einer Mitfahrgelegenheit herum.
Ich erzählte vom jungen Opa, und wie ihm das häusliche Leben mit Frau & Sohn eines Tages einfach *zuviel* wurde: Er beschaffte sich für seinen Arbeitgeber ein Attest und reiste nach Taiwan.
Wir Kinder freuten uns rasend über den Opa, der nur einen Fehler hatte: Er erwies sich als notorischer

Langschläfer, und schlief jeden Tag bis um 13 Uhr, weil er die Biege zum Tagesgeschehen einfach nicht packte!

Man spürte, wie ich beim Erzählen immer sehr in die Details zu gehen pflege.

Der Opa pflegte uns die tollsten Geschichten zu erzählen und vorzulesen.

Jedoch dauerte es nicht sehr lang, und es kamen böse Briefe. (Briefe Mobblns.)

Aber nach etwa (gefühlten) vier Monaten wurden die Briefe wärmer und mündeten schließlich in den Satz: „Liebster, ohne Dich ist alles nichts!"

Der Arno bedauerte es, daß ihm als Kind nie vorgelesen wurde. Seine Mutter nahm sich früh das Leben, und sein Vater konnte mit Kindern nichts anfangen. Abends saß man vor dem Fernseher, mußte schweigen, und die Jahre gingen so ins Land.

Draußen zeigte sich ein blauer Kakadu im Garten, der sicherlich aus einer Voliére getürmt war?

Der Arno wohnt in einem sehr schönen Zimmer in einer alten Villa an der Alster und seine Vermieter achten immer sehr auf ihn.

Wenn der Arno dort anruft um zu verkünden, daß er heute nicht nach Hause kommt, dann sagt der Vermieter: „Arno, Sie wissen, wir haben das nicht so gern. Wir wüssten immer sehr gerne, wo Sie sich aufhalten!" und seine Frau sagte einmal begütigend: „Arno, Sie wissen, daß wir für Sie empfinden wie für einen leiblichen Sohn?" Nein, das wußte der Arno nicht. Doch jetzt weiß er es.

Der Vermieter kassiert zwar die Miete von 538 Mark, doch die zahlt er auf ein Konto ein, und wenn der Arno einmal heiratet oder sein Leben in sonstwie geordnete Bahnen lenkt, dann will er ihm das Kontokärtchen feierlich überreichen.

Heute erfuhr ich auch, daß seine Exe Judith deswegen mit ihm Schluß gemacht hat, weil sie einen Erzeuger für Nachwuchs sucht, und der Arno hat doch kein Geld! Bis Weihnachten vielleicht noch hundert Mark, und dann muß er eventuell seinen Bruder Achim anpumpen?

Ich fühlte mich ganz nervös, als ich in der Zeitung lesen mußte, daß heute Nacht um 3 Uhr 30 ein junger Mann aus Münkeboe ums Leben kam, indem er nämlich mit seinem Auto an einen Baum schrammte. Ich bekam große Angst, daß es sich womöglich um einen der vier Garrelts-Buben handeln könnte, denn so furchtbar viele junge Männer gibt es in diesem dünnbesiedelten Ort nicht.

Die Omi am Telefon war ganz süß. Als ich sagte: „Jetzt wirst Du vielleicht doch noch hundert!" sagte sie froh: „Kann sein. Wollenmrs hoffen!" Sie nannte mich kein einziges mal „Mädchen" und sagte nur einmal „biddö??" als ich erzählt habe, wie der Opa nichts mehr hört.

Aus den Todesnachrichten ließ sich dann ersehen, daß der Verunfallte doch kein Garrelts-Bub war. Ralf Kamp, 26 Jahre, verheiratet. Trotzdem tat mir die arme Familie in Münkeboe so leid, und ich mußte auch dran denken, wie die Nachbarn mit ihren tumbschmerzerfüllten Mienen, so wie damals beim Exitus von Herrn Garrelts, noch mehr Trübsinn ins Haus bringen.

Dienstag, 28. November

Nieselnd trübe

Ming und Veronika hatten geschrieben, und wieder hatte mich die Veronika fehlinterpretiert:
Mein letzter Brief an sie war doch so besonders nett & positiv – frei von ironischem Beigemisch – und nur gegen Ende hatte ich geschrieben, daß ich mein Leben nun neu ordnen müsse. Doch die Veronika hatte es als eine verbitterte Äußerung über die berufliche Misere der Musikerzunft aufgefasst.
Später, als ich meinen Brief auf Fehlinterpretierungsmöglichkeiten hin kontrollierte, bemerkte ich, daß man als Leser zu Beginn mancher Sätze tatsächlich meint: „Jetzt wird´s ironisch!" (So, wie das in Künstlerkreisen wohl usus ist?)
Z.B. wenn ich schreibe: „Im Altersheim ist es so schön…"

Der Arno zeigte sich – seinem Naturell als seltsamem Gast entsprechend – ganz lange nicht.
Natürlich denkt man da, er schliefe, doch später erfuhr ich, daß er sich bloß nicht gezeigt habe, weil er morgens nichts ißt.
Dann stand er allerdings doch in unserer frisch aufgeräumten Küche, und trank einen Stehkaffee im Stehen (natürlich), weil's offenbar die neueste wissenschaftliche Erkenntnis sei, daß das generell besser für den Verdauungsapparat sei?
Danach pflegt er rituell im Internet nach einer Rückfahrtmitnahmegelegenheit herum zu suchen, doch mich störte es im Grunde nicht (mehr), wenn er hierbliebe, da ja die drei Tage, nach denen ein Gast zu stinken beginnt, auch schon wieder um sind, und das Rüchlein so allmählich verpufft. Man hat sich aneinander gewöhnt.

Locker und entspannt plapperte ich hi und da auf den Arno ein: z.B., daß die Vermieter sein Zimmer doch schon längst geräumt hätten. Wenn er ankommt sieht er womöglich eben noch wie sein gesamtes Mobilar von zwei kasachischen Sperrmüllfreunden auf einen Sperrmüllwaggon aufgeladen wird?
„Haaaalt!" ruft der Arno.
„Waruuuum?" sagen die beiden und mustern ihn blasiert, „wir maachen nur Pfljiicht!"
„Ignoraitje!" sagt der Andere.

Dann wiederum erzählte ich dem Arno, daß ich unzähligen Leute kennen würde, bei denen er Unterschlupf finden könnte. Wenn´s sein muß, auch für immer.
Z.B. bei der Tante Irma in Kiel.
Die Irma hat immer große Angst, aufdringlich zu sein, und so stellt sie womöglich nicht einmal Fragen. Außer vielleicht: „Wollen Sie lieber Kaffee oder Tee?"
Einmal hört der Arno dann, wie Irmas Sohn Martin zu seiner Mutti sagt: „Mama ich finde es ganz toll, wie du dich durch diesen jungen Mann verändert hast!" weil er doch selber eine viel ältere Freundin hat und es ganz toll findet, wenn reife Frauen sich zu ihrer Liebe zu einem jüngeren Mann bekennen.
Schließlich warteten wir auf Buz, der einfach verschwunden war. Wir schauten aus Mings Fenster in die Regentrübnis hinaus und warteten.

Am Nachmittag brachte ich den Arno nach Oldenburg. Buzen hinterließ ich lediglich einen geheimnisvollen grünen Zettel, auf dem nichts anderes drauf zu lesen war als: „Liebster süßer Papa! Wir sind weg!"
Als ich den Arno in den Zug gesetzt hatte, mußte ich wiederum denken, daß Buz, wenn ich jetzt nicht mehr nach Hause käme, doch nicht einmal wüsste, wie der Arno mit Nachnamen heißt, weil er doch immer so unaufmerksam ist! So würde er mich wohl nie wieder finden.

Ich hörte Chopin. Interpretiert von Dinu Lipatti. Der Lipatti wäre heut ein uraltes Männlein. Doch man assoziert ihn immer mit einem schmächtigen jungen Mann, der viel zu früh vom Tode hinweggerafft worden ist.
Ich erfuhr, daß es ihm gegen Ende seines Lebens ganz schlecht gegangen ist, so daß er auf einer Probe nur noch mit halber Lunge gespielt hat. Beim Konzert am Abend merkte man ihm sein Leiden aber überhaupt nicht an, und es geriet zu einer Sternstunde.

Abends im Supermarkt.
In der Supermarktsschlange wurde ich von einer Seniorin angebaggert (einem holsteinisch-rustikalen Schnittlauchfrisurentypus): „Das wär schön, wenn sie stattdessen aufspielen würden!" sagte sie in seltsamer Logik über die öde Warterei in der langen Supermarktsschlange,„doch dann würde ja der Umsatz steigen, und das wollen Sie doch wohl sicher auch nicht!" setzte sie eine Spitze auf die Supermarktspolitik. Doch diese Seniorin taugte mir nicht so besonders, und ich bereute es leicht, warum ich mich wohl hinter die gestellt habe und mir jetzt das Geschwätz anhören mußte? Sie erzählte mir nämlich, daß sie Flöte bliese, und zog ein Gesicht als sei ihr Weltbild gekippt, als sie hörte, daß ich nicht aus Wien komme. „Hääääää?!?!? Aber das sagt man doch allgemein....?"

Mittwoch, 29. November

Frisch und arielweiß bewölkt

Ich stellte mir vor, *wie ich den Arno mal in Hamburg besuche, und seine Herbergsmutti sagt fassungslos: „Damenbesuch ist aus-ge-schlossen! Arno, wir sind wirklich großzügig, das wissen Sie..."*

Buz ist immer angstvoll drauf bedacht, daß ich nicht wieder heim nach Trossingen fahre. Vielleicht weil er meine hübsche kleine Wohnung in einen Saustall verwandelt hat? Vielleicht aber hat er als hilfswütiger Hesse auch einfach ein paar Koreaner und Koreaneskoreaner einquartiert?

Ming hat heute seinen ersten Schultag, und Rehlein wollte ihm eine spitze Schultüte basteln.

Heute fand ich eine Kassette, worauf wir richtig harmonisch, wie eine glückliche Familie das Dvorak-Terzett probten, und das süße Rehlein war so stolz, daß Buz so toll interpretierte.

In der Hans-Böckler-Straße sind bereits viele Häuser so schön weihnachtlich beleuchtet.

Donnerstag, 30. November

Zuerst wunderschön. Dann bleich, aber reizvoll

Am Telefon erzählte ich Frau Kehrwald, daß man, wenn man älter wird, sehr aufpassen muß, daß einem die Feindschaft nicht die Liebschaft ersetzt, denn die Feinde sind einem ja pausenlos in die Gedanken hineinverzwickt! Dies erzähle ich aus jenem Grunde, weil Frau Kehrwald eine sehr intensive Feindschaft zu ihrer Kollegin Frau Huschenbeth pflegt. Frau Kehrwald hält wenig vom frostigen Ignorieren als Feindschaftsausübungsmodell, und würde die Feindschaft gerne anders ausleben. Jetzt zur Weihnachtszeit könnte sie beispielsweise eine ganz geschmacklose Weihnachtskarte für die Frau Huschenbeth kaufen, und draufschreiben: „Ich wünsche Ihnen ein ganz abscheuliches Weihnachtsfest und ein grauenhaftes neues Jahr!"
Die Feketes hatten mir verspätet eine Karte zum Geburtstag gesandt und für das Wörtchen „herzlich" hatte die gefühlvolle Frau Fekete extra ein rotes Herzchen hingepappt, das mehr besagen sollte, als tausend Worte.

Besuch vom Tone am Nachmittag:
Ich tippte an meinem Etwas zweifelhaften Weihnachtsgeschenk herum: Mings Sommerromanze aus dem Tagebuch ins Reine zu schreiben,

und währenddessen stimmte mich Tones Klimperei nebenan ganz rappelig.
„Jetzt hab ich endlich Ruhe vor Buzens sinnentleerten Fingeraufklappsübungen und nun das!" stöhnte ich, und als der Tone mal ein langsames Chopin-Prelude spielte, stürmte ich hin, um ihn zu bitten, etwas Heiteres zu spielen. Da spielte der Tone jene Mozart-Sonate, an welcher auch Buz hi und da herumfingert. Die passte mir auch nicht, aber ich brachte es nicht über's Herz, erneut aufzubegehren.

Meine Tipparbeit hindess erfüllte mich mit Zweifeln, da ich sie immer im Hinblick darauf niedertippe, daß sie im Familienkreise vorgelesen wird, und Rehlein schimpft Buz vielleicht auch dann aus, wenn er nur in einem Traum von mir etwas falsch gemacht hat?

Frau Priwitz entschälte sich einer Limousine. Sie und eine junge Frau hatten einen Weihnachtsbaum gekauft.
„Es weihnachtet sehr..."sagte die alte Dame leicht klischéebehaftet.

Dezember 2000

Freitag, 1. Dezember

Schönes Morgenrosa, dann etwas grau

Das Haus gegenüber war bereits weihnächtlich-festlich beleuchtet, und die beiden Badezimmer der verfeindeten Parteien wurden eifrig benutzt, wie die zarten Scherenschnittsilhouetten verrieten.

Gottlob hatte der Klub um neune bereits geöffnet.
Geleitet heut von dem Herrn mit den grauen Schlabberhosen, welcher von Ming so nett gefunden wird.
Heute turnte ich inmitten lauter Ungeheuern:
Höchst verknitterten Ü80ern z.B., die dem Klammergriff des Alters ein Schnippchen zu schlagen trachteten – aber am allerschlimmsten wirkte eine adipöse junge Frau, die in zirka 120 kg Übergewicht eingepolstert war! Erschreckend, mit anzusehen, wie sie sich wirklich bewegte und es sie wirklich gab.
(„Ich wabere, also bin ich...")
Da sollte man doch wirklich schweigen vor Dankbarkeit, wenn man leidlich schlank ist, dachte ich dankbar, und konnte es nicht fassen, wie glücklich ich sein müßte, daß ich nicht sooo dick bin.
Allerdings stellte ich mir auch vor, wie´s sei, *wenn ich mich ganz plötzlich in Bärbel Müller verwandele? Eine sehr*

emsig-disziplinierte, nicht mehr ganz junge, schlanke und sportgestählte Dame, die jeden Tag dort anzutreffen ist. Ich würde mich plötzlich ganz anders anfühlen, und im Spiegel spiegele ich mich als Bärbel Müller. Niemand würde etwas sagen, da Bärbel Müller ja zum allgemeinen Fitnessstudio-Bild gehört.
Somit wäre ich die Einzige, die verwundert wäre.
Ich müsste dann auch ganz woanders hin, denn würde ich einfach in die Graf-Enno Straße zurückkehren und so tun als sei nichts, wäre Buz doch wohl äußerst verwundert, daß statt seiner Tochter plötzlich eine fremde Frau nach Hause kehrt?
Und somit wüsste ich gar nicht genau, wo ich wohne, auch wenn man vielleicht im Telefonbuch nachschlagen könnte.
„Müllers" in Aurich gibt's jedoch viele.
Doch dann wüsste ich auch noch gar nichts von meinen Lebensgepflogenheiten, oder wie ich meinen Mann zu nennen habe – Schatz? Spatz?? Oder wie? – oder, oder, oder…….
Mühsam quälte ich mich später in einen sperrigen Parkplatz, denn für die Welt der Parkplatzsuchenden gilt leider auch: Fressen oder gefressen werden.

Mich strengt es immer schrecklich an, in die „Ostfriesische Landschaft" zu gehen.
Ich glaube, ich schellte den Dirk aus seinem Vormittagsschlummer, oder aber einer „wichtigen" Besprechung – doch da stand ja „Bitte klingeln!"
In einem Zimmer im hinteren Flur sah man Frau von der Nahmer nach Art einer Näherin auf einem alten Gemälde aufleuchten. Ich dachte mir zuerst

nicht viel dabei, und lief sogar hin, um Frau von der Nahmer und ihrem holländischen Assistenten Willem je mit einem Händedruck zu begrüßen. Irgendetwas Floskulöses solcherart: "Na, läuft die Arbeit?" gab ich hilflos von mir, doch niemand ging groß darauf ein, dieweil man vielleicht in einer Krisensitzung stak, und hinterher, bei meiner täglichen Arbeit am Kopierautomaten fühlte ich plötzlich ein schwer abschüttelbares seelisches Unbehagen.
Ich fühlte mich beschämt und fehlplaziert im Leben - solcherart, als hätte ich etwas ganz Blödes gemacht.

Mit der Katharina sprach ich erstmals nach der Geburt vom kleinen Marius vor zwei Wochen.
„Bin ich die erste Gratulantin?" frug ich leicht einfältig.
Ich erfuhr, daß der kleine Marius ganz klein und leicht sei: Ein Däumeling!
Vati Christoph sei immer sehr besorgt.
Zum Schluß rief er gar im Hintergrund: "Schnell!! Schmeiß den Hörer auf! Er hat Hunger!"

Samstag, 2. Dezember

Milde, manchmal zart sonnig und griffig herb.
Man merkt´s kaum, daß schon Dezember sein soll

Ich dachte über die Bibel nach: Z.B., daß in der Bibel so viele Namen vorkommen, die man sich doch wohl kaum alle merken kann? Wär es da nicht gut, die Bibel für ältere Hessen umzuschreiben? Am Anfang schuf der Junge den Jungen und das Mädchen?

Im Fernsehen wurde über einen mutigen Rentner berichtet, der den 3-jährigen Max vor dem Feuertod bewahrt hat, als das Nachbarhaus in Flammen aufging. Die Mutter und der 6-jährige Adolf* (*Name von der Redaktion geändert) waren aushäusig.
Ferner wurde von einem Fall berichtet, über den ich erst unlängst nachgedacht hatte, und mich hernach öfters gefragt hab, was daraus wohl geworden sein mag?
Von der auf der Autobahn Kassel – Eisenach verschwundenen Ehefrau fehlt leider bis heute jede Spur.
Dann rief Frau Schinke an, weil ihr Mann gemeint hat, sie hätte mir den Weg bis zur Goethe-Str. 24 vielleicht nicht ganz korrekt beschrieben?

Am Telefon hört sich Frau Schinke leicht spröd an, doch ich dachte mir, es sei vielleicht ein bißchen wie mit der Veronika, und in Wirklichkeit sind die Schinkes schon ganz aufgeregt, daß ich komme?
Mit einiger Mühe kam ich dann los.
Unterwegs dachte ich mir eine unglaubliche Geschichte über die Pfarrerin Heese in R. aus.
Im Geiste erzählte ich sie bereits meinen Lieben, und es schwang der weisheitsträchtige Hintergedanke mit, zu vermitteln, daß jeder Mensch - und sei es die liderlich veranlagte und wenig vorbildtaugliche Frau Huschenbeth, oder aber das böse Uschilein - sich ganz plötzlich vornehmen könnte, „gut" zu werden.
Ich erzählte, *wie die Pfarrerin früher als Prostituierte gearbeitet hat.*
Damals ging es ihr nur ums Geld, schicke Klamotten und oberflächliche Vergnügungen.
Doch dann beschloß sie, gut zu werden, und ließ sich zur Pfarrerin umschulen. Inzwischen ist sie in der Gemeinde als besonders einfühlsame und warmherzige Pastorin äußerst beliebt.
Nachdem sie sich in der Gemeinde einen guten Namen gemacht hatte, nutzte sie an einem Sonntag die Predigt zu einer Beichtpredigt und erzählte von ihrer ruchlosen Vergangenheit. Zunächst ging ein unterdrücktes und doch empörtes Raunen durch die Reihen, doch dann fand die redegewandte Pastorin genau die richtigen Worte, um die Hörer wieder milde zu stimmen.

Frau Heese hat die nette Angewohnheit, nach dem Gottesdienst vor dem Kirchportal zu stehen, und jedem Gemeindemitglied die Hand zu drücken, und nach dieser bewegenden Beichtpredigt wollten die ergriffenen Händedrücke der Gemeinde gar kein Ende mehr finden!
Und ein Jeder hatte hernach das flammende Bedürfnis „gut" zu werden!

Ich fuhr auf dem schnellsten Wege nach Hohenkirchen – mit dem Resultat, daß ich sieben Minuten zu früh vor dem nach außen hin etwas düster wirkenden Schinkeschen Anwesen zu parken kam.
Mir fiel ein, wie die Omi Mobbl mal schäumend erunwirscht war, als die Kohlhausers viel zu früh vor unserem Hause parkten, und drum lief ich mit meiner Thermosbuddel noch ein wenig spazieren.
In einer kleinen umglasten Bushaltestelle mit drei schäbigen Sitzschalen schenkte ich mir Tee ein, und lief sodann teetrinkend wieder zurück, und malte mir aus, wie's wohl wäre, wenn ich arnogleich überhaupt kein Geld mehr besäße, – nur noch meine Thermoskanne, prall gefüllt mit dampfendem Tee - und beginnen müsste, mein Leben neu zu überdenken.
Dann schellte ich pünktlich bei Schinkes, und lernte fast augenblicklich Frau Schinkes 74-jährigen Ehemann „Herrn Schinke" kennen.
Mutti Schinke hatte so wunderhübsch den Kaffeetisch gedeckt: Es gab Eierlikörtorte, Mohnstrudel

und Weihnachtsplätzchen, alles selbstgebacken und so liebevoll zubereitet.

Als begeisternd empfand ich die vielen Fenster, die den Blick auf weite Wiesenflächen in der Abenddämmerung freilegten, und als weniger begeisternd die niedrige Decke und den Bücherschrank in kaltem hellen Braun, wie aus dem Katalog.

Ich erzählte von meiner Großtante Irma: Jene Geschichten, die ich immer allen Leuten erzähle. – Grad so wie Buz öffnete ich meine Anekdötchentruhe – bloß, daß meine Anekdötchen viel realistischer klingen, als jene Buzens. Ich erzählte die bewegende Geschichte von Irmas Sohn Martin.

Der Martin ist ein sehr milder, lieber Mensch, und Mutti Irma wünschte sich so sehr eine nette Frau für ihn. Doch nie brachte er ein Mädchen mit nach Hause. Die Jahre zogen ins Land, und da sagte der Martin eines Tages aus heiterstem Himmel am Telefon: „Mutter! Darf ich Dir die Liebe meines Lebens vorstellen? Darf ich jemanden mitbringen?" Zunächst konnte Mutti Irma das Gehörte kaum verarbeiten vor Freude, doch da die Irma zum Zerdenken und Zergrübeln neigt, steigerte sie sich nach dem Telefonat schon bald in die unschöne Idee hinein, die große Liebe ihres mittlerweile 42-jährigen Sohnes könne womöglich ein Herr sein? „Da bin ich wohl etwas altmodisch!" dachte sie unglücklich, und steigerte sich so sehr in diese Idee hinein, daß nicht

mehr sehr viel fehlte, und sie hätte die Handtücher „ER" und „ER" ins Gästezimmer gelegt....
Dann war es jedoch gottlob doch eine Dame, und eine sehr nette obendrein – doch leider sehr viel älter als der Martin. Vom Alter her hätte sie schon beinahe seine Mutter sein können.

@Ich erfuhr, daß das letzte Weihnachtsfest für die Familie nicht so berauschend war. Herr Schinke bekam drei Bypässe und eine neue Herzklappe, und dann wurden ihm auch noch neun Zähne gezogen! Dann erzählte ich noch vom Arno, und seiner merkwürdigen Rolle als Untermieter bei einem strengen, älteren Ehepaar in Hamburg. Immer wenn der Arno sein Zimmer verlässt, muß er durch die Wohnung der Eheleute hindurch, und immer sitzen sie da. „Arno! Sie sind blaß!" sagt die Frau resolut, und: "Heute abend bekommen sie mal etwas Gescheites zu essen, das kann man ja nicht mitansehen! Und seien Sie bitte pünktlich – wir hätten unsere Suppe nämlich gerne warm!"
Diese Geschichte gefiel mir so gut, weil sie Schönes und weniger Schönes birgt, wie ein Musikstück, das sowohl in „Dur", als stellenweise auch in „moll" gehalten ist, so wie das ganze Leben:
Das Essen schmeckt dann meist wirklich köstlich, doch der Arno sitzt dann mit den strengen Leuten so da, und meist fällt ihm gar nichts ein, was man erzählen könnte? Daran, daß er arbeitslos ist,

scheinen sich seine Wirtsleute nicht zu stören, und der Arno hat sogar den Eindruck, daß es die Frau am liebsten sähe, wenn er sich immer nur in seinem Zimmer aufhielte. Wenn er beispielsweise von Außerhalb anruft, um zu verkünden, daß er heute nicht nach Hause käme, dann sagt der Mann: "Dann könnten Sie doch in Zukunft vielleicht bitte anrufen, hm?! Sie wissen ja, daß meine Frau und ich uns sonst Gedanken machen..." und dabei ruft er doch grad an! (Seniorenlogik).
Wir blicken aus dem Fenster: Ein Nachbar der Schinkes hat bei seinen Weihnachtsdekorationen ein wenig übertrieben und alle Sträucher zu kitschig beleuchteten Weihnachtsfiguren transformiert.
„Wäre weniger da nicht mehr gewesen?" frug ich.
Herr Schinke ist fleißig und wohlorganisiert. Als Apotheker ist er es gewohnt, fein zu dosieren, und so treibt er es nun als Rentner mit seiner Zeit: Täglich übt er zwei Stunden auf seiner geliebten italienischen Violine. Eine morgens, eine abends.
„Ob man Sie wohl dazu weichklopfen könnte, uns etwas vorzuspielen?" sagte ich leichthin.
„Da können Sie lange warten!" brummte Herr Schinke leicht unpassend zu meiner Frage, doch dann griff er doch zur Violine und spielte, uns Damen leicht den Rücken zukehrend, den ersten Satz von Mozarts Dissonanzenquartett ganz allein.

Frau Schinke neben mir begann vor freudigem Stolze regelrecht zu glühen. Gesagt hat sie auf nordische Art allerdings nur:
"Frau König würde jetzt sicher sagen: Du mußt gerader streichen..."
Doch man weiß ja nur zu gut, daß Worte nicht immer die richtige innere Empfindung wiedergeben...

Auf der Heimfahrt bei Dunkelheit mußte ich über den kleinen Marius von der Katharina nachdenken, der so klein und schmächtig sei.
Katharina und Christoph sind immer sehr besorgt, und der Gedanke, daß der Säugling eines Morgens kalt und starr in seiner Wiege liegen könnte, gibt ihnen keine Ruhe.
Ins Ehebett möchten sie ihn vorerst aber auch nicht legen, weil er dort zerdrückt werden könnte.

Sonntag, 3. Dezember

Leicht nieselig – abends zauberhafte Dämmerstunde

Ich dachte über die Tante Irma nach. So oft dienen mir Anekdötchen über sie und ihre Lieben als Unterhaltungmaterial, und theoretisch müsste man auch hier eine GEMA-artige Gesellschaft gründen, damit Leute, die als Anekdotenfutter herhalten, wie

ja jetzt auch Arnos Vermieter – nicht ganz leer ausgehen.
Schon im „Morgengrauen" (hahaha) mußte ich darüber nachdenken, wie die Irma ihre Anrüfe bei der Silvia immer wohldosiert, und demgemäß ganz kurz hält. Sie möchte niemandem auf den Wecker fallen, doch die Silvia sagt immer nur Dinge wie:
"Muttilein! Du störst doch nie! Das weißt du doch!!"
Das Leben als Ehefrau ist der Silvia schon mühsam und anstrengend geworden, aber zugeben, daß sie lieber wieder unter die bergenden Flügel ihrer liebenden Mutter kriechen würde, kann sie wohl auch schlecht.
Ihr Mann ist seit der Eheschließung vor nun gut anderthalb Jahren stetig in die Breite gegangen, hat einen leicht gönner- bzw. machohaften Grundcharakter angenommen, und die Phase der Verliebtheit ist lange vorbei.
Manchmal sitzt die Silvia neben ihrem krabbelnden kleinen Töchterlein, und beim Gedanken, daß die kleine Luzia später mal ein ganzes Jahr lang nichts von sich hören lassen würde – so, wie sie selber vor einigen Jahren – wird ihr kalt und seelisch klamm zumute.
Plötzlich ist ihr bewußt geworden, was sie ihrer alten Mutter damit angetan hat, und von dieser Erkenntnis erholt sie sich nur schwer und schleppend.

Noch wußte ich nicht, was ich denken, bzw. hernach in mein Tagebuch schreiben solle? Man hat so viel Weihnachtliches vor, und bewegt doch so wenig.

Ich dachte mir aus, wie ich nachher die Tante Irma anrufe, und *wie die Irmi trotz ihrer großen Einsamkeit versucht, mein Telefonat, das sie ihrer desillusionierten Bodenständigkeit zufolge für ein Höflichkeitstelefonat hält, von sich aus knapp zu halten. Doch zu ihrer Überraschung sage ich:*

"Ach bitte liebe Tante Irma, laß uns doch noch ein wenig weiterplaudern! Ich habe ein paar warme Worte aus Kiel so nötig!"

(Weil ich meinerseits aus Höflichkeit so tue, als würde ich annehmen, die Irma habe keine Zeit.)

Dann lief ich zum Spielplatz um ein bißchen zu schaukeln.

Die umstehenden Häuser empfand ich als fremd und häßlich, auch wenn jemand seinen Tannenbaum im Garten so schön geschmückt hatte.

An der Ecke Ukena-Straße begegnete ich Herrn Backe.

Wir erörterten hin und her, daß wir uns unbedingt mal treffen müssten.

Herr Backe war so lange in Kanada (angeblich), und eigentlich wunderte ich mich sehr, den in der Ferne Gewähnten hier in der Ukenastraße zu treffen.

„Aber heute bin ich schon verplant.." schwindelte ich ein wenig, bzw. vielleicht war´s auch nicht ganz geschwindelt, weil ich mich nach typischer Einsiedlerart bereits für mich selber verplant hatte.

Dann malte ich uns noch aus, wie ich morgen einen Brief von ihm aus Kanada bekomme. „Wen hab ich dann aber in der Ukenastraße gesehen?" würde ich denken.

Nach einer Weile stand ich am Fenster und übte.

Zur Abwechslung war heut mal wieder der Liebhaber da, und man sah die ganze Zeit sein Auto vor dem Hause stehen.

Die Ottens hatten ihre schöne Kerzenpyramide aus dem Erzgebirge ins Fenster gestellt, und ich bildete mir ein, im Hintergrund den geschmückten Tannenbaum schimmern zu sehen. Frau Otten hatte sich in einem roten Kostüm fein gemacht, und ich dachte beim Üben:

"Wenn die nur wüßten, wieviel Adventsfeierlichkeit ich da mittanke, und wie dankbar ich ihnen bin!"

Einmal sah man Herrn Otten aus dem oberen Badezimmerfenster suchend auf die Straße blicken, und ich schloß gleich messerscharf, daß die Feierstunde vielleicht ein wenig dadurch getrübt wird, daß die älteste Tochter Stephanie einfach nicht nach Hause gekommen war.

Etwas, was ich der Omi bei meinem Adventstelefonat brühwarm und ausschmückend erzählte:

„Um 17 Uhr gibt's Tee!" habe Frau Otten klar und deutlich gesagt. „Und jetzt ist bereits 17:34 und sie ist immer noch nicht da!" erzählte ich der Omi leicht entrüstet.

Ich hätte da jetzt anrufen und sagen können: „Ich merke: Ihre Tochter, die hat sich wohl mit ihrem Freund festgeknutscht? Ob Ihnen wohl damit gedient ist, wenn *ich* statt ihrer rüberkomme?"

Im Auslandjournal sah ich etwas Bewegendes:
Daß im geteilten Korea einige Leute ihre Anverwandten nach 50 Jahren wiedertreffen durften: Ein 75-jähriger Sohn begrüßte seine 100-jährige Mutti! D.h. die zu einer Kartoffel zusammengeschnurrte alte Dame im Rollstuhl schnallte es zuerst nicht ganz wer das sein soll – doch zum Schluß legte sich der dünne Greisenarm doch um die Schulter des Sohnes! Zuletzt hatte man sie als proppere und muntere 50-jährige gesehen!

Nach drei Tagen mußten dann alle in den Norden zurück – so auch ein Herr, der dort mittlerweile selber eine Familie hat, und seinen 50-jährigen Sohn aus seinem alten Leben erst jetzt kennenlernen durfte.

Es erinnerte mich fast ein wenig daran, wie es wäre, und wie ich es mir ja bereits wiederholt ausgemalt hatte: Wenn wir den totgeglaubten Opa Gerhard aus dem Gefängnis abholten.

Die ganzen Jahre über lebte Buz in dem Glauben. Sein Vater sei lange tot – doch plötzlich bekommen wir einen Brief von der JVA Fuhlsbüttel: Entlassung! Man möge den alten Herrn am Montag abholen.

Dann rief ich am Abend die Irma an, und führte ein warmes Gespräch. Ich erfuhr, daß die Silvia mit Mann & Kind, bzw. Kind und Kegel (hahaha – Worte, die eine ältere Dame an meiner Statt nun ins Tagebuch geschrieben hätte) an Heilig Abend kommt, und Heidi & Christoph kommen auch, wohnen allerding bei den Eltern der Gegenpartei.
Die Irma findet es lästig, zwei Schwiegersöhne zu haben, auch wenn sie nichts häßliches über sie sagen mag, und ich empfinde es stellvertretend für die Irma auch.

Montag, 4. Dezember

Bleich und doch einladend und schön
(zartes, fast nebliges Hellgrau)

Heut träumte mir, *wie sich der Opa veränderte:*
Ständig wusch er sich die Füße, zu welchem Behufe er in Seniorenlogik beispielsweise den Boden im Bad unter Wasser gesetzt hatte, um darin herumzuwaten! „Warum wäschst du dir denn dauernd die Füße?" frug ich noch, hatte jedoch das Gefühl, daß diese Frage einem Senioren gegenüber

despektierlich sei, da darin doch wohl ein leichter Unterton mitschwingt? "Ob der Alte wohl noch richtig tickt?!"
Dann erhob ich mich.
Um 8:15 fing ich mit der Tagesgestaltung an, stand am Fenster und übte das Violinkonzert von Korngold. Als ich um 9 Uhr zum Fitnessstudio radelte, mußte ich beim Warten auf das Grünen der Ampel an Ming denken, und wie er nun seit einer Woche wieder die Schulbank drückt.
Am Telefon hatte ich Ming gestern gleich interessiert ausgefragt, ob´s in den Pausen auch schneckenartig aneinandergeklebte Knutschpärchen zu sehen gäbe? Am Nachmittag suchte ich die Oldenburgische Landesbank auf, und während ich so dastand und wartete, kam mir die Idee, daß dies vielleicht gar keine gute Bank sei? Denn ich hörte es bereits im Geiste voraus, wie jener übertrieben freundliche Bankbedienstete mit der Rupffrisur vielleicht gleich sagt: *"Oh! Da kann ich Ihnen leider nicht helfen. Der zuständige Herr ist krank..."* und wie die Bankbediensteten vielleicht nur gerne sehen, wie jemand etwas *einzahlt*, und wenn dann jemand mal etwas abheben will, dann erfinden sie tausend Ausreden? Doch ich hatte Glück. „Viel Spaß beim Schoppen!" sagte der Herr gar. „Das wünsche ich mir auch!" sagte ich, da ich nicht allzugerne einkaufe, und gab ihm sogar die Hand, weil ich kurz dachte, das sei vielleicht so üblich. Dann brach ich zum Schoppen auf.

Im Kaufhaus „Schüt-Duis" schaute ich mich suchend um – ich hatte mir vorgenommen: „Keinen Tinnef! Nur Geschenke, die wirklich Freude bereiten!"

Draußen war´s bereits dunkel geworden, und überall schwebten Gedanken an Herrn Schaarschuh, der mir heut so entzückend geschrieben hat – und wie das Orakel am Ende vielleicht will, daß wir uns erstmals sehen, wenn wir 100 bzw. 75 Jahre alt sind? (So wie Sohn und Mutter in Korea?

Oder ob ich einfach frag, ob ich vielleicht einen Ersatz schicken dürfe?

Vor einem Telefonat mit Herrn Schaarschuh hatte ich direkt ein wenig Lampenfieber – ähnelnd einer jungen Frau, die jemanden durch eine Anzeige kennenlernte, mit dem sie bislang nur brieflich verkehrte!

Dienstag, 5. Dezember

Wunderschön sonnig

Als ich beim Tee saß, kam Frau Meyer zu Besuch.
Die Putzorgien werden bei uns immer mit einem gemütlichen Teetrunk eingeleitet.
Ich erzählte von Herrn Schaarschuh, und bekam eine leichte Logorröh, indem ich meine Erzählung auch noch mit friesisch-Philosophischem spickte:

„Man darf sich doch nicht so wichtig nehmen, daß man denkt, man sei unabkömmlich. Theoretisch sollte ich einfach losfahren und nach Stralsund reisen!"

Doch bis zu jenem Abend, an dem mich Herr Schaarschuh erstmals vom Stralsunder Bahnhof abholen durfte, sollten noch 14 lange Jahre vergehen.
Worte wie aus dem Geschichtsbuch.
Theoretisch könnt ich aber auch Frau Meyer hinschicken.
"Das Foto auf der CD ist 32 Jahre alt!" könnte Frau Meyer ihre, den Jahren geschuldete Verknitterung rechtfertigen.

Es knarzte an der Türe, und dann kam überraschend der süße Buz aus Münster.
Buz war so warm und frühlingshaft, und ich begrüßte ihn in größtem freudigem Überschwang. So, als habe ich ihn seit Jahrzehnten nicht mehr gesehen, und tatsächlich ticken die Uhren gänzlich anders, wenn Buz nicht da ist.
Dann sprachen wir mit Frau Meyer im Terzett ein wenig darüber, daß man heutzutage bereits übers Internet einkaufen könne, so wie es die Hummels in Hamburg zu betreiben pflegen, die ja mit einem Kleinkind im vierten Stock ohne Lift leben. Man klickt das, was man haben will, einfach an, schreibt die Eurokartennummer hinzu, und wenig später wird

einem alles was man haben will durch einen Boten geliefert.
Frau Meyer zeigte jedoch wenig Verständnis dafür, daß die jungen Leute es immer so bequem haben müssen.
Sie selber hat fünf Kinder ohne Internet aufgezogen.
Wir erfuhren, daß Frau Meyer früher Kinderkrankenschwester von Beruf war, und ihren Beruf mit sehr viel Freude ausgeübt hat.
Mittags kochte ich für meinen Papa, und wenn´s auch leider nur eine zeitsparende Frugalität war – Breitbandnudeln mit Tiefkühlgemüse, - so mundete es uns doch. („Und es mundete ihm doch..")

Ich malte mir aus, *wie Rehlein immer verwunderter wird, daß Buz sie nie mehr anruft.*
Und irgendwann sag ich: "Ach so, der Wolf? Der sitzt im Knast...."
„Wiiiiie bitte!!! Wieso???"
„*Ach, Bagatelle. Sag mir lieber, wie es dem Opa geht?"*

Zum Mittagessen hatte ich Buzen noch erzählt, daß Ming ganz normal die 11. Klasse eines Wiener Gymnasiums besucht.
Morgens muß er schon um halb sechs Uhr aufstehen, um zum Bahnhof zu radeln, und dann fährt er mit der Eisenbahn zur Schule, und Rehlein weckt ihn zuvor vielleicht mit dem Lied: "Stehet auf, stehet auf, gekräht hat der Hahn..." um sich selber

hernach wieder freudig und wohlig ins Bett zu kuscheln?

Abends rief Herr Backe auf meine Einladung hin retur, und die Aussicht, einen Abend mit uns im „Romantico" zu verbringen, stimmte Herrn Backe so glücklich, daß er gar nicht an das Danach denken mochte.

Mittwoch, 6. Dezember
nieselig

Den Tag begann ich, wie schon so oft, mit Tagebuchschreiben im Schaukelstuhl. Nicht ohne Rührung entnahm ich dem Gepolter unten, daß Buz dabei war, mit einer kunstvollen Frühstückszubereitung sein vermeintliches Drittel zur Hausarbeit beizutragen, und wenig später hörte ich die Stimme von Evelyn Hamann. Buz schaute mit einem gebannten Ausdruck „Adelheid und ihre Mörder", und ich wiederum mußte angstvoll darüber nachdenken, ob das jetzt vielleicht bis auf weiteres unsere Frühstücksuntermalung sein soll?
(Täglich eine Wiederholung.)
Ich war aber gut gestimmt bei diesem bangen Gedanken, weil Buz so entzückend war.

Ich nahm Mings neuen Lebenswandel als Schüler zum Anlaß, Buz´n zu inspirieren, sich doch noch

einmal einen gescheiten Lehrer zu suchen, da er eine harte Hand bräuche, um sich auf der Violine kontinuierlich zu verbessern.
Dann unterrichtete ich lange an Buzens Fingertechnik herum, und in den ersten 5-8 Minuten bemühte sich der süße Buz tatsächlich wacker drum, gescheit aufzupassen, so daß ich ganz taumelig vor Freude und Eifer wurde, und dabei die Zeit vergaß.
Ich hatte immer gedacht, einen Vollblutpädagogen erkenne man daran, daß er in der Violinstunde die Zeit vergisst – während *ich* dabei leider immer auf die Uhr blicke.

Mit der Post bekamen wir heute eine Geburtsanzeige: Anna J. ist Mutter geworden: Merle *5.11.2000. Ich heftete das Foto mit dem Baby an unseren Glücksschrank, (den Spiegelschrank, an den ich alle Hochzeits- und Babyfotos hinklebe, so daß man sich bald gar nicht mehr spiegeln kann, - derart emsig wird in unserem Bekanntenkreis geheiratet und sich vermehrt) doch dort sprang´s leider öfters ab, und lag dann so lieblos auf dem Boden, als hätte es das böse Uschilein, das der jungen Mutti ihr Glück mißgönnt, wütend dahingepfeffert.

Wieder steigerte ich mich in einen Rausch hinein, daß Buz nochmals studieren solle.
Entweder in Lübeck bei Sachar Bron, oder in Kassel bei Frau Kamerowa, einer „Variante von Frau

Reimich", so ich im Bestreben Laune zu machen und Eifer aufzuwirbeln. Einer Dame mit einer sich in die Höhe erhebenden kasachischen Schaum- oder Moppfrisur, die sehr gut und sehr nett ist.

Doch Buz mag sich von einer Dame nichts sagen lassen.

„Dann mußt du nach Lübeck, und dort könntest du beim Brüdi wohnen!" redete ich mich in Glut, und erzählte, wie man Sachar Bron schreiben könnte:

"Früher war ich einer der besten Geiger der Welt, doch eine kleine unbedeutende Affäre mit einer Dame, - nennen wir sie Petra – hielt mich Jahre lang von der Arbeit ab, und nun bräuchte ich eine harte Hand..."

Rehlein und Ming wären ganz baff und erfrischt vor Freude, und „..du könntest auch das Studentenleben genießen!" rief ich dem Übenden erhellend und stimmungsschürend zu.

"Z.B. jeden Abend mit Herrn Scherließ* in der Kneipe versumpfen!"

*Gemütlicher, an Tobias Knopp aus dem Wilhelm-Busch-Album erinnernder Musikgeschichtsprofessor aus Trossingen, der von Trossingen nach Lübeck hinweggemobbt wurde.

Buz würde viele neue junge Leute kennenlernen, die gut zu ihm passten, und vielleicht käme er sogar in „Hallo Deutschland"? (Deutschlands ältester und bester Violinstudent! Spielt besser als jeder Professor!)

Und dieser Schachzug würde vielleicht sogar einen Herdentrieb bei den Kollegen in Trossingen auslösen!
Plötzlich will ein jeder nochmals studieren, weil's ja heißt, die Zeit hielte nicht still, und so gut, daß man nicht noch besser werden könne, spielt doch wohl niemand? Dann malte ich mir aus, wie Buzens etwas träg gewordener Geist gefordert würde, wenn er Gehörbildung, Tonsatz und Klavier lernen muß...

Am Nachmittag schrieb ich einen Brief an Herrn Schaarschuh.
Ich gab mir ganz viel Mühe, und legte ein Foto vom Opa und mir bei.
„Ich mit meinem Opa, der letzte Woche seinen 93. Geburtstag feierte. Süß, gell?" schrieb ich – scheinbar – beiläufig hinten auf das Bild drauf.
Ich „schönte" Opas Alter (was in dem Alter erlaubt sei), indem ich ihn zwei Jahre älter machte, bloß damit man denken möge, daß der Opa dank Rehleins Betütelungen noch gesünder sei, weil er schon zwei Jahre länger gelebt hat.
Danach begann ich einen Brief an Herrn Adam, obwohl man ja nie weiß, ob er ihn vielleicht zum Altpapier legen wird?
Wenn's aber so wäre, so überlegte ich, dann könnte ich ja enthemmt aufschreiben, wie im Brief an die bis dahin 75-jährige Gesine.

Mit der Zeit geriet ich in Schwung und schrieb: "Der aufmerksame Leser hat vielleicht bemerkt, daß ich zu Beginn des Briefes noch ein wenig steif (fast beamtlich steif) schrieb. Dazu mußte ich mir Buzens kränkliches Geübe anhören. Einmal gebot ich dem resolut Einhalt, und bat darum, daß Buz etwas Gescheites üben möge! Buz war aber so nett, daß man ihm nicht böse sein konnte.

Nach einer Weile hatte Buz genug geübt, und begann überraschend, unsere Videokassetten zu ordnen. Dann schauten wir mich als Haydn-Konzert-Interpretin vor zehn Jahren, und ich fand's toll. Buz tat so, als fände er's „Teils-teils" und verdroß mich damit sehr, denn wenn die Petra ganz mäßig die Frank-Sonate spielt, dann tut er so, als sei's eine Offenbarung gewesen...

Abends waren wir mit dem Christoph-Otto im „Romantico" verabredet, und es hieß, eventuell würde er seine etwas scheue Ehefrau mitbringen? Und somit durfte man gespannt sein auf das Aurawellengemisch, das diese eheliche Einheit wohl an den Tisch bringt?

Der Christoph pflegt eine leichte Logorröh in mir auszulösen, während mir in der Aura seiner Frau meist nichts einfällt, was man sagen könnte.

Schließlich saßen wir im Romantico und warteten auf Christoph und Uta.

Nach einer Weile kamen sie.

An Kleinigkeiten merkte man, wie der Christoph ein bißchen anders ist, wenn seine Frau dabei ist. Z.B., daß er sich mit Fleiß neben Buz setzte.

Dann saßen wir noch daheim bei uns daheim, hoben einen schweren Bordeaux-Wein, und sprachen über Buzens geplantes Studium bzw. Mings Schulgang. Dann sind sie gegangen.

Donnerstag, 7. Dezember

Bleich – mild

Zum Frühstück schauten Buz und ich einen Film über den chinesischen Staatszirkus an.
Einige Artisten treiben´s geradezu grotesk:
z.B. jener Gnom mit dem kahlrasierten Haupt, der sich so zusammenklappen kann, daß er durch ein dünnes, zylinderförmigs Rohr hindurchpasst. Halb im Rohre steckend läuft er dann noch ein wenig herum, und schaut dabei aus wie ein ganz und gar ungewöhnliches Insekt, und ich malte uns aus, wie´s wohl wirken würde, wenn ein derartiges Gebilde bei uns über den Küchentisch laufen würde?
Dann wiederum dachte ich laut, wie das wohl ankäme, wenn Buz beim Betriebsfest in der Musikhochschule verkünden würde, daß er eine

kleine Nummer einstudiert habe, und dann genau diese Nummer vorführt?

Wenn ich außer Haus bin, dann vergess ich's zuweilen, doch wenn ich dann wieder daheim bin, dann befinde ich mich immer im Strudel dessen, daß Buz nur noch Fingeraufklappübungen macht: Waren es früher vier, so sind's jetzt bloß mehr drei Noten, an welchen Buz umeinanderklappt: a,h,c auf der E-Saite.
Buz war vergnügt, weil er meinte, den Stein der Weisen gefunden zu haben, indem er nämlich den dritten Finger länglich aufklappte.

Von der Margarethe war das Briefabbo gekommen:
Wieder etwas Unglaubliches:
Sie ist wieder schwanger und wird von wilden Kotzattaken gepeinigt!
Doch die Häufung des Unglaublichen nimmt dem Unglaublichen seine Unglaublichkeit.

Ich wurde lustig beim Gedanken, wie die erste Violinstunde für unser Familienoberhaupt bei Sachar Bron ausschauen könnte:
Dadurch, daß Buz als besonders begabt eingestuft wird, bekommt er zweimal pro Woche Unterricht: Di + Fr jeweils 14:30 – 16:00.

In der ersten Stunde sagt Sachar Bronn auf mangelhaftem Deutsch: "Bei mirr spiiiiln Studjenten iimmr Schjakonn, damijt Tradizion kjeennenleernt!"
*Gemeint ist die Chaconne von Bach – ein Werk, das gerne mit brachialischem Ausdruck interpretiert wird.

Mittags brachen Buz und ich zum Markt auf.
Die BILD-Überschrift heute lautete: "Boris spricht!"
(Das Unfaßbare ist geschehen: Boris & Straps-Babs trennen sich im verflixten siebenten Jahr...)

Buz erzählte, daß wir heut beim Pfarrer Rübel zum Tee geladen seien, und daß die Frau Rübel leider so streng sei.
„Sie ist ganz mild und warm geworden!" wußte wiederum ich zu berichten, „auf jene Art, wie zuweilen am Ende eines kühlen Tages doch noch die Sonne aufleuchtet. Man muß bedenken: Sie hat drei Kinder. Da *muß* man streng sein, und da kann´s schon mal passieren, daß man die Strenge zuweilen in den Alltag mitnimmt."

Besuch bei den Rübels am Nachmittag:
Einmal scherzte ich gelöst, wie´s wohl wär, wenn nur ein einziges Gutsle auf dem Teller läge, und die Hausfrau beständig ermunternd ausruft:
"Greifen Sie doch zu! Seien Sie doch um Himmels Willen nicht so gehemmt/verkrampft/verklemmt!"

Meist plauderte der süße Buz, und Frau Rübel, die strenge Dame, die immer so ausschaut, wie aus dem Ei gepellt, wirkte etwas nachdenklich und traurig.
Draußen wurde es dunkel...
Herr Rübel hat für seine Enkel so nett ein Kasperltheater gebaut, weil er, so wie einst der Opa, mit ganzem Herzen Opa ist.
Herr Rübel erzählte, daß es das Gerücht gäbe, Zigeuner hätten ihn im Wald ausgesetzt, und seine „Mutti" aus der Pfalz habe das Geschrei nicht mehr hören können, und ihn somit großgezogen, und ihm später auch noch ein Studium der Theologie finanziert...

Zum Schluß hatte ich noch ein wenig Angst, *Buz könne in der Dunkelheit den Rübelschen Hund überrollen – ein letztes Aufjaulen.Exitus! Batsch, aus!*

Freitag, 8. Dezember

Wolkig – abends klar und zauberisch

Eigentlich gehen mir nur ein paar wenige Dinge an Buzen auf die Nerven:
Fernsehen, Fingeraufklappübungen, seine ans Autistische grenzende Einkanaligkeit, seine Unordnung und die bequeme Art, nie weiter zu denken, als seine Nase lang ist. (Also nur fünf Dinge, und

alles andere ist einfach toll!) Neulich dachte ich z.B. bei mir, daß Buz noch nie hinterfragt hat, woher das Klopapier eigentlich kommt – so, als wüchse es aus den Wänden, und sei so quasi eine Gabe der Natur.
Heute hat Buz sich auch gleich nach dem Aufwuch an seine Geige begeben, weil er sich derzeit in einem fassungslosen Freudentaumel befindet, daß er mit seiner Fingeraufklapperei auf dem richtigen Wege sei.
Zum Frühstück schaute er die „Praxis Dr. Bülowbogen" und ich schaute gutmütig mit.
Um drei Uhr wollte ich abreisen, und ähnelnd meinem Flügel neulich, der die weite Reise von Sindelfingen nach Potsdam antreten sollte, hab ich mich bis jetzt keinen Millimeter weiter Richtung Ofenbach fortbewegt.

So, als sei´s die Telefonseelsorge, rief ich somit nach dem Frühstück Rehlein an. Man erörterte hin- und her, wie´s wohl besser sei, und ich driftete dabei ein wenig ab und erzählte von dem Magier in New York, der sich zwei Tage lang in einen Eisblock einschweißen ließ.
Als er wieder herauskam, ging´s ihm ganz schlecht: Er stand unter (Kälte)Schock und hatte furchtbare Schmerzen in Armen und Beinen.
Trotzdem kann er seine wunderlichen Experimente nicht sein lassen:

Einmal lag er sieben Tage lang meditierend in einem Glassarg unter der Erde, und nun denkt er sich vielleicht gerade aus, wie er sich zwei Tage und zwei Nächte lang auf einen Grill setzen will, auch wenn man dabei unschöne Brandblasen bekommen könnte?

Am Vormittag fuhren Buz und ich zum Hosenhändler Ippe Janssen.
Ich probierte Hosen und Pullis an.
Ein junges Fräulein mußte beständig Hosen für irgendwelche Kunden, deren Beinbekleidung sich abgewetzt hatte, herbeiholen, auffalten und fachkundige Kommentare abgeben, sobald der Kunde nach einer kurzen Hinfortblendung aus dem Leben, verschönt wieder an Land trat.
Ich stellte mir vor, *wie man sich theoretisch einfach in diesen Laden stellen könnte, und wenn die Kunden sich suchend umschauen, dann sagt man einfach:*
"Kann ich Ihnen irgendwie behilflich sein?"
*Dann schleppt man Hemden und Hosen herbei und greift beratend ein...*Zum Schluß probierte ich noch einen Pulli für nur 29 Mark an, der mir allerdings nicht stand, und babbelte auf schwäbisch aus der Kabine heraus:
„Obwohl dös a durchaus günschdiges Angebod wäre..."
Buz & ich kauften meiner neuen Freundin am Griechenstand etwas ab, und das Fräulein wurde

nicht recht schlau, wie Buz und ich wohl zusammengehören, denn über die dicken Bohnen frug ich: „Darf ich welche haben?" so, als wäre Buz vielleicht ein reicher Mann, den ich auf eine Annonce hin kennengelernt hab?

Im Bioladen sprach Buz schweizerisch, und die Schweizer Omi, die den wattigen Bioleuten hilft, lachte fröhlich über die vertrauten Klänge aus ihrer alten Heimat.
Hernach vermisste Buz in der Tiefkühlparkhalle sein Auto.
Buz: „Das gibt's doch nicht!"
Nach einer Weile nahm Buzens Stimme gar einen schrillen Beiklang an, nachdem sich die anfänglich nur zögernd angedachte Vermutung, das Auto sei geraubt worden, zu bestätigen schien.
Dann hätte das Schicksal schon wieder an völlig ungeahnter Stelle zugeschlagen, und Buz müsste dieses Ärgernis an Rehleins Wissen vorbeischmuggeln.
Früher hat Buz manchmal ein bißchen gehofft, daß der Opa vielleicht nicht mehr eeewig weiterlebt – jetzt aber betet er, daß der alte Tatterich bitteschön noch so lange leben soll, bis Rehlein tütelig ist, so daß sie den Autoschwund nicht mehr so mitbekommt.
Schließlich klärte sich der kleine Irrtum doch: Buz hatte schlicht seitenverkehrt gedacht.

Vor Freude hüpfte ich, und wäre beinah von einem anderen Auto überfahren worden.

Wieder ließ ich mir von Buzen erklären, wie ich wohl morgen zum Onkel Hartmut gelange?
Richtung Zoo...Scheffer-Boichorst Straße.
Doch die Hausnummer hatte Buz vergessen.
„Das erkennst du dann an Hartmuts Auto!" meinte er unbekümmert, „an dem Münsteraner Kennzeichen MS."
Und dabei haben in Münster doch alle Autos ein Münsteraner Kennzeichen!

Spaziergang zum Kanal mit Buzen:
Ich hatte mir ausgedacht, wie wir jetzt einfach jeden Tag die Heinemeyers zum Tee besuchen.
„Wir waren gerad spazieren, und dachten uns: "jetzt noch kurz auf ein Tässchen Tee bei Heinemeyers läuten?!""
Etwas solcherart könnte man an der Türe sagen.
„Nur hereinspaziert!" sagt Frau Heinemeyer wohl gestimmt, weil sie ja nicht ahnen kann, daß dies nur der erste einer nicht endenwollenden Kette an Teeüberfällen ist.
Ich erzählte Buzen, wie ich morgen nach Passau fahre, um die Luisa als Weihnachtsgeschenk für Ming einfach mit nach Ofenbach zu schmuggeln.
Dort muß sie dann allerdings leider noch ein paar Tage im Schrank verbringen...

Buz frug, ob ich wohl Frau Seibl ins Konzert der Stoppelenburg-Schwestern eingeladen habe, und statt die Frage zügig, und auf den Punkt gebracht zu beantworten, nutzte ich sie zu einem Psychologat.
Frau Seibl wäre schon beinah mitgekommen, doch sie stak soeben in einem Ehezwist, d.h. sie wurde einseitig und zu Recht von ihrem Mann bezwistelt, und sah ihr Unrecht zutief zerknirscht ein.
Ein weiteres Ausgehen wäre der berühmte Tropfen geworden, der das Faß zum Überlaufen gebracht hätte, weil sie nämlich all die Tage zuvor schon ausgegangen war!
Zu meiner Erschütterung wußte Buz zu berichten, daß das Faß bereits übergelaufen *ist*! Herr Seibl habe verkündet, daß er sich trennen werde....
Frau Seibl heulte, weinte und schluchzte, warf sich auf die Knie, umschlang die Waden ihres geliebten Mannes und bat ihn zu bleiben – vergebens!
Wieder am Hause der Heinemeyers vorbeilaufend, warf ich die Frage auf, daß das Leben für Frau Heinemeyer wohl sehr anstrengend sein dürfte?
Ein Leben mit Mann und vier Söhnen, die immer nur über Fußball, Autos und Muskeln reden?

Abends unterrichtete Buz den einen Sohn, Sebastian Heinemeyer, welcher durchaus poetisch die Mondschein-Sonate darbot – und mir gefiel´s, daß ich einen Vater habe, der Abends Klavierstunden gibt – so, wie die Berta in der „Lindenstraße".

Ich selber tätigte hierzu einige Telefonate.

Z.B. mit Katharinas Freund Christoph, dem ich zum kleinen Marius gratulierte.

Ich frug ihn, wie es wohl sei, Vater zu sein, und er meinte wiederum, er habe es sich sooo anders vorgestellt: „Man isch sooo was an ferddig am Abend!" jammerte er.

Doch der Christoph ist sehr besorgt um das kleine Kind, das er sich so glühend gewünscht hatte, wie noch nie etwas anderes im Leben, und lässt den kleinen Däumeling mit seinem leichten Untergewicht (1955 Gramm) keine Sekunde aus den Augen.

Ich wollte ihm Mut machen, daß er später als alter Mann sicher froh sei, wenn er im Altersheim sitzt, und Sohn & Schwiegertochter zu Besuch kommen, – wobei ich Herrn Menne aus dem Krähenberg vor mir sah – doch der Christoph mag nicht so weit vorausdenken.

Er möchte nur, daß der Knirps ein bißchen zunimmt – und weiter will er „vorerscht" gar nicht denken.

Der Kinderarzt habe auf seine unsensible Art gesagt: „Wenn er bis Weichnachtö die zwei Kilo Marke knackt, na könntsch sein, daß ihr ihn durchbringöt!"

Mit unserer lieben Freundin Anthina sprach ich über ein gemeinsames Frühstück morgen um neun.

Einmal kehrte ich die Friesin hervor:

Die Anthina hatte mich gefragt, wann ich wohl loszufahren gedächte? Und ich sagte:

„Ich würde gern früh fahren, aber wenn ihr vielleicht lieber spät frühstücken wollt, dann könnte ich ganz langsam fahren."

Buz machte uns so nett ein Abendessen und rief fröhlich:
"Darf ich dich zu einem schönen Abendessen einladen?"

Samstag, 9. Dezember

Aurich - Grebenstein

Mild weißwölkig. Als es dunkel wurde, zeigte sich am Himmel ein weißes Gespenst, das mit dem Vollmond zu spielen schien

Ich erhob mich relativ früh – als Huldigung an Ming, der sich ja praktisch jeden Tag so früh erheben muß - aber auch, weil ich mir allerlei vorgenommen hatte: Z.B. Herrn Adam zu schreiben, einem Herrn, der uns und dem „Musikalischen Sommer" so viel Gutes getan hatte. Doch dann benahmen sich ein paar unsensible Musiker im Sommer sehr daneben, und so kehrte er sich enttäuscht von all dem ab, und ließ ausrichten, daß er mit der ganzen Sache nichts mehr zu tun haben wünsche.
Man schreibt somit mit dem bedrückenden Grundgefühl, daß der Brief ungeöffnet in die Tonne

wandert? Ein vielleicht sinnloses Unterfangen, ähnelnd jenem, ein Windrädchen auf ein Kindergrab zu stellen?

Zuerst las ich allerdings in meinem packenden Buch und saß dazu leicht gekrümmt am Fenstersims. Hernach war mir teeübel.

Mein Brief an Herrn Adam drohte ein wenig zu stagnieren, doch dann geriet ich nach einer Durststrecke, wie sie die meisten Briefschreibenden bisweilen zu befallen pflegt, doch wieder in Schwung, lud Herrn Adam zu meinem Konzert nach Driever ein, und schrieb – ähnelnd einem Kinde, das ein buntes Abenteuer austüftelt:

"…und hernach können Sie sofort wieder verschwinden, um Ihrem inneren Bestreben, uns aus Ihrem Leben hinwegzublenden, treu zu bleiben."

(Ich schrieb´s frei von ironisch-„verwundertem" Beiklang, wie man dies von einer reifen Frau doch wohl erwarten sollte.) Dadurch, daß ich mich wie ein Kriminalprofiler in Herrn Adam hineinversetzte, gelang´s mir, die Mauer hinter welcher „der Erwachsene" den anderen mit Fleiß immer nicht verstehen <u>will</u> niederzureißen, und so fühlte ich mich Herrn Adam wieder nah, auch wenn er diese Stellen vielleicht schon gar nicht mehr liest?

Am Morgen weckte ich den süßen Buz, zum Frühstück bei den Remys.

Buz war noch ganz schlafestrunken…Wenig später fuhr ich in meinem Auto wie ein Entchen hinter Buzen drein, da ich mich hernach auf Reisen begeben wollte.
Ich war fröhlich, weil ich mich auf Rehlein, Opa und Ming, und auch auf meine Oma vorfreute.

Um Punkt 9 kamen wir an.
Gemütlich frühstückten wir an dem riesigen Tisch.
Geborgen saß ich zwischen Talea und Rasmus.
Ich fühlte mich so wie früher,- in dem Sinne, daß man dicke Freunde gefunden hat, und am liebsten für immer bliebe.
Minken, die Jüngste, ein Jahr alt, ist sehr dynamisch, und plärrt oft wütend auf. Meistens hält sie eine Zahnbürste in der Hand, und manchmal schaut sie aus, wie ein kleines Teufelchen. Die dreijährige Neeske heult auch oft, weil sie sich beständig untervorteilt fühlt.
Der kleine Tjebbe (7 Jahre alt) ist sehr süß.
Zutraulich legte er seinen Kopf auf Buzens Schoß, und versuchte nach Buzens langer Nase zu langen.
Nur die beiden ältesten Kinder (13 und 14 Jahre) sind schon groß und verständig, so daß man sich an einem richtig gemütlichen und netten „Miteinander" erfreuen kann.
Wir erfuhren allerdings, daß die Talea als Kind auch so rabiat werden konnte:

Als Dreijährige wünschte sie sich geschmacklose, weiße Lackschuhe, und als Mutti Anthina sie ihr nicht kaufen mochte, schmiß sie sich in wildem Tobsuchtsgebaren auf den Boden.
Der Azing stand immer nur so daneben, und dann hat Mutti Anthina der Kleinen eine gescheuert!
Davon bekam die Talea Nasenbluten.
Es hörte einfach nicht mehr auf, und Mutti Anthina fühlte sich soo schlecht.
Wir sprachen über hyperaktive Kinder: z.B. den kleinen Martin. Die fantasievolle Anthina die, wie´s bei Pädagogen so überaus wünschenswert wäre, individuell auf jedes einzelne Kind einzugehen vermag, meinte, der Martin sei ein Kind, dem man ein kleines, eigenes Häuschen im Wald bauen müßte: Mit ganz vielen Holzstapeln davor, wo er Holz hacken kann.
Über Empörendes wurde auch gesprochen: Die angebliche Mißerabligkeit des Fernsehprogrammes. Die Erwachsenen waren sich ganz einig, und die Anthina zerknautschte gar angewidert das Gesicht.
Ich sah das Ganze eher positiv, weil ich die Fernsehprogramme nicht schlecht finde, und die kleine Talea erzählte, daß sie sich so gerne Talkshows anschaut: Wenn die Leute alle so beieinander sitzen und dummes Zeug quatschen, das findet sie köstlich und unterhaltsam..

Dann wurde die Rede darauf gelenkt, daß die Bücher über Harry Potter an irgendeiner evangelischen Schule unerwünscht seien:
Es sei Okkultismus und vertrage sich nicht mit der Bibel.
Ich sah aber auch das positiv, und meinte, daß dafür aus irgendeiner anderen Schule wiederum die Bibel verbannt wurde, weil sie sich mit den Büchern über Harry Potter beißt.

Buz erzählte von meinem Großvetter Florian, dem unehelichen Sohn von meinem Vetter Heiner in Bonn:
Wie er immer am Computer saß, oder leicht stupide irgendwelche Bälle an die Wand geknallt hat.
Man weiß ja, daß „der Erwachsene" dazu tendiert, die Geschichten etwas einseitig auf ihren Empörungsgrad hin „auszuklopfen", während ich meinem Naturell gemäß auf der psychologisierend-realistischen Schiene blieb.
„Der war nur verlegen, weil er gespürt hat, was ihr alle über ihn dachtet!" sagte ich. Somit befand sich mein Großvetter Florian einst in einem Zirkulus Diavoli.

Die 13-jährige Talea erzählte, wie sie auf dem Schulhof die Küsse der Knutschenden gezählt habe.
„In 15 Minuten kam ich auf 80 Küsse!" berichtete sie mit großen Augen.

Zum Schluß zeigte sich auch Hausherr Klaus, und Buz berichtete, wo er gleich hinzufahren gedächte: Zu einer Kirchenbesichtigung, wo der Pfarrer vielleicht erfreut ausruft:
„Sie schickt der Himmel! Uns ist nämlich soeben der Kantor hinweggestorben! Ein Musikus - ich werd verrückt!" und Buz gleich da behält.

Zum Abschied bekam ich von der Talea zwei Küsse, und Buzen gab das süße Ding auch einen. Sogar vom 14-jährigen Azing bekam ich zwei Küsse. Die stürzten den halbgaren Jüngling in freudige Verlegenheit, so daß er schnell etwas burschikos sagte: "und iß nicht alle Kekse alleine auf!"

Buz wirkte so wach und frisch, und beim Abschied, als wir so nett zwei Weihnachtstütchen für Rehlein hinter den sieben Bergen geschenkt bekamen, sagte ich gar, ich ließe ihnen zum Dank meinen Papa als Leihopa da!
Die kleine Talea liebe ich. In meinem Übermut regte ich an, daß sie mit mir nach Münster kommt, und dann per Anhalter wieder zurückfährt. Doch sie mußte leider zum Voltigieren gebracht werden, und Mutti und Tochter fuhren eine ganze Weile lang hinter mir her.

Ich fuhr und fuhr, doch die Autobahn zeigte sich nicht.

Ich fuhr, um meinen Onkel in Münster zu besuchen, und fand Münster nicht!
Davon wurde ich wild und böse, weil ich immer denken mußte, wie Hartmut und Christa vielleicht nichts tun können, immer nur auf die Straße blicken, und sich fassungslos fragen, wie jemand so viele Stunden braucht??
Endlich hatte ich mich auf die Autobahn Dortmund geschwungen. Das Wetter war ganz zauberisch geworden, und ich, oder auch Buz in mir dachte:
"Jetzt dauert´s sicher nicht mehr lang!"
Doch ich hatte die Rechnung ohne den Wirt gemacht, und es dauerte noch 46 km!
Ich rief beim Hartmut an.
Die Christa kam an den Apparat, und ich erfuhr, daß der Hartmut mit zwei Kumpanen in die Stadt gefahren sei, und somit gar nicht da gewesen wäre!

So fuhr ich nun etwas umständlich nach Grebenstein. Zweimal mußte ich einen 15-minütigen Schlummer einlegen, weil ich so müde geworden war, dann aber kam ich abends glücklich in Grebenstein an.
Die arme Edith hat z.Zt. leider eine Venenentzündung, dieweil sie mit ihren 58 Jahren nun mitten im Zipperleinsalter steckt.

Die Omi sehe ich allerdings erst morgen.
Sie ist jetzt wieder auf dem Krähenberg, dem schönsten und nettesten Altersheim von ganz Hessen, einem Ort, wo man richtig gerne alt ist, so wie man auf dem Dorffriedhof von Ofenbach wiederum richtig gerne tot ist.

Sonntag, 10. Dezember

Trübe und nieselnd

Ich fuhr als Überraschungsgast zur Omi. Im Auto war ich sehr gut gestimmt, obwohl's so trübe nieselte, und sagte auf albern-bellende Weise ständig „Määäääädschen!" zu mir, um mich gegen die Omi vorzuimpfen.
Beim Eingang schaute ich auf der Namensliste nach, doch es gab bloß mehr eine Frau Maria König im dritten Stock.
So suchte ich erstmal etwas kopflos dort, wo unsere Omi früher „wohnte" – doch dabei spielte natürlich auch die Neugierde mit, welche von den früheren Insassen wohl noch inhaftiert sind? (Frau Buchelt und Frau Kamin.)

Die Omi wohnt jetzt im Zimmer 210 um die Ecke.

Als ich die Türe öffnete, sah ich das verglimmende kleine Lebenslicht so von der Seite im Rollstuhl sitzen, und die alte Dame sah so schön aus.

Die Omi war erfreut, doch ich hatte das Gefühl, daß Buz schon angerufen und nach mir gefragt habe, so daß die Überraschung nicht soo groß war.

Laufen tut die Omi nicht mehr, und so schob ich sie im Rollstuhl durch die Gänge.

Wir kamen mit einem Herrn ins Gespräch, der etwas hessisch derb davon sprach, daß er den Hartmut am liebsten aus dem Fenster geschmissen hätte, weil er das Auf- und Abgewackel mit seiner alten Mutter derart übertrieben habe!

Aber die Omi verteidigte ihren Sohn ganz vehement, und dann fuhren wir den Linoleumflur hinab.

Ich war ein wenig traurig, als die Omi meinte, der Onkel Eberhard käme an Weihnachten nur ganz kurz: Er kommt, und geht wieder, weil er doch selber eine Familie hat!

Wie´s ausschaut, wird die arme Omi ganz einsame Weihnachten verbringen.

„Herr Menne ist weggezogen!" sagte ich leicht bedrückt, als wir an der Tür vorbeifuhren, hinter welcher er vor ein paar Wochen noch gewohnt hat, „entweder nach Hause oder auf den Friedhof..."

und die Omi lachte leise beim Gedanken, daß wir ja alle eines Tages dort hinzögen. „Wir sind nur zu einem kurzen Tango auf Erden ausersehen!" erläuterte ich, als wir durch den Wintergarten fuhren, weil´s auf dem Kalenderblatt geheißen hat, die Advents- und Weihnachtszeit sei wie ein Schlüsselloch durch das wir in unsere Heimat schauen können.

Die Omi dachte und hoffte natürlich, ich bleib – denn über meinen Weggang sagte sie:

"Aber nicht schon heute!"

Leider ist Omis Gedächtnis nun doch etwas schlechter geworden, denn an den rotgesichtigen Barbarossa-artigen Pfleger Herrn Israel hat sie sich nicht erinnern können – so lang zumindest, bis er seine Identität lüftete.

Da fiel er der Omi wieder ein:

Das Israel-doc in dem kleinen Kopf wurde angeklickt und geöffnet und die Erinnerungen an Herrn Israel ergossen sich warm ins Bewußtsein, so daß sich die gefühlvolle Omi regelrecht an den Herrn anschmiegte.

Der andere Herr, den wir zuvor kennengelernt hatten, hat wiederum seines Zeichens eine Ehefrau im dritten Stock (72 Jahre jung), die schon fünf schwere Schlaganfälle hatte, und gar nichts mehr kann! (Omi: „Schad auch nichts...")

Weiterfahrt auf der Autobahn:

Auf der Gegenseite hatte sich ein entsetzlicher Unfall ereignet.

Man sah's an unzähligen Krankenwägen, einem völlig verknitterten Autowrack, und einem endlosen Stau, der sich bildete.
Ich fand's so furchtbar, und mußte immer wieder daran denken: Z.B. an die armen Angehörigen, für die heut – so kurz vor Weihnachten – ein Alptraum wahr wurde.

Montag, 11. Dezember
Nürnberg - Ofenbach

zauberisch sonnig

Ich träumte, *daß ich mit der Katharina oben an der Treppe saß, und intensiv über ein albernes und gleichsam läppisches Thema sprach.*
Da knarzte die Treppe. Onkel Dölein war's, der als Überraschungsgast aus Amerika gekommen war. Der Onkel schüttelte seinen Regenschirm aus, und trug einen freundlich milden Ausdruck im Gesicht.
Ich mußte dauernd denken: „Hat der Onkel diese Albernheiten nun gehört, oder nicht?"
Dann war ich bei einem Empfang.
Beinah hätte ich die Tante Christa (vom Onkel Hartmut) mit meinem dick mit Lippenstift gerötetem Mund geküsst, doch ich bremste mich, und die Tante sagte gleich, ohne mich speziell damit zu meinen, daß sie so etwas gar nicht leiden könne.

Weder mit Lippenstift geküsst zu werden, noch Leute, die einen geplanten Kuß in letzter Sekunde abbremsen!
Nur ihr weißes Kleid bekam 'n bißl was ab.
Das nahm sie allerdings nicht weiter krumm.

Die Veronika – im wahren Leben – regte sich erst um achte herum, so daß sie´s wohl gehört haben wird, wie ich klammheimlich das Haus verließ, um auf Buzesart frische Brötchen zu kaufen. Dadurch aber, daß die Veronika ein wenig zum fehlinterpretieren neigt, dachte ich stellvertretend für sie über meinen Hinfortgang, daß ich wohl zügig loswolle, um noch vor Einbruch der Dunkelheit in Ofenbach anzukommen?
Ich kam dann aber doch wieder, und die brave Veronika zeigte sich kurz in einem unglaublich geschmackvollen roten Morgenrock.
„Ich habe mich schon wieder ein bißchen nützlich gemacht!" rief ich fröhlich aus. „Indem ich nämlich die Zeitung hereingeholt habe!"
„Du bist ja toll! – Du bist ja eine ganz große Nummer!" meinte die Veronika gutmütig verhohnepipelnd.
Somit herrschte kurzzeitig eine Atmosphäre, als hätte sich die Veronika eine kostenlose Haushaltshilfe aus dem Behindertenheim geholt, denn Kleinigkeiten können die ja auch machen.
„In Nürnberg ist viel zu früh ein 39-jähriger Herr gestorben, und die Familie schreibt nur „In stiller

Trauer"!" rief ich beim Zeitunglesen eröffnend und bestürzt aus.

Das was ich so erzählte ergab ein ziemliches Durcheinander. Z.B. von der Frau Ensinger, welche die Veronika doch gar nicht kennt.

Neulich habe es geheißen, im Hause Ensinger habe es einen Trauerfall gegeben. „Doch hoffentlich nicht die 98-jährige Omi!" habe ich erschrocken ausgerufen, und dabei wär doch dies in diesem Falle das Wünschenswerteste gewesen.

In der Straßenbahn beschlich uns die klammstimmende Idee, daß mein Fahrkartenstreifen womöglich schon lange abgelaufen sei?

„Haltbar bis Dez. 90" scherzte ich, und dabei stand da nur zu lesen 12'90!

Die Veronika wollte mir einen anderen Streifen aufnötigen, weil sie meinte, die seien jetzt teurer geworden.

Ich stellte mir vor, wie ich zur Beratungsstätte gehe, *den Schein vorzeige, und frage, ob der wohl noch gültig sei?*

„Mit dem werden Sie doch nicht gefahren sein???" ruft die resolute Bedienstete erschrocken aus. „Kommense bidde mit!"

und die Veronika lachte so entzückend.

Tatsächlich gibt's eine Fahrscheinberatungsstätte am hinteren Teil des unterirdischen U-Bahn-Labyrinths, bloß, daß die Leute dort quer und uneinheitlich Schlange stehen müssen, so daß man nie weiß, wann man dran kommt.

Im Buchhaus kaufte ich ganz viele Bücher für meine Lieben:
Für Buz etwas von Oskar Lafontaine, dann etwas von Heine für Ming, und einen dicken Bildband über Impressionisten für Rehlein, so lange Rehlein noch gute Augen hat, und für den Opa einen dicken Bildband über das Universum, als Vorbereitung für die Ewigkeit.

Ich hörte eine österreichische Sendung über den Ertrinkungstod vom kleinen Joseph, der vielleicht von Neonazis ertränkt wurde?
Bloß, heißt´s, seine Mutti habe immer schon dazu tendiert, Dramen zu sehen wo keine sind, so daß die Kleinstadt, wo sich die Tragödie abgespielt hat, ganz erschäumt ist, daß man ihre Stadt so in Verruf bringt, und den kleinen Joseph im Rahmen dieser kollektiven Herdenerschäumung schon ganz vergessen hat!.
Kurz vor Ofenbach starb mein kleines Radio ganz...

Ming hatte das Haus wieder so weihnachtlich geschmückt. Bloß, daß wir heuer leider keinen Schnee haben.

Mein Kommen schien keiner bemerkt zu haben.

Ich schaute mit Mobblns Augen durch´s große Fenster, und wunderte mich, wie sich alles verändert hat.
Dann begrüßte ich mich mit Ming wärmstens am Fuße zur Ashramstreppe.
Ich schaute von außen in Mobbls Zimmer hinein, und beobachtete meine kleine Mama mit ihrem Halbzwicker auf der Nase, wie sie ohne Unterlaß Gutes für ihre Lieben tat, und pochte schließlich leise an das Glas….

Nach der innigen Begrüßung zog ich ins untere, linke Dienstbotenzimmer, das komplett renoviert, und so schön für mich hergerichtet worden war.

Ich möchte die Gefühle, die man sonst immer erst beim Abschied hat, jetzt schon kultivieren und es genießen, daß der Abschied eben noch *nicht* bevorsteht.

Am Abend rief mich die Tante Uta an, um mir zu erzählen, daß ich ein Schätzlein sei!

Ich dachte an Gidon Kremer und malte mir aus, wie er *sich für ein halbes Jahr in der Raststätte Aistersheim nahe der deutschen Grenze einmietet. Er mietet nur ein ganz bescheidenes Zimmer, weil er eigentlich nur wenig zu seinem Glücke braucht: Warme Babuschen, eine Leselampe, einen Koffer voller Bücher und eine Badewanne.*

Dienstag, 12. Dezember
Ofenbach

Bleich

Morgens lärmten ein paar Handwerker bei uns im Hause, und Rehlein redete etwas anders als sonst: Sie sagte „net" statt „nicht", um etwas volkstümlicher zu wirken.

Ming war schon in aller Frühe in die Schule aufgebrochen, und somit verlebten Rehlein und ich einen mingfreien Vormittag. Hi und da tauchte der Opa auf, und sagte: "Durschthabi!" und „hha???"

Endlich riss ich mich am eigenen Schopf aus dem Morast des anstrengenden Nichtstuns, und oktruierte mir selber „45 Minuten Haushalt" auf.

Ich fühlte mich ganz gleichmütig, und konnte mich nur schwach in jemanden hineinversetzen, der von Worten, die andere machen, wahnsinnig wird?

Ich stellte mir eine nörgelnde Mu- bzw. Schwiemu vor, und es schien mir ganz einfach zu sein, gleichmütig darauf zu reagieren.

Nach einer Weile kehrte Rehlein vom Einkaufen zurück, und nahm einen leicht gestelzten Lehrerinnentonfall an, als sie mich so rumräumen sah, da meine Räumungstechniken und -erfahrungen mit jenen Rehleins nicht kompatibel scheinen.

Dann kam der Doktor Bogad.

Der Opa lag im Bett, und meine Gefühle für den Doktor erschöpfen sich in freudiger Verlegenheit, und dem Gefühl, daß zwischen Arzt und Patient eine unsichtbare Türe mit einem rostigen Riegel steht, grad so, wie zwischen einem Orchestermusikanten und einem Kapellmeister.
Beim Blutdruckmessen versuchte ich das verbindende Scherzrad in Schwung zu halten, und sagte: „Das Resultat ist auch nach all den Jahren immer wieder spannend!"
Der Doktor lachte gutmütig, und meinte, es gäbe noch Spannenderes.

Der Opa war verträglich gestimmt, und aus Neugierde setzte er sich bald darauf an den Tisch, dessen Rund Opas Aura nachzuzeichnen scheint, so daß man immer gerne in der Nähe sitzt.
Nahtlos scheint Rehlein Mobblns Platz eingenommen zu haben, da nun statt Mobblns, Rehleins Blutdruck gemessen wird.

Zur Mittagsstund durfte man sich auf Ming und ein Mittagessen vorfreuen.
„Mußt du nicht mal zum Elternsprechtag?" frug ich Rehlein.
Wir sprachen ganz viel über die Irma, z.B. über Irmas Tochter Heidi, von der man gar kein inneres Bildnis hat. Über die drei anderen Kinder kann man packende und unglaubliche Geschichten erzählen,

und über die Heidi lässt sich eigentlich immer nur sagen: „Über Heidi kann man eigentlich nichts groß erzählen..."

Dann machte ich Rehlein noch vor, wie die Irma Silvia und Anselm ganz förmlich mit einem Händedruck begrüßt, wenn sie an Heilig Abend kommen.

Schließlich saß Ming bei uns, und Rehlein hatte ihm tüchtig den Teller vollgebeigt. „Haha, Ming hat jetzt eine Ausstrahlung wie ein Arbeitnehmer!" rief ich aus, da´s ja tatsächlich so war.

Ein bißchen wie der Hubert, der während des Mittagessens gleich wieder auf den Bau muß.

Ming aber gefiel die Vorstellung, daß er nun eine Arbeitnehmerausstrahlung hat.

Ich erzählte, wie die Veronika ein Buch von Elfriede Jelinek weggeworfen hat, weil sie es so ekelhaft fand, und wir psychologisierten darüber. Z.B. auch, wie die Veronika sich nur ein einziges Mal im Leben tiefgehend mit ihrem alten Vater unterhalten habe.

Wenig später erlitt der alte Herr einen Schlaganfall – und in den Jahren zuvor spielte sich der menschliche Austausch hauptsächlich auf folgender Ebene ab:

"Willst du lieber hier sitzen, Vater? Ich kann mich auch dort hinsetzen!"

„Nein, um Himmelswillen, bleib sitzen, Kind!"

Ganz oft wurde auch der Opa zu uns geschwemmt, weil er an unserem Leben partizipieren wollte. Rehlein beklagt sich manchmal leicht darüber, daß der Opa immer etwas Warmes trinken will, dann bereitet sie´s ihm zu, und er lässt es wieder kalt werden! Ich wiederum psychologisierte, daß es dem Opa darum gehe, daß er so gerne hinter etwas Warmem säße, das extra für ihn zubereitet wurde. Der warme, aromatische Dampf steigt dem Durmelnden in die Nüstern...

Einmal sagte Ming zum Opa: "Du mußt schon noch bis Weihnachten durchhalten, weil die Gemeinde dich als Weihnachtsmann angemietet hat!"

Den Kindern in der Schule wird erzählt, daß heuer der echte Weihnachtsmann nach Lanzenkirchen kommt. Früher seien es meist nur verkleidete Studenten gewesen, die sich etwas dazu verdienen wollten.

Die Kinder reden von nichts anderem mehr, und in den Schulen und Kindergärten wird seit Wochen nur für den Weihnachtsmann gebastelt.

Rehlein setzte den Opa an den Kachelofen, und holte ihm sein Teetischlein herbei. Es sah so malerisch aus wie er da saß, und ich philosophierte Rehlein dahingehend an, daß der Opa müde sei, weil er so ziellos vor sich hinlebe. Buz sei auch so ziellos, meinte ich mit einem inneren Seufzen bekümmert, so als wenn er „der Meine" sei, und der Opa jener Rehleins.

Aber ich war selber ganz ziellos, und saß, dem Opa nicht unähnelnd, nur so da.

Später gesellte sich Ming zu uns.

Wann die Luisa wohl endlich zu kommen gedenkt? Am 13. Januar!

Ich riet Ming, die Luisa anzurufen, und mit verstimmtem Untertone zu sagen:

"Abgemacht war doch der 12.12.! Ich hab´s mir doch aufgeschrieben!"

Ming scheint ehrlich verstimmt, und das Ganze ist nicht wieder gutzumachen.

Er habe für die Abholung seinen allerbesten Anzug angezogen, und dann hat´s geregnet, und der Regen hat den schönen Anzug ruiniert.

So landet die schöne Romanze, die so verheißungsvoll begonnen hat, vor dem Richter Guido Neumann.

Ich fand´s plötzlich so bewegend, daß der Opa vor dem Kachelofen sitzt, sein morsches Gebein wärmt, und auf den Sensemann wartet.

Ich dachte mir aus, wie *Rehlein in der Stadt den Sensemann trifft, und auf den Opa anspricht. Doch der Sensemann ist, laut Georg Kreisler, ein Wiener, und redet somit arrogäntlich auf wienerisch:*

„do saan längst andere nooochgwouxn!" (Da sind längst andere nachgewachsen.)

Dann lernte der süße Opa noch chinesisch, und ich saß in Mobblns Sorgenstuhl in seiner Aura und schrieb das Tagesgeschehen ins Tagebuch.

Mittwoch, 13. Dezember

Warm, so jedoch herb bewölkt.
Atmosphärische Dämmerstund in matten
Grau- und Blautönen

Leider herrscht zur Zeit ein Winterschlafsgefühl in jenem Sinne, daß man eigentlich gar nicht weiß, was man außerhalb des Bettes eigentlich soll, obwohl ich gestern noch zu Rehlein gesagt hatte: "Zu lange darf man auch nicht im Bett liegen bleiben, denn sonst bräuchte man eine Anti-Trombosen-Spritze".

Dann begab ich mich zum Milchholen, und lief leider ganz langsam. Doch auch der Langsamste kommt irgendwann an.
Ich betrat den blankgefegten Hof, doch in der kleinen Milchkammer wagte ich es nicht so recht, den Zapfhahn selber zu betätigen, da es passieren könnte, *daß unter meiner Ungeschicklichkeit die ganze Kammer mit Milch vollgespritzt würde, und dann ließe sich der Hahn am Ende gar nicht mehr abdrehen?* Dies alles fühlte ich schmerzhaft und überdeutlich im Voraus, und so begrüßte ich erstmal die braven Eheleute.

Ich frug Frau Breitsching, wie es ihr ginge.
„Ach ja," sagte sie in gefaßtem Gleichmut, denn wie soll's einem schon gehen? Und ich wiederum sprach davon, daß ich mich so gefreut hätte, wenn sie jetzt gesagt hätte:
"Uns geht's – toi toi toi - einfach fantastisch!"

Wieder daheim frühstückte ich bis nach zwölf mit dem süßesten Rehlein.
Zuerst hatte Rehlein noch davon gesprochen, wie schwierig es sei, Mutter zu sein, und daß sie immer gewollt habe, daß wir uns früh lösen.
Bloß ich möchte nicht, daß sich meine eigene Mutter von mir gewünscht hätte, daß ich mich früh löse, und wurde davon traurig.
Rehlein fuhr fort, und erzählte, daß Ming Angst habe, so zu werden, wie der Sohn von der Frau Faß, ein Herr namens „Kurt", der sich nie von seinem Elternhaus gelöst hat.
„Das wird sich wohl kaum vermeiden lassen!" sagte wiederum ich in leichter Taktlosigkeit.

Rehlein sprach davon, gleich den Staubsauger aufheulen zu lassen, doch zuvor öffnete sie das Kuvert Nr. 13 vom Adventskalender, und wurde somit vom Jean-Jacques in Einsteinpose, sprich, mit heraushängender Zunge angebleckt.
Da wollte Rehlein dem Jean-Jacques gleich einen Brief schreiben.

Währenddessen ging Opas Prusterei und Gerotze Rehlein doch sehr an die Substanz, doch plötzlich taute der süße Opa auf, und half Rehlein nach Kräften mit dem Brief nach Frankreich, so daß beide ganz fröhlich wurden: Der Opa, weil er sich nützlich machen konnte, und Rehlein, weil es so schön war zu sehen, daß der alte Gräterich doch noch zu etwas taugt.

Mittags warteten wir auf Ming.
Rehlein zeigte mir ihr erstes Fotoalbum, das ihr einst der Onkel Otto geschenkt hat, und welches Rehlein mit ihren schönsten Bildern liebevoll beklebt hat.
Gleich auf die erste Seite pappte Rehlein sich ein Bild von ihrem kleinen Brüderlein Anderle hin.
Dann stellten wir uns das süße Bild, worauf der Andi ein bißchen geweint hat, ans Fenster, damit man immer daran erinnert werde, daß man kleine Kinder nicht zum Weinen bringen dürfe.
Heute Mittag hatte das Anderle angerufen, und Rehlein meinte, er sei ein wenig traurig gewesen, weil niemand von uns der Tante Lisel zum Geburtstag gratuliert habe. Doch Rehleins Brief ist bereits unterwegs...
Dann kehrte Ming von der Schule nach Hause.
Es gab Kürbis, Karotten, Bionudeln und Käse, und schmuk rehleingemäß einfach unglaublich.
Ming erzählte, daß er den Hanno besucht habe, und daß Hannos Leben derzeit sehr anstrengend sei, weil

er sich wöchentlich mit seiner Freundin abwechseln muß, den kleinen Johannes zu hüten, der ohnedies nicht geplant war.

Besonders ärgerlich wär's natürlich, so fabulierte ich drauf los, wenn der ungeplante Säugling <u>außerdem</u> noch im Krankenhaus vertauscht worden wär.

Donnerstag, 14. Dezember

Grau und klar

Rehlein erzählte mir den „Fall Priwitz", einen Kriminalfall, der sich in unserer Nachbarschaft zugetragen hat:

Herr Priwitz starb an einem Apfel aus unserem Garten, da die Priwitzsche nicht gewußt haben will, daß man jemandem nach einer Bauchoperation nichts, und schon gar keinen Apfel verfüttern darf, da man sonst einen Darmverschluß bekommt und stirbt.

Doch ich glaube schon, daß Frau Priwitz es gewußt hat, und ihrem Leben als lustige Witwe nur ein wenig nachhelfen wollte?

So früh rotzte und rumorte der Opa schon herum.
Der Opa ist allerdings wieder etwas lebendiger geworden, und sagte:

"Durschthabi!" so, daß wir dem verglimmenden, kleinen Lebenslicht mit Feuereifer einen Saft einschenkten.
Dann frühstückten wir mit dem Opa.
Wir sprachen über das Schwäbische, und wie Petras Freund Tobias sich immer nicht traut, den Mund aufzumachen, weil das tiefste Buschschwäbisch herausströmen „dät" und in Oschdfriesland für högschdös Befremdö sorgö würd´. (Höchstes Befremden sorgen würde)
Rehlein erzählte eine lustige Geschichte von ihrer Klassenkameradin und Nebensitzerin „Margot":
Der Lehrer, ein Herr mit dem lustig klingenden Spitznamen „Rolle-Karle" sagte über den Aufsatz von der kleinen Margot: "Ha, der Aufsatz isch net schlecht – bloß dät i net so oft „dääät" schreibö! So ungefähr jedes drittes Mal dät i „würd" schreibö!"
Der Aufsatz klang – so Rehlein – so:
"Wenn ich groß bin tät ich einen reichen Mann heiraten. Dann tät ich für Ordnung und Sauberkeit sorgen, und dann tät ich gut zu meinen Kindern sein".

Der Opa sah so schön aus, wie er sich gegen die weiße Wand abhob: Wie ein geistig hellwacher, weiser Orang-Utan.
„Opa, du siehst so schön aus!" machte ich Worte, die für ein Vorkriegsmannesohr gänzlich ungewohnt

sein dürften, und emotional gar nicht gescheit verarbeitet werden können.

„Nur keine sitzenden Ovationen!" sagte der Opa auch bloß dazu, und manchmal sagt er auch: "Nullo Worto!" weil er zu müde war, einem die welken Ohren gescheit entgegenzurecken.

Mittags warten wir immer freudig auf Ming, denn zeitgleich mit Mings Heimkunft wird das Mittagessen serviert.
Leider machte Rehlein ein furchtbares Gedöns drum, weil es unter dem Kochtopf leicht angekokelt roch.
Ich übte auf meiner Violine und schaute durchs Fenster auf unseren amerikanischen Briefkasten drauf – immer hoffend, daß Ming bald käme.
Wie ein kleines Schwesterlein, das sehnsuchtsvoll auf die Heimkehr des großen Bruders wartet.
Immer wenn ich ein Rauschen in den Lüften vernahm, bildete ich mir ein, Ming käme, und wenn dann doch wieder niemand kam, tröstete ich mich mit dem Gedanken, daß er <u>fast</u> gekommen wäre.

Dann kam er aber doch, und wir saßen da und aßen.
Es gab Milchreis, der allerdings leicht angekokelt schmeckte.
Ich erzählte wieder von Buzen, und walzte lustvoll die schönen Gedanken aus, wie er dem Alter ein

Schnippchen schlagend, ein Studium in Lübeck beginnt.

Alle paar Wochen bringt er seine Wäsche nach Aurich, und wenn er beim Vortragsabend die Tzigane von Ravel spielt, dann reise ich hin – und heute weitete ich die Geschichte auch noch in einigen Details aus:

Wie Buz bald jobben gehen muß, weil „am Ende des Monats immer so viel Geld übrig bleibt."

(Nein, umgekehrt natürlich!)← wie wir ihm in Form eines Aufklebers, den wir ihm für sein Auto zuschicken, verulkend „unter die Nase reiben.".

So muß Buz eine Weile lang morgens um 4 Uhr aufstehen, um Zeitungen und Werbeblättchen auszutragen.

Damit er schneller fertig ist, ignoriert Buz alle Aufkleber mit der Aufschrift „bitte <u>keine</u> Werbung!", und ein Herr bewirft ihn sogar mit Eicheln, weil er schon so oft drum gebeten hat, daß Buz mit diesem Unfug aufhören möge. Buz jedoch radelt geschwind von dannen, und wird gottlob nicht getroffen.

Dann verabschiedeten wir Damen uns nach Wiener Neustadt.

Als Rehlein die Tür soeben abgeschlossen hatte, bewegte sich der Türknauf ganz langsam hinab.

Der Opa war´s, den man naturgemäß nur ungern zurücklässt, und der Opa warf uns durch das

schmale Fenster neben der Tür noch ein paar Kußhändchen zu.
Dann fuhren Rehlein & ich ab. (Ich am Steuer.)

Der Wiener Neustädter Weihnachtsmarkt erschien uns unfeierlich und fade:
Statt nach Lebkuchen und feinen Gewürzen zu duften, roch's nach billigem Bratenfett und ebenfalls billigem, und hinzu viel zu süßem Glühwein, und das, wo Rehlein doch so sensibel mit der Nase ist.
Am Briefkasten auf dem Marktplatz, wo ich Rehleins Brief an die Firma Lainer (ein Preisausschreiben) einwarf, stand zu lesen: „Ich fühle mich so leer!"

Abends durfte ich eine Mail von der Luisa deuten, aber auch Mings vorangegangene Briefe studieren und interpretieren.
Ming schrieb: „Hallo Luisa!"
Zurückhaltend in der Wortwahl, damit es sich nicht so abnützt, und berichtete plastisch aus seinem Leben: z.B., daß er abends oft todmüde mit einem guten Buch ins Bett sinkt. (Z.Zt. Hamsums „Mysterien", wie der poetische Ming gar ins Detail ging...)
Die Luisa schreibt zum Schluß immer nur „Luisa" ohne „deine", und ich riet Ming, das mit der Müdigkeit zu widerrufen.

Am Abend war ich traurig, weil dem Opa nicht gut war. (Vom Herzen her.)
Ich bildete mir ein, er würde sterben, und wurde noch trauriger dabei.

Freitag, 15. Dezember
Vernieselt

Beim Gang zum Frühstückstisch sprachen Ming und ich darüber, wer dieser Tage alles Geburtstag hat.
„Herr Bloser!" erinnerte sich der feinsinnige, süße Ming.
„Der ist für uns gestorben!" sagte ich enttäuscht, weil Herr Bloser sich von alleine niemals mehr melden würde.
Und somit könnte man sich erbosen und in Glut schreiben: Wenn wir uns durch einen wie auch immer gearteten Zufall irgendwann einmal begegnen sollten, dann möge er bitte geradeausschauen, sagte ich, und das süße Rehlein in der Küche freute sich, daß ich so lustig bin.
Beim Frühstück selber erzählte ich von Frau Seibls Ehemisere bzw. davon, daß es heuer das einsamste Weihnachtsfest für Frau Seibl würde, bzw. daß sie sich plötzlich fast ängstlich und schutzsuchend an ihre alten Freunde klammert, weil sie eine solche Angst vor der Einsamkeit im Alter verspürt.

Eines Morgens sagte Herr Seibl beim Frühstück kategorisch:
„Unser eheliches Zusammenleben ist jetzt in dieser Minute, hier und heute für immer und unwiderruflich vorbei!"
Doch diese niederschmetternden Worte haben natürlich eine Vorgeschichte:
Zwölf lange Jahre lang hat sich Herr Seibl einen gemütlichen Abend zu zweit mit seiner Frau gewünscht, und zwölf Jahre lang kam Frau Seibl immer was dazwischen. Sie war unternehmungssüchtig geworden, und der Gedanke, einen Abend zuhause zu verbringen, bereitete ihr Beklemmung und Platzangst.
Besonders tragisch ist natürlich, daß sie ausgerechnet an diesem 1. Dezember wirklich mal für ihren Mann da sein wollte, und das Konzert mit den Stoppelenburg-Schwestern, so schwer es ihr auch fiel, ausfallen lassen wollte – doch das Faß war bereits übergelaufen.
„War das wirklich so, oder erfindest du das bloß?" frug Ming streng, doch Rehlein kam mir zur Hilfe, weil sie's von Buzen genauso gehört habe. (Bloß hat Buz diese plastisch ausgeformte Geschichte ja auch nur von mir gehört.)

Später frug ich Rehlein und Ming andauernd, fast opahaft anteilnehmend, über Dorlis neues Kind, die kleine Rosa, aus.

Ming meinte, es sei noch so klein, daß man gar keinen richtigen Eindruck bekäme, wie´s später wohl mal werden solle, und außerdem kränkelt es schon: Es hat eine schwere Augenentzündung.
„Sicherlich, weil ihr die Erwachsenen pausenlos Tabak ins Gesicht pusten," dachte ich niedergeschlagen, und als ich zum Joggen aufbrach, mußte ich über Rosas „große" Schwester, die kleine Sophie nachsinnieren, und wie einsam sie doch ist.
Von ihrer Mutti kann sie nur zur Hälfte gutgeheißen werden, da mit ihrem Erzeuger, dem Orsch, ja Schluß ist – ferner hat sie außer ihrer Mutter, der sie nur zur Hälfte zusagt, bloß mehr einen Stiefvater und eine Halbschwester, und dies ist doch wirklich nicht schön, oder?

An der Mitteilungswand in Ofenbach konnte man lesen, daß vor zwei Tagen ein Hund in Walpersbach entlaufen ist, und das kleine Mädchen, dem er gehört, war auf dem Fahndungsfoto ebenfalls mit abgebildet.
„Ein Riesenfinderlohn wartet auf Dich!!!" stand da so warm in schönster Kinderschrift zu lesen.

Später aßen wir gemütlich, und auch der Opa sitzt neuerdings fast immer bei uns, und ich bin sooo froh, daß er noch lebt.
Rehlein erzählte von Peters Sohn Gottfried, der seine erste und vielleicht einzige Liebe gefunden

habe, da er, so Peter, leider sehr, sehr treu sei. Treu wie der Hussar in jenem Lied, das Buz zuweilen, auf Ming gemünzt, singt.

Doch von dem Mädel ginge gar nichts aus! habe der Peter Rehlein am Telefon sein Herz ausgeschüttet. Es wirkt leblos und unbeteiligt wie eine Puppe, und der Peter ist ganz traurig über die Wahl seines einzigen Sohnes.

Unfaßbar wäre es, wenn die Dorli im Laufe der Jahre auch noch eine dritte Tochter bekommt, die lahm ist, denn jetzt hat sie, gerad wie im Märchen, schon eine taube und eine blinde...

Rehlein rückte ein paar Gutsles heraus, doch nach einer Weile sagte der Opa erneut: „Hattest du mir nicht ein paar Gutsles versprochen?" und schaute traurig auf dem leeren Teller herum.

Rehlein las den Brief, der heute von Frau Schulze gekommen war. „Du bist die Erste, die's erfährt," schrieb Frau Schulze verschwörerisch, und breitete dann das süße Geheimnis aus, daß ihre Tochter Christina im Juli heiratet, und durch die Zeilen blubberte die ganze Freude einer überreifen Frau.

„Na, da wird Mutti Schulze ja ganz aus dem Häuschen sein!" warf ich ein. Besonders aus dem Häuschen war Mutti Schulze natürlich, als ihre Tochter ihr am Telefon erzählte, daß sie unbefleckt in die Ehe zu gehen gedenke.

Dann wiederum malte ich mir aus, *wie Frau Seibl ein Entlaufungsplakat über ihren Mann gestaltet und überall hinklebt. „Entlaufen" steht ganz groß darüber, und darunter sieht man sein liebliches Bildnis, unter welchem wiederum zu lesen steht:*
„Auf denjenigen, der mir meinen lieben Mann zurückbringt, wartet ein Riesenfinderlohn!!!"

Dann fuhr ich am Abend zu „Billa", weil ich „Basler Leckerli" backen wollte.
Draußen war´s so kalt und dunkel, und ich mußte daran denken, wie´s wohl so ist, wenn ich alt und obdachlos bin? Dann bleibt mir abends wenn die Supermärkte schließen, eigentlich nichts anderes übrig, als bei Leuten zu klingeln, und für eine Nacht um Asyl anzusuchen.
„Ich werde für Sie beten!" mehr kann man als obdachloser Habenichts leider nicht versprechen.

An der Billa-Pforte klebt ein Vermissungsplakat über den verschwundenen Josef Schuh, einen getürmten Ehemann.
Wenn die Beamten seine Frau fragen: „Halten Sie es für möglich, daß ihr Mann freiwillig gegangen ist?" dann kann sie ja schlecht „nein" sagen, weil er zum Schluß fast täglich ausrief: "Ich geh, und dann sikzs mi nijmmör! (dann siehst du mich nimmer!)

Am Abend buk ich Basler Leckerli.

Rehlein stand mir, wo´s nur ging, beratend zur Seite. Als wir im Duett am Teig umeinanderkneteten machte Rehlein oftmals ein so ungeheuer entsetztes Gesicht, und ein bißchen kam ich mir vor, als kneteten wir im Duett am Herzen eines vom Exitus bedrohten Patienten!
Der Opa war so süß. Immer wieder sagte er: "Du Erika, du hasch mir doch ein Gutsle versprochen, wenn ich ganz brav beim Kaffee sitze?!" und lachte so bezaubernd.

Ich wandelte den Hit von Udo Jürgens leicht für Insa & George um: „17 Jahr, blondes Haar"...in "70 Jahr, schüttres Haar, soo stand er vor mir..."

Abendessen mit Ming.
Ming erzählte vom Gidon Kremer-Konzert, und daß man die Pizzikati im Blues von Ravel nur gesehen, aber nicht gehört habe.
Was hätte man da bloß gemacht, wenn eine Seniorin ganz laut ausgerufen hätte:
"Bitte zupfen Sie doch ein bißchen lauter! Es sitzen auch Senioren im Saal!"
Zum Schluß spielte Ming mir oben noch Beethoven-Sonaten vor, und ich stand fingerknödelnd und hopsend vor Begeisterung in der Flügel-Aura.
Ich mußte lachen beim Gedanken, daß ich schon als Embryo immer geknödelt habe, wenn ich begeistert

war, und frug mich heut, wie das damals wohl ausgesehen hat...?

Samstag, 16. Dezember

Mild-grau. Hi und da zärtliche Sonneneinstrahlung

Heute schlief ich nicht so gut, weil sich mein Körper im kalten Dienstmädchenzimmer trotz Wärmflasche etwas brettern anfühlte, so als wollten Gicht, Rheuma und Ischias Einkehr halten, bzw. so, als klopften die drei Übel meinen Körper darauf hin ab, ob er sich wohl als geeignete Wohnstätte eigne?
Geträumt hatte ich von einem Konzert mit Ming in einem ganz kleinen, aber festlichen Raum.
Ming & ich spielten das Schubert-Duo, und im 3. Satz verzählte ich mich an einer 32stel Stelle aufs Peinlichste, so daß Ming <u>während</u> des Konzerts gezwungen war, an mir herumzubelehren.
„Jetzt hör auf zu unterrichten! Wir sind hier im Konzert!" flüsterte ich einmal peinlich berührt.
„Allerdings!" sagte eine laute, bellende Seniorenstimme aus dem Publikum in leichter Entrüstung.
Nach der Pause mußten wir die zweite Bartok-Sonate spielen, und ich war mir plötzlich gar nicht mehr sicher, ob ich sie noch auswendig kann, bzw. natürlich war ich mir, wie's auch im wirklichen Leben der Fall ist, absolut sicher, daß ich sie <u>nicht</u> mehr kann.

Wo die Noten sein sollten, wußte ich allerdings auch nicht, und fühlte mich demgemäß so schrecklich desorganisiert.

Dann erhob ich mich.
Wie schon so oft, hatte sich ein Aufstiegsgedanke in mein Gehirn hineingesaugt, und wollte gedanklich beknabbert werden:
Ich dachte an Opas Jünger „Böhmert", den Weltverbesserer, der Rehlein geschrieben hatte:
„Bin sehr sensibel. Aber sonst könnte ich ja auch keine empfindsamen Texte schreiben. So hat alles seine Vor- und Nachteile." Doch der Böhmert ist eben nicht sensibel, denn sonst hätte er doch gemerkt, daß die Mobbi („das §arlottchen") ihn überhaupt nicht leiden konnte, bzw. es nicht leiden konnte „§arlottchen" genannt zu werden.
Sogar die Ortographie hatte der Böhmert dahingehend verbessert oder revolutioniert, daß er „Sch" in „§" verwandelt hatte.

Gleich am Morgen wurde ich von Rehlein zum Milchholen ausgesandt.
Nach einer Weile vernahm ich hinter mir ein zartes Geräusch.
Ming war´s, der mir leise auf dem Radl gefolgt war.
Ming erzählte, daß die Linda auf ihr Päckchen hintendrauf geschrieben habe:
"Bitte erst an Weihnachten öffnen!" doch dies hatte Ming zu spät bemerkt.

„Dann sag dem Opa, was drin war. Der vergisst´s für dich!" riet ich.
Mich ließ das Schicksal von „Josef Schuh" nicht los, und somit versetzte ich mich in seine Familie hinein, und frug mich mitfühlend, wie die sich jetzt wohl zur Vorweihnachtszeit so fühlen mag?
Opagleich lenkte ich immer wieder die Rede auf dies Mysterium: Ein Herr, der sich einfach in Luft aufgelöst hat.
Ming meint, daß Josef Schuh sich vielleicht in die Dominikanische Republik abgesetzt habe.
Er gab vor, nach Eisenstadt zu fahren, doch er hatte nicht vor, wieder zurückzukehren.
Und als wir wieder daheim bei Rehlein waren, dachte ich immer noch weiter darüber nach:
Ordnungsgemäß stellt er sein Auto in Eisenstadt ab, und dann stülpt er sich die mitgebrachte Perücke übers Haupt, und fährt mit dem Zug weiter nach Wien Schwechat...Dadurch, daß er volljährig ist, bleibt seiner Frau gar nichts anderes übrig, als Suchplakate auf dem PC zu entwerfen, und schließlich auszudrucken. Drei sind hier für die Umgebung, wie beispielsweise für „Billa" gedacht, und sieben weitere schickt sie in die dominikanische Republik, wo sie ihn vermutet, und wo die Zettel in Botschafts- oder Flughafennähe aufgehängt werden sollen – und kaum ist Josef Schuh in der Dominikanischen Republik, da sieht er sich bereits an einem Supermarktsportal kleben!
Frau Schuh redet mit allen Leuten über ihre Vermutung, ihr Mann habe sich aus seinem Leben hinfortgestohlen und in der

Dominikanischen Republik abgesetzt. Die Leute machen ein entsetztes Gesicht, und doch löst es einen Herdentrieb aus.
(Ähnelnd jenem dereinst, als in Trossingen die Professorengattinnen herdenweise getürmt sind.)
Binnen kürzester Zeit sind sechs Ehemänner einfach nicht mehr nach Hause gekommen. Etwas, was sogar im „Österreichbild" zur Sprache kommt.
Unter den Ehefrauen im Landkreis bricht eine Panik aus.
Eine Frau stellt ihrem Mann eine Mausefalle vor´s Bett, wo er vielleicht hineindappt und sich den Zeh bricht?
So ist seine Frau erstmal froh, daß <u>sie</u> ihn nun immer herumfahren muß.

Sonntag, 17. Dezember

Herb bewölkt

Der Fernsehgenuß im Hause Pannonius* ist schon seit langem sehr getrübt:
*Opas Künstlername – basierend auf seinem Wohnort Pannonien
1.) durch den Opa, sein geräuschvolles Gerotze, Gehuste und Gepruste und seine „Nullo-Worto-Aura" (das getrichterte Ohr an dem grämlich verknautschten Gesicht, dem zu entnehmen ist, daß er kein Wort versteht) und 2.) dadurch, daß das Bild nicht gescheit zentriert ist und 3.) durch einen abscheulich hellen Surrton, so daß sogar Rehlein froh wäre, wenn uns Buz zu Weihnachten einen neuen Televisor schenken würde.

Wir liefen zur Kapelle, schauten uns die Gräber an, und ich mußte, wie nun schon seit Tagen, wieder ganz viel über den verschwundenen „Josef Schuh" nachsinnieren. Im Geiste hab ich schon allen möglichen Leuten mit verschwörerischem Untertone am Telefon erzählt:
„In Ofenbach ist ein Herr verschwunden!"
Außerdem stellte ich mir bereits vor, *wie ein Telefonat mit Frau Schuh wohl ausschauen könnte, und hörte im Geiste ihre Stimme auf niederösterreichisch:*
"Mäinen Muohnn homs am Vormiddoog gfuuundn! Im Woid – wohrschäinliich a Suizid!" (Meinen Mann haben sie am Vormittag gefunden. Im Wald – wahrscheinlich ein Suizid.)
Jetzt aber mutmaßte ich mit Ming herum, *daß Josef Schuh sich vielleicht vorgenommen hat, genau an Heilig Abend als ganz besondere Überraschung wieder daheim anzuklopfen. Dort aber hat man es sich bereits in einem Leben ohne ihn bequem gemacht.*
„*Na wous üs? Frääiz Euch neeht? Wous sitzdn ihr so doo?*" *stellte ich mir vor, das er sagen könnte. (Na, was ist? Freut ihr euch nicht? Was sitzt denn ihr so da?)*

Ming erzählte ganz viel von der Schule, und ich fing direkt ein wenig Feuer und stellte mir vor, *wie ich auch das Abitur mach, und bald ebenfalls in einer Schulklasse sitz´?*

Ich schlug Ming vor, sich nach dem Abitur im Max-Reinhardt-Seminar vorzustellen, und eine Ausbildung als Schauspieler zu beginnen, da ein großer Interpret in erster Linie auch ein großer Schauspieler sein muß, der in der Lage sein sollte, sich von einem sog. „Otto Normalverbraucher" in einen Schubert-Interpreten erster Güte zu verwandeln?

Wir sprachen über wahre Freunde, und Ming kannte sich in diesem Thema besser aus, als jeder Professor!
Ich erfuhr, daß wahre Freunde, wie beispielsweise der Tone, „Kanten" haben müssen.
So liefen Ming und ich spazieren, weil ich noch viel mehr über dies Thema erfahren wollte. Ming kommt mir immer vor, als sei er der Doktor Allwissend und ich klebe gebannt an seinen Lippen. Wir begrüßten zwei Pferde am Zaun und liefen bis zu unserer Bank, von welcher aus wir sehen konnten, wann an unserem Hause die Weihnachtsbeleuchtung ansprang.
Dann liefen wir wieder heim, und vor dem Gasthaus lärmte eine Horde Kinder auf grausige markerschütternde Art und Weise.
Wieder daheim erhielt ich von Ming eine Lektion im Schuheputzen.
„Ich glaube, du wärst auch ein fantastischer Schuster geworden!" rief ich begeistert aus.
Dann schellte es an der Türe. Ich traute mich nicht so recht zu öffnen, weil ich nach dem Blick aufs

Sicherheitsvideo ein Kind zu sehen glaubte, das uns vielleicht durch Frechheiten zu ärgern gedenkt?

Doch es war der brave Nachbarsbub Roman, der seinem Freund Ming selbstgebackene Gutsles mitbrachte.

So deckte ich oben die Adventstafel für einen weiteren Gast mit.

Ich bewegte mich langsam und mühsam zwischen den Stockwerken, doch die klappernden Geschirrteile im Rotkäppchenkorb zu tragen wiederum gefiel mir, und dann sagte ich scherzend zu Ming und Roman, daß es in Mings Horoskop heut geheißen habe:

"Ein unerwarteter Besuch verschönt ihnen den Advent."

Allerdings hat doch der Roman, ein Geburtstagsnachbar Mings grad das selbe Sternzeichen, und auf ihn daheim wartet womöglich auch ein unerwarteter Besuch?

Bloß ist er nicht daheim.

Der Roman ist jetzt unter der Woche in Eisenstadt und muß in einem Vierbettzimmer nächtigen.

In der ganzen Schule gibt es nur fünf Maderln.

Die sind allesamt nicht sonderlich attraktiv, aber heiß begehrt, weil ihr Wert durch ihre Seltenheit gestiegen ist.

Auch Rehlein setzte sich zu uns – doch einmal mußte man plötzlich erschrocken denken, daß der Opa vielleicht alle Plätzchen, die Rehlein mit so viel

Liebe und Müh für ihre Lieben gebacken hat, weg ißt, und hernach darüber nur mehr zu sagen weiß: "weißi nimmer.."
„Rehleins Bemühungen fielen der Greisenmümmelei zum Opfer," scherzte ich.
Als Rehlein mal etwas Umwelttechnisches erklärte, meldete ich mich aufgeregt zu Wort, – so wie in der Schule – weil mir ein Schüttling eingefallen war: „Mit Schaudern entsinn ich mich an jenen Urlaub, als wir keinen von den Flugkunden klug funden!"

Beim Abendessen war der Opa wieder etwas lebendiger.
Wir scherzten über Opas Wunschzettel für das Christkind, den man im Dorf an die Mitteilungswand nageln könnte: „Ich wünsche mir ein frisches Bad. Ich wünsche mir ein schönes Frühstück..."

Montag, 18. Dezember

Weiß-grau. Reizvolle Abendröte

Heut´ träumte mir, *daß ich etwas gar zu eilig dem Ansinnen meines Kommilitonen Gunnar H. folgte, und mit ihm in eine WG am Stadt- oder Dorfkern zog.*
Am 29. des Monats trug der Gunnar mein Deckbett in die neue Wohnung, und so ziemlich das Erste was er dort tat, war, sich von mir Geld auszuborgen.

Er griff nach meinem Börsl, spielte ein wenig damit herum, und als ich nach einer Weile frug, wieviel er denn nun entlehnt habe, pfiff er vor sich hin, wie jemand der mit diesem Gepfeife eine kleine Sünde zu neutralisieren sucht, und antwortete schließlich höchst vage, es seien „an die 500 Mark" gewesen.

Die ganze Zeit knabberte es in mir, warum ich wohl so eine schwammige Antwort bekomme, und ob ich das Geld wohl jemals wiedersehe?

So nagelte ich ihn mingesgleich darauf fest.

„Ich könnte auch nachzählen," sagte ich <u>scheinbar</u> locker, und frug ihn, ob er am Montag nicht auf die Bank gehen könne?

Aber Gunnars Geld mußte aus irgendeinem Grunde unbedingt auf der Bank liegen bleiben!

„Dafür kümmert sich ja sonst niemand um dein Deckbett!" sagte er schwammig, doch ich blieb unbeugsam. „Das eine hat mit dem anderen nichts zu tun," sagte ich in der aseptischen, unpersönlichen Strenge einer eiskalten Chefin.

Mein Bett stand in Gunnars Zimmer, und der Gunnar umarmte mich vor dem Bettgang noch sehr nett.

Er wirkte sauber und frisch, und hatte noch kein einziges Mal gefurzt – doch eine (wahre) Tagebuchnotiz aus dem Jahre 1993 lehrt, daß man sich nicht zu früh freuen darf.

Angrenzend an die beiden Zimmer, die der Gunnar bewohnte, befand sich ein Lokal, und außerdem hatten die Wirtsleute einen schwarzen Lappohrhund, der einem an allen Ecken und Enden begegnete, und einem ständig quer übers Gesicht schleckte. Und auch wenn es hieß, dies sei ein ganz lieber Hund, der mache nichts, so bereute ich es doch schrecklich, hierher gezogen zu sein, und bekam großes Heimweh nach meinem alten Zuhause im Tal.

Ich vermisste den Wintergarten – auch wenn die beiden Räume, die sich an den Wintergarten anfügten, immer so ungeheuerlich unordentlich waren, und beim Gedanken, den Wintergarten nie wieder zu sehen, wurde mir ganz traurig zumute. Buz und noch ein anderer Spezi, den er mitgebracht hatte, suchten vergebens nach einer Prise Schalk in meinem traurigen Gesicht.

Buz wies mich darauf hin, daß ich mich bei Frau Weisser, die wieder im Dienst, so jedoch leider alt und grau geworden war, anmelden müsse.

Die Flure in der Musikhochschule sahen ganz anders aus als früher: Mit Schlingpflanzen an den Fenstern und grauen Linoleumböden.

Und Frau Weisser dachte immer so angenehm für einen mit voraus, ähnelnd einem Prüfer, der einem die Antworten auf milde Weise einfach in den Mund legt.

Ich beschloß, daß ich zum Gunnar gehe, um zu sagen, daß ich doch wieder zurück ins Tal will, zumal wir ja nur mein Deckbett geholt hatten, und wurde ganz fröhlich bei dem Gedanken, als der Wecker schrillte...

Beim Frühstück:
Ich warf den Gedankenaspekt ein, daß Buz vielleicht Opfer seiner eigenen Pädagogik geworden sei, denn im Grunde unterrichtet Buz ja ähnlich wie Elisabeth Schwarzkopf gestern im Fernsehen:

Keine drei Töne kann man kommentarlos spielen, und diese ewige pädagogische Unzufriedenheit schlägt sich natürlich auch im eigenen Spiele nieder.
Rehlein hat sich vorgenommen, Buzen die Steuer heuer nicht zu machen – so daß sich Buz noch wundern wird!
Doch Rehlein sieht´s nicht ein.
Die Petra verdient nun statt ihrer, und so soll Buz seine Steuer jetzt gefälligst selber machen.

Noch am Vormittag lief ich zum Milchholen.
Herr Breitsching hackte Holz, und ich seh´ ihn noch vor mir, wie er mit seinem frischen rosigen Gesicht inmitten des bergenden, schrägaufgetürmtem Holze steht. Heute plauderten wir uns gar fest! Etwas, was mir bei Herren sonst nur mit Herrn Manz in Grebenstein passiert.
Die Rede lenkten wir bis nach Süddeutschland hin zu Buzen, und ich wußte zu berichten, daß Buz sich vor der Pensionierung, auf welche Rehlein sich wiederum so gefreut hat, regelrecht graust, da der Beruf und das berufliche Umfeld sein sicherer Hafen sei. Er ist 62 ½ Jahre alt, und wäre Lehrer von Beruf, erzählte ich in plauderfreudigem Stolze. Violinlehrer.
Natürlich hätte man auch bullschitten können – so wie Buz selber bei der Steuer, als er mal salopp zu Rehlein sagte, sie möge angeben: 3000 Mark Privatschüler – obwohl´s in jenem Jahre, so Rehlein, bzgl. der Schüler nur Unkosten gab. Doch Buz

wollte, daß die Steuerbeamten staunen, oder aber er hat wirklich so viel eingenommen, es jedoch an Rehleins Wissen vorbeischmuggelnd verjubelt?

Herr Breitsching, als Vater dreier Söhne wissend was er da redet, erzählte, daß die 15 – 18 jährigen alle so blöd seien.

Wenn man aber ein wenig abwartet, dann werden sie von alleine etwas reifer.

Dann erzählte ich dichterisch von der Luisa, die aus Brasilien stammt und bald nach Ofenbach zu Besuch kommt. Eine Blondine lief vorbei, saugte meine Worte auf und sagte: „Ofenbach wird international!"

Herr Breitsching erzählte mir, daß heut vor 42 Jahren sein Opa begraben wurde, und nur sechs Wochen später starb auch sein Vater! Herrn Breitschings Mutter mußte im Jahre 1949 eine sehr schwere Nierenoperation über sich ergehen lassen.

Sie wurde dann aber doch wieder gesund, und starb erst Jahre später 73-jährig an einem jähen Herzinfarkt!

Eines Tages lag sie tot in der Küche, und in jener Küche starb auch der Vater und hinzu noch ein Onkel!

Wieder daheim:

Rehlein rümpelte im Keller umeinand und frug über Ming´s alten Jahreskalender, ob man den wohl noch bräuche? Ich blätterte ein wenig darin herum, und

freute mich an Ming´s schwärmerischen Eintragungen über den Flug nach Barcelona.
D.h. ich geriet kurzfristig in einen Launenrausch, weil ich´s so toll fand, daß Ming das geschrieben hat.

Bald darauf kehrte Ming von der Schule heim.
Man sah, wie Ming vergebens in den Briefkasten spitzte, und währenddessen erscholl von oben schon wieder der Hit von den 66 Jahren herab, während Ming aus der Schule doch sicherlich einen Kopf voller hochgeistiger Dinge mit nach Hause brachte?
Zerknirscht überlegte ich, daß sich dieser Lärm für einen frischbefüllten Feingeist, im übertragenen Sinne doch wohl so anfühlen dürfte, als würde ein feines und köstliches Gericht mit einer billigen Soße aus dem Glase vollgeklatscht?
Ming jedoch ließ sich nichts anmerken.

Wir sprachen darüber, daß der Opa gar nicht mehr vors Haus gehe, und daß sein Herz wohl langsam schwach würde, und meine Augen füllten sich mit Tränen.
Rehlein glaubt´s kaum, daß der Opa seinen 92. Geburtstag noch erleben wird.

Rehlein und ich tendieren immer dazu, Ming nach der Schule zu befragen, doch bevor Ming überhaupt zu einer Antwort ausholen kann, fällt uns schon wieder etwas anderes zu beplaudern ein.

Nach dem Mittagessen begaben wir uns auf einen Spaziergang.
Vor dem Gasthaus im Dorf kläffte wütend ein kleiner Spitz, und wenn ich verärgert auf ihn zurannte, zog er auf Art eines erbärmlichen kleinen Beamten den Schweif ein.
Aber mulmig war mir dabei schon.

Der Weg zur Kapelle war so stimmungsvoll, zumal das letzte bißl Weg ganz naturbelassen aussieht (so wie in Afrika.)
Alle Tage besuchen wir das Ilslein* auf dem Friedhof, der heut in zartem rosa Dämmernebel so dalag, und die Omi Mobbl auf dem Gottesacker in Lanzenkirchen besuchen wir praktisch nie.
*Opas im Jahre 1996 verstorbene schwäbische Kusine

Dienstag, 19. Dezember

Aus Regen wurde Schnee. Sanft eingezuckert

Die Nacht war ein wenig kurz, und in der düstren Morgenfinsternis in meinem kleinen Dienstmädchenzimmer flutete mir gleich ins Bewußtsein, daß heut vielleicht ein völlig neuer Lebensabschnitt für mich begänne:

Ich reise über die Weihnachtstage nach Ofenbach, und bleibe zwei einhalb Jahre, da Ming mich dazu weichklopft, das Abitur zu machen.

„Na, da wird sich Buz aber schwer umgewöhnen müssen, wenn seine Haushälterin plötzlich fehlt!" ist man versucht zu denken, und ein ungutes Gefühl hab ich auch dabei, meine beiden tagebuchbespickten Wohnstätten in Trossingen und Aurich einfach zu verlassen, so wie Andere ihre Wohnung in Tschernobyl einfach hinter sich gelassen haben? – Andererseits fallen einem aber auch viele Vorstellungen ein, wie´s auch hätte kommen können: z.B., daß man völlig überraschend zwei Jahre in den Knast muß - ... und wie schnell sind zweieinhalb Jahre doch vorbei!

Als wir in der Morgenfinsternis im Auto die Kalgasse hinabrollten, sagte ich zu Ming: „Wenn die Mobbl statt gestorben zu sein, das Abitur nachgeholt hätte, dann stüke sie bereits im dritten Semester!"
„Unsinn! Der Weg zum Abitur ist doch nicht in Semester aufgeteilt!" rückte Ming meine unreifen Worte zurecht, indem er sie einsammelte und verwarf.
Das Auto parkten wir etwas vom Bahnhof entfernt, und ich kam mir vor, als würde ich vom Geheimdienst bei Nacht an einen völlig unbekannten Ort verschleppt.

Dann saß ich nach fast einem Jahr endlich mal wieder in der Eisenbahn.

Die meisten Insassen waren sehr müde und schlummerten. Allgemein versuchte man, die Seele aus dem Körper entweichen zu lassen, aber der Alltag, dem man verzweifelt entgegenschlummerte, zeigte sich wie ein hoher grauer Fels, der bezwungen werden will.

Ming hatte sogar an eine Thermosbuddl mit heißem Tee gedacht – wohltuend und köstlich! Hi und da schlummerte auch er, und ich dachte mir etwas für ihn aus, was er wohl träumt?

Ich malte mir aus, *wie er im Studentenheim nachfrägt, ob´s noch Zimmer gäb – weil Ming sich ganz und gar aufs Abitur konzentrieren will.*

„Ja, wir haben noch einen Platz im Vierbett-Zimmer!" sagt die engagierte Heimleiterin, aus meiner Wiener Zeit. Also zieht Ming ins Vierbett- bzw. Zwei-Etagenbetten-Zimmer.

Es riecht nach kaltem Rauch, und an den Wänden hängen Poster mit Pinupgirls aus der „Neuen Revue"....

Kurz vor Wien tönte ein Händi los, und der kleine Felix redete mit seinem Kinderstimmchen ganz laut.

Eine Seniorin lachte gutmütig dazu.

Dann waren wir in Wien.

Draußen war es so ungemütlich kalt – grad so, als sei man aus dem warmen Bauch des Zuges in eine abscheuliche Welt hineingespuckt worden, und in der Luft lag jenes undefinierbare, Wienerisch-

Grantlerische das mir so zum Ekel ist, obwohl noch gar niemand gegrantelt hatte.
Auf einer Rolltreppe stand ein ganz kleiner, einsamer Schuljunge, und ich frug mich, was das wohl für Eltern sind, die ein so kleines Kind alleine in der U-Bahn fahren lassen?

Im U-Bahn-Inneren telefonierte ein Tiroler mit Tirolerhut, und hatte einen überschwenglich-erfreuten Gesichtsausdruck dabei.

Dann brachte ich Ming zu seiner Schule in einem alten Gebäude. Ming regte an, daß ich den Herwig oder aber Frau Leonskaja in der Salesianergasse besuchen könne, doch ich tat nichts von beidem.
Das ungemütliche Nieselwetter verdichtete sich zu einem Geschniesl, und ich mußte unwillkürlich denken, daß ich jetzt eigentlich genauso weit bin, wie damals vor 17 Jahren, und daß ich mir auch heute noch nichts aus den prunkvollen Schaufenstern leisten kann.
Einmal besuchte ich ein schäbiges Wiener Café in einer Seitengasse, wo ich von einem fahrig- nervösen älteren Kellner bedient wurde:
Den Topfenstrudl aß ich nur halb, und hernach schrieb ich nach Art Mings klar und deutlich auf die Rechnung: „kalt und abscheulich süß!" und legte es auf den halbgegessenen Topfenstrudl oben drauf, bevor ich das Lokal verließ und mich nicht mehr

umdrehte – weil ich dieses Kapitel in meinem Leben endgültig abschließen wollte.

Auf der Straße sah ich einen Asiaten, der von hinten wie der Franz ausschaute und vor sich hinsummte. Ich stellte mir vor, wie ich ihm einfach hinterherlaufe – mal schaun, wie´s weitergeht. Doch ich tat´s nicht. Schließlich fand ich mich in einem „Rosenberger"* wieder. Ich trank einen heißen Pfirsichpunsch und füllte zwei Lob & Tadel-Zettel aus, wo ich ganz in Rehleins Sinne um bessere Musik bat. Sogar schöne Vorschläge fügte ich ein.

Österreichische Paradieskette

Nach einigen Stunden holte ich Ming wieder ab.

Ich hatte mir die Musikvereinszeitung beschafft, und las Ming über Benni Schmidt vor, der auf den Fotos wie der Friedel ausschaut, und mit unbequem hinterfragend gravitätischem Unterton Dinge sagt, die ein Jeder in dieser und abgewandelter Form bereits kennt.

Als es dunkel war, feierten wir beim Opa in der Stube ein wenig Advent.

Derzeit steht auf den gelben Klopapierrollen auf jedem einzelnen Blatt ein anderer Spruch drauf.

Auf einem stand zu lesen: „Ein freundliches Wort nützt oft mehr als tausend Vorwürfe."

Ich zupfte es ab, weil morgen unser Papa auf Besuch kommt, und mir schon bange wird, wenn sich die Aurawellen zwischen alt und uralt vielleicht wieder beißen.

„Ach, hat man die g´sammelt?" frug der Opa über die Klopapiere.

Der Opa sagt hi und da: "Ach, i hab ja gar kei Zähne an!"

„Soll ich Dir deine Zähne holen?" frug Rehlein so rührend besorgt.

Ich scherzte: „Opa! Deine Zähne haben die Eri heut in den Po gebissen!" und der Opa lachte gutmütig, so, daß man schon auch noch Freude an ihm haben konnte.

In „Hallo Deutschland" kam so viel über Wetterkatastrophen, daß der Opa als Wetterfreund, so wie in früheren Jahren aufhorchte, und ganz nah an den Fernseher hinantrat.

(-30 C° in Kalifornien. Ein Schneetornado bewirbelte jenen Teil Amerikas, der für seine Wärme und das wundervolle kalifornische Wetter bekannt ist.)

Ich warf die Frage auf, ob die Linda den Jim wohl bis zum Wahn liebe?

Ming glaubt´s aber kaum, denn er hat selten so eine welke Liebe gesehen. Im Grunde glaubt man´s ja über kaum ein Paar, und über die Gerswind meinte Ming, das Allererotischste, das er sie mal zum Fritz hat sagen hören, sei: „Fritzi-Fuchs!" gewesen.

Über die Vitzthums sprachen wir auch, doch die sind ja schon eine Stufe weiter. Ständig hebt der

Vitzthum im Garten eine Grube aus, und schüttet sie wieder zu.

Mittwoch, 20. Dezember

Zart eingezuckert, sonnig-licht

Geträumt hatte ich *etwas solcherart, daß ich bei Buzen lebte, weil Buz das Sorgerecht hatte. In einem Zimmer, ähnelnd jenem im Gästehaus von Musashino, mit einer gelenkigen Klemmlampe am Schreibtisch.... und wie ich ganz viele Tätigkeiten in den nächsten 40 Minuten unterzubringen gedachte. Unrealistisch viele.*

Nach dem Frühstück retirierten sich sowohl Opa als auch Rehlein beide zu einem kleinen Schlafesnachschwapp, und die sonnendurchflutete Wohnung lag plötzlich so still da, als wolle sie mir sagen: "So! Nun bist du die alleinige Herrscherin in diesen Räumen, nun zeig mal, wie du mit deiner Zeit umzugehen verstehst!"
Natürlich möchte man die Räume gleich zum Klingen bringen, weil's irgendwie so untätig wirkt, wenn sich eine Geigerin im Hause befindet, und nichts zu hören ist.
Stattdessen aber spülte ich das Geschirr, denn ich liebe Arbeiten, wo man sieht, was man gemacht hat, so daß Yoga, Meditation oder Aerobik nichts für mich ist.

Dann schnürte ich mich zum Ausgang zurecht und holte Milch.

Den Hund unten beim Turner (den „Whiskey", wie er leicht primitiv von seinen angesäuselten Besitzern benannt worden ist), den finde ich so ekelhaft, weil er beständig, und bei jedem Promenator einzeln auf die Straße tritt und loskläfft.

Gestern mußte ich sogar in Wien über ihn nachdenken:

Daß er der Prototyp des kleinen Beamten sei. Wenn man den Spieß herumdreht, und forsch auf ihn zugeht, wird er ganz klein und duckmäuserisch.

Ein Fingerzeig von OBEN, wenn man so will, denn es bedeutet, daß man eigentlich gar nicht mehr schüchtern zu sein braucht.

Beim Essen erzählten wir Rehlein ganz viel vom Ernesto aus dem Otto-Film, und wurden sehr lustig dabei. Ich wurde fröhlich, und im Schwunge der Fröhlichkeit sagte ich lapidar, daß wir Buzen in ein Änderungsseminar schicken, damit er so würde, wie Rehlein ihn sich wünscht.

Das Wetter war so zauberhaft geworden: zitronengelber, und zarter altrosa getönter Sonnenschein.

Um drei Uhr hatte ich wieder einen Termin im Frisiersalon „Erni", und sogar an meinen Treuepass hatte ich gedacht. "Ich bin doch so stolz auf meinen Treuepass!!" sagte ich zu Rehlein, und geriet überhaupt ins Schwärmen, wie schön es in der Frisierstube sei – so, wie ich in letzter Zeit ja auch dauernd vom „Gesundbrunnen am Krähenberg" schwärme...

Mein Besuch in der Frisierstube war so stärkend durch die belebenden zwischenmenschlichen Herzlichkeiten, die es früher einfach nicht gegeben hat.. Sehr gut wurde ich von meiner Stammfrisöse „Heidi" bedient – auch wenn ich jetzt vielleicht ein bißchen wie eine 50-jährige ausschaue?
In der BUNTEN las ich über Franziska van Almsick und den sensiblen Handballer Stefan Kretschmar, einen Herr, der über und über mit Tatoos übersät ist. Allerdings fand ich seine abgedruckten Worte auf seiner Mailbox so häßlich: „Hallo! Hier ist die Mailbox von Stefan Kretschmar – dieser Platz ist allerdings für eine einzelne Person reserviert, die hier bis zum Erbrechen draufsprechen möge! Alle anderen bitte ich, sich knapp zu halten..."
Das fand ich so häßlich, daß ich mit einem Herrn der dererlei aufspricht SOFORT Schluß gemacht hätte.
Stefan K. meinte, er mußte sich von seiner Frau trennen, weil die Gefühle für die Franzi einfach zu stark waren. Das muß ja die Hilde fuchsen, wenn sie beim Frisör sitzt und dererlei liest? Denn Buz hat sich eben nicht getrennt, weil seine Gefühle für

Rehlein einfach zu stark waren, als daß er für ein junges Ding darauf verzichten könnte...

Zum Abschied bekam ich ein kleines Weihnachtsgeschenk vom Frisiersalon:
Ein geschmackvoll verpacktes Wundermittel für die Haare, und es stimmte mich fröhlich!
Überhaupt gings mir am Nachmittag plötzlich ganz gut.
Danach hab ich die Mobbi auf dem Friedhof besucht, weil´s Mobbln vielleicht schon komisch vorkam, daß ich mich nie mal zeige?
Dort, wo Mobbl begraben ist, sieht der Friedhof etwas bleich und kahl aus. Ich malte Mobbln ein paar Herzen und ein Gesicht mit zum Kuße geplusterten Lippen in den Schnee auf ihrem Grab, und dachte etwas solcherart: „Mehr kann man nicht tun!"
Dann fuhr ich heim, und die Abendstimmung im zarten Puderzuckerschnee mit rosa verdämmernden Wölckchen war so zauberisch, daß man einfach nicht ins Haus gehen <u>konnte</u>!

Die Tante Ruth hatte einen rustikal schwäbischen, aber nicht unherzlichen Weihnachtsgruß gesandt, und der Opa wollte ihn gleich beantworten, so daß das stets umsichtige Rehlein ihm bereits eine Weihnachtskarte hervorsuchte, – doch der Opa mit seinem stark lädierten Kurzzeitgedächtnis sagte bloß: "Ach, wem willsch du schreibö?"

Nach einer Weile, als ich dichtend im Musikzimmer saß, rief Rehlein: „Oh je! wir haben kein Brot mehr!" So erbot ich mich, zu später Stund noch zu Billa zu fahren. Ich fuhr mit Mings Auto, doch die Rückscheibe war ganz verkrustet und beschlagen, und man sah so quasi nichts. So fuhr ich auf „gut Glück".

Der Fall „Josef Schuh" scheint geklärt, denn der Vermisstenzettel ist verschwunden. Doch aus Angst vor der Wahrheit traute ich mich im Laden nicht, jemanden danach zu fragen.

Um 20:05 fuhren Ming und ich nach Wiener Neustadt, um Buz von der Bahn abzuholen. Im Auto war's arscheskalt, und ich fror erbärmlich.

Ming's Radioempfang ist leider sehr schlecht, da böse Hände die Antenne abgebrochen haben. Wie durch das mit tinnitusbedingten Quietschtönen durchsetzte Ohr eines uralten Menschen hörte man Beethovens 4. Klavierkonzert.

Eine Sache nagte an mir: Ich hatte die Omi angerufen, und die Omi war so nervös, weil sie am 3.1. aus der Haft entlassen wird. „Ich hoffe ja, daß du mir hilfst, mein Mädchen!" sagte sie. Mir wurde ganz blümerant bei diesen Worten, und die Blümeranz ließ sich nicht so leicht abschütteln, weil Omis Nervosität durch den Hörer hindurchgekrochen war, um mich in einen Schraubstock hineinzupressen.

Buz war mit dem Zug „Remulus" herbeibefördert worden. Wir begrüßten einander mit größtem Überschwang, und fuhren alsbald nach Hause.

Der Abend war auf eine mild-nette Art nett, auch wenn man sich vielleicht erst wieder aneinander gewöhnen muß. Der Opa schlief, und erst nach langer Zeit trat er an Land, und hatte gleich eine viel grämlichere und moribundere Ausstrahlung als sonst.

Buz fröstelte beim Bettgang sehr, als er sich mit der Wärmflasche ins Bett begab, welches ihm das süßeste Rehlein so nett bezogen hatte.
Liebevoll legte ich Buzen noch eine Decke drauf, weil man als Tochter den Vater nie gerne leiden sieht.

Donnerstag, 21. Dezember

Zart verzuckert. Lieblichster Sonnenschein

Ab heute befinde ich mich ja leider wieder in jenem unangenehmen Aurawogenstrom Buz/Opa bzw. Rehlein/Buz.

Als Buz in mein Zimmer trat, in welchem ich mich mit meiner Geige abmühte, ließ ich mich nicht weiter davon beirren, und spielte unverdrossen weiter.

Buz schaute mit frohem Ausdruck im Gesicht auf meine arbeitenden Finger drauf...

Doch dann war´s gleich nicht mehr so schön: Rehlein war daltonsyndrombedingt ständig abwesend, und Buz las mit einem leicht debilen Ausdruck das längst abgelaufene Programm des Musikvereins, und wirkte völlig absorbiert.

Schon beim allerersten Frühstück ging´s gleich ungemütlich her.

Buz wurde ungezogen und aufbrausend, weil Rehlein so beharrend davon sprach, daß er behauptet habe, der Vater vom Stephan Schmidt sei Bankdirektor von Beruf.

Buz wurde laut wie selten, und Rehlein wurde davon ganz „stumm", d.h. sie kämpfte sogar mit den Tränen, und man sah sie in der Küche den Orangensaft auspressen.

Ich fühlte mich so unbehaglich, weil die Stille so groß war, daß man gar nichts sagen konnte – so, wie damals, nach Utes mißratener Klavierprüfung.

Einmal versuchte Buz, Rehlein durch wilde Busseleien wieder lustig zu stimmen. Ich sprach davon, daß ich abreisen würde, und Buz retirierte sich ins Ashram um zu üben, so daß er praktisch gar nicht hätte herkommen müssen!

Rehleins Zorn schwappte bis zur Oma hinüber, die den Herrn Sohn auch nur mit Sprüchen großgezogen habe.
Mit der Zeit wurde´s dann aber doch wieder netter bei uns.

Buz und ich gingen Milch holen.
Auf dem Kalgassenbuckel trafen wir die Irene. Ich begrüßte sie ganz nett & herzlich, damit sie denken möge, Rehlein habe mir nichts erzählt, und dabei hat mir Rehlein sehr wohl erzählt, wie die Irene versucht hat, sie mit dem Holz übers Ohr zu balbieren, und wie Rehlein dem unguten Treiben auf die Schliche gekommen war.
Wir plauderten kurz aber sehr herzlich darüber, daß die Kinder flügge werden und das Haus verlassen, und daß der Roman in ein Internat mit 500 Buben und nur fünf Maderln ginge.
Beim Milchzapfen in der Milchkammer wurde ein leichter Alptraum von mir wahr, denn an einer Stelle leckte die Milch. Buzen gelang´s, den Schaden durch ein paar Drehungen zu beheben, doch hinterher wurde ich trotzdem vom Gedanken verfolgt, die kleine Kammer könne gleich knöcheltief unter Milch stehen, und wir seien schuld!
Wieder daheim setzte Buz sich in den grünen Sorgenstuhl, und wurde dabei sehr träg´ und müd´.
Ich gab ihm das Buch von Elfriede Jelinek von der Klavierspielerin, auf daß er sich beim Vertiefen in die

Lektüre geistig entfallen möge, und Buz las ohne erkennbare Regungen darin herum.
Der Opa hält sich sehr im Hintergrund. D.h. er der sonst immer so nett und orangutanartig bei uns sitzt, verläßt seine Kammer kaum noch, weil er sich nicht über Buzen ärgern will, und außerdem vom Gefühl geleitet wird, Rehlein möchte ihren Mann, den Taugenichts, vielleicht ein wenig für sich haben? Einmal schlürfte der Opa ins Häusl und sagte fast hastig:
„I geh nur schnell auf´s Klo, und leg mi sofffort wieder hin!"
„Ja dann schnell!" rief ich aus, „damit´s nicht wieder in d´ Hos´ geht!" Und der Opa schmunzelte, da er Ausrüfe dieser Art als vergnüglich empfindet.

Dann brachte uns Buz die wirklich mehr als kärgliche Post, die sich für uns angesammelt hat:
Karin van H. wünscht Rehlein „melodische Weihnachten" was immer man darunter verstehen soll....
Bzgl. einer Eheberatung, die man aufsuchen könnte, hatte Rehlein am Morgen gesagt, daß sie jetzt nicht mehr daran interessiert sei.
So schlug ich vor, daß *ich* stattdessen mit Buzen zur Eheberatung gehen könne, und assoziierte von diesem Gedanken aus gleich weiter, wie Rehlein beim Yossi bei Krisensitzungen über das Sextett immer als meine Anwältin geredet hat. Damals wie heute war ich dem süßesten Rehlein sooo dankbar

dafür, und fand´s so lachhaft, wie der Yossi gesagt hat, ich solle für mich reden. Theoretisch hätte ich sagen können: "Ich schließe mich den Worten meiner Anwältin an."

Buz war ein wenig ungeduldig, weil Rehlein einfach nicht loskam, so wie einst der junge Opa, und immer wenn man zum Haus hinblickte, ob Rehlein vielleicht kommt, kam Rehlein nicht, weil sich etwas anderes dazwischengeschoben hatte. Das umsichtige Rehlein hatte doch noch an Äpfelchen für die Pferde gedacht!

Wir liefen quer am Poppingerschen Anwesen vorbei, und ich fühlte mich meiner geliebten Mama so nahe, weil Rehlein mir ein griechisches Kinderlied beibrachte.
Ich lernte mit Feuereifer, und freute mich, daß mein Gedächtnis noch „ganz gut" war. Buz lief immer vor uns her, so als hätte man eigentlich nicht mehr viel mit ihm gemein.
Doch dann kamen wir uns auf der Mitte des Spaziergangs doch wieder nah: Rehlein zeigte uns ihre Stammwurzel, über welche sie immer wieder von neuem stolpert, und wir liefen bis zum düstren Waldesschlund hinter den Feldern.
Als wir wieder zuhause waren, war wiederum Ming noch immer nicht von der Schule zurückgekehrt, und beim Blick aus dem Fenster in die zarte

Weihnachtsbeleuchtung im zartverschneiten Garten mußte ich demgemäß wieder an den verschwundenen Josef Schuh denken.

Buzen ging´s nicht gut: Ihn fröstelte, er fühlte Rheuma in den Beinen und war lahm und stimmungsarm wie ein alter Mann.

Drum saß Buz ganz nah am Kachelofen im Schaukelstuhl. Rehlein las uns eine Geschichte von Bernhard Schlink vor („kurz nach seiner Pensionierung starb seine Frau") (so der erste Satz.) „Die Andere" (so der Titel). Beim Lesen hielt Rehlein ihre entenwatscherlartigen Füße auf einem anderen Stuhl aufeinandergetürmt, und in einem Socken war ein riesenhaftes Loch zu sehen. Buz schlummerte zuweilen, und manchmal dachte man, er sei gestorben, und dieser Gedanke tat nicht einmal weh.

Ich überlegte herum, wo man Buzen wohl bestatten würde, wenn sich jetzt nach dieser Lesung tatsächlich herausstellen sollte, daß er gestorben ist?

Bei Mobbln in Lanzenkirchen?

Man weiß ja, was eine Überführung kostet, doch ob´s dem Opa wohl recht wäre? Mir selber ging´s auch nicht gut: Halsweh, Schnupfen...

Danach malte ich einen Fahndungszettel für Buzen, den man bei „Billa" aufhängen könnte, und klebte ihn an jene Tür neben dem Telefon.

Abends telefonierte ich mit meiner Tante Gabi.

Die Gabi klang wie ein Kind, war aber recht nett.
Gabis Mutti (63) wurde am Hirn operiert, und sieht nun auf einem Auge alles doppelt!
Beim Abendessen saß der Opa bei uns, und war ganz süß.
Wir sprachen über Rinderwahn, und Ming war sehr besorgt, und hätte am liebsten Klarheit, ob man nun damit rechnen müsse oder nicht?
Leider mußte ich am Abend so unerträglich oft nießen.

Freitag, 22. Dezember

Zart verschneit – licht. Abends Sonnenschein

Am Morgen war der Opa ganz süß, so daß man seinen Exitus nicht mehr herbeisehnte, und ich es gar als angenehm empfand, ihm einen Kaffee aufbrühen zu dürfen. Der Opa schaute auf jenes Bild von Sabrina Setlur, der Neuen an der Seite von Boris Becker, das die „ganze Woche" ziert, und richtete sich in seinem Kopf noch ein kleines, neues Moribundendoc ein, indem er oftmals frug: "Was macht die Sabrina?" und darauf hinwies, daß die Mobbl früher ein bißchen so ausgesehen habe.
Meine Gesundheit war etwas besser geworden als gestern abend, wo ich ja leider so viel genießt habe, daß man hätte toll werden können – aber noch nicht ganz wieder hergestellt.

Ich stemmte mich innerlich mit aller Macht gegen das Leiden, da ich nicht zu jenen Leuten zähle, die glauben, daß man mehr geliebt würde, wenn man krank und leidend ist. Im Gegenteil: Ich weiß, daß es nichts Schlimmeres für die Verwandtschaft gibt, als einen Leidenden in der Familie.

Heute waren´s Buz und Ming, die einfach nicht aufstanden.

Buz lag in seinem Bett im Souterrain. Das Gesicht eingefallen, und die Haare etwas wirr vom Kopfe abstehend.

Vielleicht eine Spur zu burschikos plauderte ich auf den Leidenden ein.

„Muß man mit deinem Exitus rechnen??" frug ich neugierig wie ein kleines Töchterlein.

„Ich fürchte ja!" sagte Buz.

Rehlein hatte extra für Buzen Orangen ausgequetscht, und dennoch fühlte ich mich stellvertretend für Buzen ein wenig „zur Gegenpartei zählend".

Ich plauderte unten im Keller und oben in der Küche je ein wenig darüber, daß Buz – stürbe er hier und heut´- zu Mobbln in die Familiengruft käme.

Buz wollte das aber aus reinem Klassenzimmersyndrom nicht, denn wie stünde er in diesem Falle vor seinen Spezis, den Schülern und Kollegen da?? Zur Schwimu!!!

Zu Rehlein in der Küche sagte ich: „Jetzt wird für die Mobbl doch noch ein Traum wahr..."

Ming, ganz oben, lag auch noch im Bette, und ihn hatte es noch ärger erwischt: Mittelohrentzündung und große Schmerzen...Ich babbelte gleich los, daß es eigentlich – von wenigen Ausnahmen abgesehen, wie wenn´s vielleicht „die große Liebe", die Eltern, Geschwister oder Kinder erwischt hat – aufregend, und im positiven Sinne höchst bewegend sei, eine Beerdigung zu organisieren.

Weniger schön wäre es jedoch, wenn man jetzt die Beerdigung für den Opa, die Omi oder auch Buz organisieren müßte.

„Mein Mann hat ausgehaucht... so kurz vor Weihnachten hat der Schnitter meinen geliebten Mann viel zu früh aus dem blühenden Leben hinweggeerntet, wie eine reife Frucht wurde er aus unserem Alltag gepflückt"...könnte Rehlein sich in dichterischen Gleichungen verlieren, wenn unser lieber Papa heute morgen tatsächlich erkaltet im Bett gelegen wäre? Ich philosophierte Ming an, daß man eigentlich viel mehr um jene Leute trauert, die einen verwöhnt, und das Bändel zum allgemeinen Wohlergehen wirklich in die Hand genommen haben, als um jene, die man so mitgeschleift hat?

Rehlein bestand darauf, daß Ming den Dr. Bogad anrufe, und zwischen Wohnzimmer und Flur gischtete es kurz ungemütlich zwischen Mutter & Sohn auf. „Sag, daß wir kein Auto haben..."

„Ich hasse diese Lügereien.."

(In diesem Stile.)

Zunächst fuhr ich mit Rehlein nach Erlach. Noch im Garten machte Rehlein ein Riesengeschrei drum, daß ich die Räder falsch eingeschlagen hätte, und ich wurde wild und böse unter der Wucht ihres Gezeters.

Im Auto aber liebte ich Rehlein wieder geradezu unglaublich, und fuhr auf eine Weise, als säße ich gemütlich am Kachelofen, und das Auto führe von allein, so sehr genoss ich Rehleins Aura neben mir.

Einen Rieseneinkauf tätigten wir beim Zwillingsbilla in Erlach.

Man meint, man sei in Lanzenkirchen, und der einz'ge Unterschied besteht darin, daß man keine Bekannten mehr trifft, und in den Kassenboxen Fremde sitzen.

An der gleichen Stelle wie im Zwillingsbilla Lanzenkirchen stand die schöne Udo Jürgens Kassette, auf die ich so spitz bin, und wie eine Siebenjährige beplapperte ich Rehlein damit, daß der Weihnachtsmann auch hier eine Kassette für mich bereitgestellt habe.

Dann amüsierte ich mich über die ernsten niederösterreichischen Fräuleins, die alle eine milkafarbene Weihnachtszipfelmütze auf dem Haupte trugen. Gesäumt mit Lichtern, die sich beständig an- und ausschalteten.

Wir liefen durch Wiener Neustadt, und an einer Stelle ließ ein fröstelnder Herr eine geigende Marionette herumhampeln. Doch das Gezappel, mit dem er die Aufmerksamkeit der eingemurmelten Vorbeihastenden zu erhaschen trachtete, wollte nicht so recht zur Musik passen. Die Marionette bewegte sich seltsam, und versank beständig in die Knie, so als habe der Marionettenbesitzer die Gestik eines Geigenden bei Gidon Kremer abgeschaut?
Im Bioladen war´s ganz voll, und die Ente, die der süße Ming schon so lange bestellt hatte, war einfach nicht geliefert worden!

Dann mußten wir auch noch mit ansehen, wie einem etwas stumpfsinnig auf der Klampfe vor sich hinzupfenden Mexikaner durch einen gefühlsrohen Polizisten Einhalt geboten wurde.
Wieder daheim:
Es klingelte das Telefon. Ming war´s, der oben im Ashram zu vereinsamen drohte. Ming sehnte sich nach familiärer Wärme und vielleicht einem warmen Süppchen.
Und so kochte ich Ming ein chinesisches Süppchen. Die Medikamente, die wir aus Wiener Neustadt mitgebracht hatten, hat Ming wegen der langen Liste an Nebenwirkungen nicht nehmen mögen – bis hin zu Blut im Urin! Nein Danke! – ohne Ming!

Abends wurde Buz etwas plauderfreudiger, indem er Rehlein und mir seine Abenteuer aus Korea erzählte. Währenddessen schlurfte auch bald der Opa herbei, und ständig kam Buzens fesselnden Erzählungen etwas dazwischen.
Der Opa war allerdings so rührend und goldig:
Als Buz sich über sein Chinesisch lustig machte und sagte, das würde kein Chinese verstehen, meinte der Opa:
"Ich bin mit meinem Chinesisch durch ganz Taiwan gereist, und hab überall Lacherfolge bekommen!"

Samstag, 23. Dezember

Sonnig – zart-eingezuckert

Schon am Vormittag stellte Rehlein uns einen Teller mit Gutsles hin, und erzählte Buz´n auf rührende Weise, daß sie ihm eine Weihnachtsfigur aus Ton gemacht habe. Die hat sie der Frau Vitzthum zum brennen mitgegeben, doch leider sei die Figur dort in der Brennstelle verloren gegangen, so daß Rehlein sie erst im Jänner wieder zurückbekommt.
Eine ähnlich unglaubliche Geschichte, wie gestern mit der Ente, die Ming doch extra bestellt hatte!
Dann frug ich Rehlein noch aus, wie das früher wohl war, als ich so klein wie Heidis kleine Anna war, und von Rehlein durch die Supermarktsgänge geschoben

wurde? Ob damals die Leute über mich wohl auch Dinge sagten wie: "Wie ist denn die Kleine?"
„Ach, die sieht aus wie ihr Vadder. Keine Schönheit!"
Später in der Küche sagte ich fast sehnsuchtsvoll zu Rehlein: „Wenn du dich mit einem andern Herrn gepaart hättest: Z.B. einem sportlichen, unternehmungsfreudigen, der weiß wie man zu Geld kommt – dann wäre ich doch wohl ein ganz anderer Mensch geworden?"

Auf einem kleinen Spaziergang besuchten wir zunächst Hartls Pferde.
Ich staubte einem Pferd mit Gefühlen aus Rührung und Zärtlichkeit etwas Schnee von der Nase.
Rehlein erzählte plastisch, wie´s früher in der Vorweihnachtszeit bei ihnen zugegangen sei:
Den Kindern war das Weihnachtszimmer strikt verboten, und doch erhaschte Rehlein einmal einen Blick hinein, und konnte die Herrlichkeiten die sich dem Auge boten kaum fassen....
Rehleins lang verstorbener Bruder Hagi hatte die Gewohnheit, in den Ferien morgens früh zu verschwinden. Niemand wußte, wo er hin entschwand, und abends kehrte er dann immer steifgefroren zurück, weil seine dünnen Kleider Eis gezogen hatten.
Wir kamen an eine Stelle, wo die Baumstämme mattrot von der Abendsonne beleuchtet wurden, so

daß man sich vornehmen mußte, ein spezielles Erinnerungsdoc dafür in seinem Gehirn einzurichten, so überirdisch schön war´s!

Auf dem restlichen Heimweg wurde ich von den Erwachsenen eingeholt, und lief somit ganz einsam weiter, und als ich wieder daheim war, sah ich den kranken Ming am Fenster leuchten.

Ich wunk ihm so lang auf eine etwas kasperlnde Art zu, bis mir die Mütze vom Winkschwung vom Kopfe fiel. Im Hause sollte ich mich drum kümmern, daß der Opa einen kleinen Kaffee bekommt.

Im Dunklen setzte ich mich mit dem dampfenden köstlichen Getränk an Opas Bett. Doch der Opa schlief — später wachte er dann allerdings doch auf. Bloß war´s jetzt ich, die dauernd nießte.

„Opa, geh ich dir schon auf die Nerven?" frug ich entwaffnend nett. „Hää?"Der Opa erkundigte sich mitfühlend nach Buz & Ming, die beide krank waren.

Oben las uns Rehlein an Mings Krankenbett eine Novelle von Bernhard Schlink vor: Über den „Thomas" (einen Herrn mit drei Frauen) und der fröstelnde Buz saß in eine Decke gehüllt im Türrahmen, und es schaute aus, als sei er alt geworden und säße im Rollstuhl.

Hi- und da sah man ihn mit den Händen leise Fingeraufklappungsübungen machen, und einmal barg er seinen Kopf – nach Art von Uwe Barschel nach dem Meineid - in Händen.

Abends hatte Buz sich wieder berappelt und versuchte die Zeit bis zu seiner Genesung mit Geigenüben zu überbrücken. Jedoch übte Buz so stumpfsinnig, daß ihm Rehlein eine kleine Standpauke halten mußte.

Obwohl auch meine Gesundheit abgegriffen war, lief ich durch eine Kälte, die sich so anfühlte, als wolle sie nicht nur alles im Umkreis, sondern auch die Zeit drumherum einfrieren, unter dem Sternenhimmel hindurch zu Vitzthums.
Mutti Vitzthum öffnete die Tür, und wohlige Wärme, auch menschlicher Natur, umarmte und umfasste mich. Zur Begrüßung sprach ich darüber, daß ich peinlich drum bestrebt sei, niemanden anzustecken.
Dann galt´s den Gesundheitsstand meiner Lieben zu erörtern: Ming habe eine Mittelohrentzündung, und mein Papa sei einfach altersschwach und habe hinzu von seiner alten Mutter die Neigung zur Fröstelei geerbt, berichtete ich in dürren Worten.
Es gab Weißwein und gebrannte Mandeln, und wie schon so oft, fühlte ich mich bei Vitzthums glücklich.

Die Streitereien mit ihrer Tochter Miriam, so erfuhr ich, seien immer dieselben, und Frau Vitzthum hatte gar keine Lust mehr, darüber zu reden.

Und so erzählte ich etwas ganz Anderes: Ich erzählte von Ute M., einer Dame, die das Glück gepachtet zu haben scheint. Zunächst bezog sie nach ihrem erfolgreich abgeschlossenen Gitarrenstudium eine außerordentlich hübsche Wohnung in Winnenden.

Durch ihr Schlafzimmerfenster blickte man auf eine ganz bezaubernd anzusehende Bäckerei in einem Fachwerkhaus, vor der eine Tafel mit der Aufschrift: „Täglich frischer Apfelstrudel mit Sahne!" stand.

Der Beruf machte Freude, die Kollegen waren sympathisch, und nur noch Eines fehlte zu ihrem Glücke: Eine eigene Familie, und so inserierte sie in der Zeitung: „Welcher Märchenprinz katapultiert mich auf Wolke Sieben?"...

Nach Sichtung der eingegangen Post verabredete sie sich an drei aufeinanderfolgenden Abenden mit drei Kandidaten, und war schon vom Ersten so entzückt und begeistert, daß sie die beiden anderen Kandidaten eigentlich nur noch zum Spaß und aus Höflichkeit treffen wollte, da sie bis zum nächsten Abend der festen Meinung war, ihren Traumprinzen bereits gefunden zu haben: *Einen Konditor, der gelobt hatte, sie bis an ihr Lebensende mit feinsten kulinarischen Kreationen und Compositionen zu verwöhnen!* „Den oder keinen!" habe sie gedacht. Doch das Treffen mit

Kandidat Nummero zwei überstrahlte alles was sie jemals erlebt hatte: Ein Blitzschlag der Liebe!
Ein Goldschmied der gelobte, sie mit edelsten Schmuckstücken zu behängen!
Und noch ein drittes Mal schlug die Liebe mit voller Wucht zu: Diesmal für immer! Martin, 36 Jahre...wenn er ins Zimmer tritt, so geht die Sonne auf. *Zwar nur Versicherungsvertreter von Beruf, doch was soll's?* Und dieser wundervolle Kandidat führte die vor Glückseligkeit schier überquellende junge Braut am 5. August dieses Jahres zum Altar, und noch immer schwebe man auf Wolke Sieben!
Ferner breitete ich jene Anekdote aus, wie ich nach Onkel Hartmuts Silberhochzeit vor drei Jahren im Hotel Möwenpick das Zimmer mit meiner Tante Uta teilen mußte. Doch die Uta schnarchte so laut, daß an Schlaf nicht zu denken war.
In meiner Not verließ ich das Zimmer, um jenes meiner Eltern zu suchen, die ebenfalls dort nächtigten, und bei denen ich Unterschlupf zu finden hoffte. Man trat aus dem Zimmer, schaute links und rechts in kilometerlange Hotelflure, und die Türen schauten alle gleich aus. Ich wußte jedoch um Rehleins überfeines Gehör, und die Antennen zu ihrer Brut, und so kratze ich kaum hörbar kurz an jeder einzelnen Tür. Und tatsächlich: Es öffnete sich eine Tür, und Rehlein schaute sich fragend um. Da huschte ich geschwind ins Zimmer und nächtigte bei meinen Eltern!

Dann erfuhr ich, daß Frau Vitzthums 98-jährige Omi noch lebt, während ihre Mutti im Sommer leider gestorben ist.

Sonntag, 24. Dezember

Pulvrig verschneit – zart-sonnig

Ich stand auf, und freute mich an Opa und Rehlein, mit denen im Terzett nun gefrühstückt wurde.
Wieder erzählte ich ganz viel von der Irma, weil Rehlein mich so in Schwung versetzte: Ich erzählte, wie Irmas Tochter Silvia plötzlich so anhänglich geworden war, daß sie am liebsten unter Irmas Pullover kriechen wollte, um nicht mehr drüber nachdenken zu müssen, daß sie einen Rundumversager geheiratet hat.
Rehlein frug interessiert, wo die Silvia ihren Anselm wohl kennengelernt habe?
Doch das weiß niemand.
Er war einfach plötzlich da, so wie man ja auch nicht weiß, wo Ming seine Mittelohrentzündung her habe. Rehlein lachte darüber, und erzählte es dem Opa, der sich schon wieder ins Bett retiriert hatte, und der Opa lachte auch.

Beim Weiterfrühstücken saß dann der süße Buz bei uns, und ich machte mir auf gutmütiger Ebene Luft darüber, daß Buz vorhin einfach so an mir vorbeigelaufen war, ohne mich zu begrüßen (auf „Art des Hauses" – nämlich nach Art vom Wolfram D. in der Auricher Musikschule). Buz sah es ein, daß dies unmöglich ist und busselte zu Wiedergutmachungszwecken nett auf mich ein.

Rehlein besuchte sämtliche Nachbarn, um gute Wünsche und selbstgebackene Gutsles zu überbringen, und kam ganz beschwingt zurück, weil die Türken so bezaubernd zu ihr gewesen seien. Auch die neue bosnische Frau des frischverwitweten Türken, von welcher man am Anfang ja alles andere als begeistert gewesen war.
Und bei Vitzthums hatte Rehlein gar ein kleines Likörchen kredenzt bekommen.

Ich schrieb der Margarethe: „Sicherlich wartest du schon verärgert auf das Briefabbo??" und: „Wahrscheinlich hast du schon gedacht, ich hätte gedacht: „daß sich die Leute auf Karnickelart immer so vermehren müssen??! Jetzt, wo der kleine Leopold aus dem Gröbsten heraus ist, und man den dünngedröselten Faden des Quartettspiels wieder aufnehmen könnte? Doch sei versichert, daß ich so noch nicht gedacht habe. – Außer natürlich grad eben beim Schreiben, denn sonst hätt´ ich´s ja so wohl kaum niederschreiben können! Allerdings dachte ich´s mehr nach Art einer Sekretärin, die ohne zu hinterfragen das niedertippt, was der Chef so diktiert."

Ming saß in Form seiner eigenen Silhouette hinter dem Fenster, und wartete in der Gefangenschaft seiner Krankheit darauf, daß vielleicht jemand des Weges käme, den man – durch den Fensterrahmen quadratisch umrahmt - freudig bewinken könne.
Dann war Ming aber doch wieder unten bei uns.
Ming trug eine dicke Pelzhaube, unter welcher ihn der Opa gar nicht erkannte! D.h., der Opa dachte vielleicht, es sei ein ganz verschneiter Weihnachtsmann?

Wir riefen in Grebenstein an, und es hieß, das Wetter dort sei so abscheulich, daß die Omi nun eine Gefangene in ihrer eigenen Wohnung sei, und man sie nicht mehr auf den Krähenberg zurückfahren könne.
Die Oma war ganz nervös, und hernach malte ich mir aus, wie sich die Luft in ihrer Wohnung mit lauter Nervositätsmolekülen vollgesogen hat – und das, wo doch der Onkel Eberhard der Oma ein unvergleichliches Weihnachtsfest bereiten wollte.
Eberhard seit etwa 20 Jahren: "Ich hoffe, Ihr seid Euch dessen bewußt, daß es für Mutter wohl das letzte Christfest sein wird?"

Nun war er gemeinsam mit seinem Adoptivsohn Oliver herbeigereist, und es hieß, der Eberhard sei sehr nervös.

Leider weinte ich sehr stark, und konnte es nicht verbergen, weil der Opa nicht mit uns mitfeiern wollte, da er´s vielleicht emotional nicht verkraftet?
Das erste Weihnachtsfest ohne die Mobbl! D.h. eigentlich ist es das zweite, doch das hatte der Opa vergessen.
Und so blieb der alte Mann im Bett liegen.
Später saß er dann allerdings am Tisch, löffelte sein Gnadensüppchen, und der Zeiger der Wanduhr hobelte geräuschvoll die Sekunden ab. D.h. nein!
Der Opa war´s, der geräuschvoll sein Gnadensüppchen aß.
Buz bekam ein Elektro-Notizbuch von mir geschenkt, und Ming „die Sommerromanze". Er hielt das Geschenk für ein der Gesundheit dienliches Keilkissen, weil ich die niedergetippte Geschichte in einem geschmackvollen gelben Ordner abgeheftet hatte.
Und Rehlein bekam einen großen Bildband mit impressionistischen Bildern.

Montag, 25. Dezember

Bleich und frisch. Verzuckert

Frühstück:
Der Opa saß bei uns, war jedoch so müd, daß er nicht einmal die Weihnachtsgeschenke auspackte, die Ming und ich ihm nach alter Sitte so nett eingepackt hatten.
Einen Bildband über das Universum.

An der Pferdekoppel erzählte mir Rehlein, daß die Uroma seinerzeit notgetauft werden mußte, weil sie so klein und schwach war. Ich konnte es kaum fassen an welch seidenzartem Fädchen unsere Existenz somit im Nachhinein hing.
Zum Mittagessen hörten wir uns fasziniert jene CD mit Vadim Repin an, die Ming mir zu Weihnachten geschenkt hat.
„Er spielt Paganini wie unsereins Hänschen-Klein!" rief ich fasziniert aus.

Ich mutmaßte herum, wann die kleine Anna wohl ihre erste Orkanwatschen kassiert, denn die Heidi sagt: „Geh, Kika! Die Mutter die ohne Ohrfeigen auskommt, die möchte ich einmal kennenlernen!"

Daheim rief mich der Onkel Eberhard an: „Hast du am 9. schon etwas vor?" frug er mit Grabesstimme.

„Da bin ich in Baden-Würtemberg!"
„Vergiss es!" sagte der Onkel ebenfalls mit Grabesstimme.
Eigentlich war es wirklich kein unfreundliches Telefonat, und doch mußte ich ständig beschämt darüber nachsinnieren.
Zu Buzen im Schaukelstuhl sagte ich: „Ich bin den ganzen Tag gedanklich damit beschäftigt, wem ich wohl Unrecht getan habe?"

Dienstag, 26. Dezember

Verhangen – weiß

Aus einer gemütlichen Kaffee- und Lesestunde am Morgen ist leider nichts geworden, da der Opa wach wurde.
Ganz am Anfang war ich nicht so gut auf den Opa zu sprechen, weil er Mings Geschenk (köstliche Lebkuchen) so häßlich aufgerupft hatte.
„Opa, ich bitte Dich! Ein so liebevoll verpacktes Geschenk…" hatte ich mir schon strafende Worte für ihn zurechtgelegt, war dann aber doch froh, selbige nicht angebracht zu haben, da der Opa nämlich von meinem Geschenk „Reise durch das Sonnensystem" so gerührt war. Der Opa sagte: „Schau: Mein schönes Buch!" und schrieb hinein: „Franziska König für den Opa Weihnachten 2000".

Zum Frühstück ging´s von Seiten Mings schon wieder ein wenig laut zwischen Vater & Sohn her, da Ming neuerdings so eine laute, empörte Art drauf hat.
Zunächst schilderte er Buzen plastisch, wie klug der Isaak Stern unterrichtet habe, und Buz machte ein paar spöttische Worte über den Pinselstrich.
Ming sagte gar, daß Buz ihn bald als Freund verlöre, wenn er immer solche Worte mache, und als Rehlein einmal Buzens Haltung parodierte, wurde auch Buz leicht ärgerlich.
Doch dann entspannte man sich allgemein wieder unter jenem Aspekt, daß Buz & Rehlein doch beide zum Imitieren und Parodieren neigen, und dabei hinzu auch noch etwas zu übertreiben pflegen.
Ming berichtete, wie Isaak Stern so gerührt war, als ihm das Kölner Publikum einen so tiefempfundenen Applaus darbot, daß er auf der Bühne weinen mußte. Ihm wurde klar, was er wegen einem dummen Schwur all die Jahre verpasst hatte, und schließlich meinte er, daß sich ein so wunderbares Publikum wie in Deutschland nirgendwo sonst auf der Welt fände.
Doch nun ist´s zu spät, denn Ming wußte zu berichten, daß er inzwischen altersbedingt einfach grauenvoll spielen würde.

Besuch von den Pollaks.
Rehlein mag Frau Pollak so sehr, daß sich in ihr regelrechte Freundschaftsmoleküle oder auch

Freundschaftsandocnoppen gebildet haben. Kennt man ein solches Wort? Auch der Opa, in einem blauen Morgenrock steckend, begrüßte die Gäste herzlich, und ich hielt ein Gemälde Rehleins, auf dem die Mobbi aufs Künstlerischste verewigt ist, neben ihn und erklärte, daß man ein Ehepaar nur in seiner Gesamtheit begreifen könne.

Die Pollaks erzählten von ihrer 95-jährigen Nachbarin, die kindisch geworden sei. Sie glaubt immer, man habe sie in boshafter Absicht ins Altenheim verschleppt, und dabei befindet sie sich doch daheim in der Taborgasse.

Einmal auf die Moribundenschiene geraten, erzählte Rehlein eine wirklich packende Geschichte über eine 91-jährige Dame im Zugabteil, die nachts, als alle schlafen wollten, so geraschelt hat.

„Wo ist mein Käsebrot?" murmelte sie beständig vor sich hin, und Rehlein bemerkte erst später, daß es Rehleins Tasche war, in welcher sie herumwühlte.

Rehlein so lustig: „Sie wühlt in <u>meiner</u> Tasche nach <u>ihrem</u> Käsebrot."

Beim Gang durch den Wald, an jenem einen Baum, wo es unbegreiflicher Weise immer ganz warm wird, geriet Ming plötzlich in einen sehr frischen Plauderschwung.

„Kikalein! Mach das Abitur!" sagte Ming warm und legte einen Arm um mich.

Abends zog mich ein Telefonat mit der Omi sehr in die Tiefe, weil die Omi wieder so fordernd war. Daß ich nämlich <u>unbedingt</u> kommen solle – notfalls zahle sie mir die Zugfahrt – und dabei will doch auch der Onkel Eberhard beim Eingewöhnen zu Hause gegenwärtig sein, und die Konstellation Omi & Eberhard ist für mich die schlimmste überhaupt.
„Ach, hör mir auf mit dem Eberhard. Da wird mir schlecht!" sagte die Omi nervös.
Da fühlte ich mich eingezwickt wie in einem Schwimmreifen aus dem man sich nicht mehr befreien kann.

Später schlug Ute B. listig vor, daß sie dann nach einigen Tagen in Grebenstein anruft, und mich zu Probezwecken in den Süden hinbeordert. Doch ich hatte mich mit dem Gedanken, die Omi zu sitten, auch wieder angewärmt, und berichtete begeistert, daß sie alle Kriminalfälle der vergangenen 50 Jahre im Kopf hat, und wir Damen somit ein gemeinsames, wenn auch umstrittenes Hobby haben. (Wahre Kriminalfälle)

Mittwoch, 27. Dezember

Neblig und verschneit

Ein Jahresrückblicksbrief vom Johannes Neckermann war gekommen. Ich durfte ihn vorlesen und hatte eine solche Freude dran! Als darin über Ming berichtet wurde, der zusammen mit dem „charmanten Anton zu Knyphausen" zu Besuch gekommen war, klang dies für die Sinne eines Unkundigen direkt so, als sei Ming ein Schwuler.

An Rehleins Seite kam ich an Stellen in Wiener Neustadt, die ich noch nie, oder aber irgendwie nur seitenverkehrt gesehen habe.
Ich erzählte vom Trafik-Mord in Wiener Neustadt über den mir die Vitzthums gestern erzählt haben, denn es heißt, daß Herr Vitzthum dem Phantombild so verteufelt ähnlich sehen würde, daß er schon überall schief angeschaut würde.
Gestern sei er auch merkwürdig still gewesen, als seine Frau von dem Fall erzählte.
Nur manchmal barschte er leicht grämlich auf, und sagte Dinge wie: „Können wir nicht vielleicht das Thema wechseln? Das interessiert die Franziska doch überhaupt nicht!"
„Oh doch. Es interessiert mich leider sehr. Viel zu sehr!"
Zur Jausenstund:

Ming las den Jahresrundbrief vom Johannes Neckermann weiter, und wir sprachen darüber, daß sich Buz doch mal beim Peter Neckermann melden solle! Buz lief davon leicht rot an und benahm sich störrisch wie ein Maultier, denn wenn man Worte dererlei Art zu hören bekommt, dann umzwickt einen augenblicklich das Gefühl, daß man diesen Brief schon gestern hätte geschrieben haben sollen!
Wir sprachen aber trotzdem ganz viel davon, und versuchten Buzen den Mund wässrig zu machen, was man doch wohl für aufschneiderische Dinge schreiben könnte? Z.B. „Ich bin in zweiter Ehe mit einer 18-jährigen verheiratet: Pam…leider sehe ich sie nur selten, weil ich karrierebedingt ständig zwischen Rio, LA, Tokyo und Sydney herumdüse."

Einmal sprach Ming zu Buz & Rehlein als Eheeinheit. Er benutzte wachrüttelnde Worte: Daß man wertvolle Lebenszeit veruntreut, indem man ständig zankt und quengelt, statt froh und dankbar zu sein, einander zu haben!
Eigentlich wollte ich es mir ein wenig abgewöhnen, die Omi ständig anzurufen, doch ich konnte es nicht sein lassen, und rief sie auch heute an.
Die Omi war viel netter als gestern, so daß es mir seelisch augenblicklich besser ging.

Donnerstag, 28. Dezember

Zunächst Regen, dann hellweiß

Am Morgen erhob ich mich froh.
Froh deshalb, weil wir heut bei den Poppingers zum Tee geladen waren, und außerdem würde zwischen 14 und 16 Uhr der neue Fernseher geliefert.
Draußen regnete es.
„Das kann ja heiter werden!" dachte ich angesichts der geplanten Grebensteinreise, denn der Assoziierende assoziiert bei Regen gleich Glatteis.
Dann übte ich, und ließ mir meinen frohen Mut durch die sich aufzwängenden Gedanken bzgl. der Reise nicht nehmen.
Mein Groll auf die Omi war verpufft und machte liebevollen und mitleidsamen Gedanken Platz.
Ich setzte mich zum Opa an den inzwischen länglichen Rundtisch, so daß es wirkt, als sei Opas Aurenrund, in dem man sonst immer sitzt, ein bißchen in die Länge gezupft worden. Auf dem Tisch lagen die vom Böhmert so rührend zusammengestellten Briefe mit handverlesenen Briefmarken:
Für Dich ♥ steht da so rührend nett.
Der Opa verblüffte Rehlein und mich mit seinem Gedächtnis, indem ihm nämlich einfiel, daß der Böhmert ein Gedicht an seinen Sohn Fedor

mitgesandt hatte, da ihm die Reimereien so besonders geglückt schienen.

„Mein lieber Sohn!
Twenty-seven bist du schon!"
zitierte der Opa frei aus dem Kopf und schüttelte sich vor Graus über so viel dichterischen Unverstand, so daß Rehlein & ich laut lachen mußten.

Zum Frühstück erzählte ich von meinem letzten Treffen mit der Luisa. Es endete damit, daß die Luisa ihrem neuen Leben in Passau entgegenradelte, und ich habe sie nie wiedergesehen....
Dann sprachen wir über Leute, die sich ganz früh erheben, um stundenlang zu frühstücken.
So z.B. der Chef vom Hohner Konservatorium in Trossingen, der sich auf Bäckerart bereits um drei Uhr morgens zu erheben pflegt, weil ihm die stillen Stunden ganz für sich allein, so kostbar sind.

Beim Fußmarsch zu Poppingers fabulierte ich Ming damit an, wie Frau Poppinger zu ihrem 37. Geburtstag einen Bösendorfer Imperial geschenkt bekommen hat, und der Poppi schrieb einen feierlichen Gutschein dazu: „Zu diesem herrlichen Instrument gehört auch noch ein erstklassiger Klavierlehrer" – und durch einen schier unglaublichen Zufall wohnt ja ein Solcher direkt in der Nachbarschaft: Ming selber!

Doch Ming ist leider nicht ganz billig, und nach dem Kauf des so teuren Instruments herrscht erstmal Ebbe in der Kasse….

Wir wurden von Frau Poppinger sehr warm empfangen, und durch das hübsche Haus geführt, in dem es viel zu bestaunen gibt: z.B. eine Schuhputzmaschine gleich im Eingangsbereich. An der Wand hängt ein „Wunschkalender" den Frau Poppinger für ihren Liebsten zu Weihnachten gebastelt hat. Für jeden Monat hat Frau Poppinger ein Foto mit einem besonderen Wunsch hineingeklebt: z.B. „endlich mal die Pyramiden von Gizeh zu besuchen" und dergleichen.

Frau Poppinger hat eine Menge Hobbys, und hat sich auf Mings Anregung hin auch gleich „die Klavierspielerin" von Elfriede Jelinek beschafft.

Frau Poppinger erzählte uns, daß ihre Mutter sehr gerne krank wäre, aber immer gesund sei.

„Sie leidet gern und lässt sich gern bedauern!" erzählte sie in wertungsfreiem Tonfall.

Wieder daheim:

Der Opa am Kachelofen mümmelte ein Gnadensüppchen, das ihm Rehlein so liebevoll zubereitet hatte.

Wir schauten einen Film über einen 8-jährigen chinesischen Geiger, der wie ein kleiner Sumokämpfer ausschaute, sehr ruhig und besonnen von seinem Vater unterrichtet wurde, und völlig enthemmt, aber vielleicht etwas barsch Violine spielte.

Bald beginnt er ein Studium in Amerika, und so sei Englisch in der Schule besonders wichtig für ihn.

Freitag, 29. Dezember

Zartes Geschnei

Mittags kamen die Barcabas zu Besuch, und während dem allgemein freudigem Begrüßungstumult sagte ich auf humorige Weise die ganze Zeit: „Pssst! Psssst! Der Opa schläft!" Ob man auch heut in einem Jahr noch immer beständig den in die höhe gereckten Zeigefinger an die Lippen pressen muß, da dem Opa der Schlaf heilig ist?

„Die Moribunden kosten mich mein letztes bißchen Kraft!" dachte ich niedergeschlagen.

Durch die aushöhlenden Gedanken war ich ganz schwach geworden, und als ich von Rehlein zu einem Einkauf bei Billa entsandt wurde, so türmte sich mir diese simple Aufgabe bedrohlich wie die allerunbezwingbarste Hürde in den Weg, und das, auf was es Rehlein am allermeisten angekommen wäre, fand ich hinzu nicht (Soja-Geschnetzeltes), und mir wurde regelrecht schwummrig vom

sinnlosen Hingeschaue an Stellen wo es sich nicht befand.
Ich blieb so lange weg: Fast eine Stunde, und erschwerend kommt hinzu, daß man mit jeder weiteren verflossenen Minute größere Scham vor der Heimkunft haben muß.

Ich dachte über den kleinen Geiger aus Hongkong nach, und wie das wohl so wird, wenn er erst in Amerika ist? Er studiert, findet eine Menge Freunde und bleibt nach Ablauf der Studienjahre typischerweise in den USA.
Unterdessen werden seine Eltern alt. Doch sie freuen sich aus der Ferne immer über die Erfolge des Sohnes.
Der Sohn indes denkt kaum noch an seine alten Eltern…. „Anders als ich!" fügte ich gedanklich hintan, weil mir die Eltern das Liebste auf der ganzen Welt sind.

Wir saßen am Tisch, aßen Rehleins köstlichen Bohnenreis, und traurig war nur, wenn der Opa greisenhaft am Tisch vorbeiwackelte, weil die Zeit, wo er für die Mitesser am Tisch noch eine Freude war, vorbei scheint.
Nach dem Essen galt´s, die Gäste zu einem Jahresausklangsspaziergang auf die Rosalia zu locken.

„Der Papa fährt mein Auto NICHT!" sagte ich auf Art einer ekelhaften höheren Tochter mit Nachdruck, da ich Buzens Führerscheinverlust vor Rehlein zu kaschieren suchte.

Auf der Rosalia, einem Berg hinter dem Hause:
Ich war froh, daß der eine Postkartenblick den ich nicht so mag, unter einer Nebelbank verborgen war.
Wir spazierten auf einem an einen Saturnring erinnernden breiten verschneiten Weg entlang.
Mir fiel die Spur eines Ehepaares auf, und packend wär's natürlich gewesen, die Spur der Frau hätte plötzlich aufgehört, und wäre in Form einer Schleifspur weitergegangen.

Buz erzählte uns, daß der Film über den kleinen achtjährigen Geiger schon mehr als 20 Jahre alt ist – aus dem Jahre 1979!

Samstag, 30. Dezember

Leicht verschneit. Zauberischer Sonnenschein

Ich scheuchte mich mit der Vorstellung aus dem Bett, *ich sei jener halb DDR/halb-vietnamesische kleine Eiskunstläufer mit der entsetzlichen Mutter, die ihren Sohn erbarmungslos aus dem Bett scheucht - so daß ich sogar ihr vor Empörung zitterndes dreieckiges kleines Näschen beben sah.*

Heut herrschte jener Tag an dem ich ein bißchen gedacht und geplant hatte, nach Nürnberg und morgen nach Grebenstein zur Omi zu reisen.
Doch ich hatte die Entscheidung in die Hände der anderen gelegt, so daß in der Luft eine unentschlossene Nasenwühlstimmung lag: „Ja, wie wollt ihr's machen?"

Man fühlte, wie Ming die Familie mit ihren ewig gleichen Banalitäten auf den Wecker fiel, und ich schämte mich stellvertretend für alle und für mich selber auch, und fühlte mehr denn je einen Distelbusch am Po, der besagen wollte, daß „etwas geschehen müsse."
Pate bei meinen Überlegungen stand auch der Gedanke, daß man hier in Ofenbach beständig am Spülen ist, so daß man theoretisch über jeden Esser weniger froh sein muß, und den quälenden Abschiedsschmerz der mich immer so nachhaltig martert, würde ich in nächster Zeit ohnehin durchleben müssen.

Der Tag bewegte sich unermüdlich. Zuerst hätte ich's vielleicht noch nach Passau geschafft, dann bloß mehr nach Linz...und schließlich blieb ich ganz daheim.

Rehlein, das sich in der Küche doch schon so beeilt hatte, freute sich so süß, daß sie jubilierend tänzelte!

Sonntag, 31. Dezember

Ganz zauberisch wie in Kanada. Leicht verschneit

Die Milchkanne in meiner Hand klapperte, und ich dachte weltfremd philosophierend vor mich hin: z.B. wie ungeheuer befriedigend es immer ist, wenn man durch's Dorf geht, und es klebt eine Parte an der Mitteilungswand. Klebt aber, so wie heut, keine da, so fühlt es sich an, als sei der Gevatter Tod, wie in der Geschichte vom Spielhansl auf einen Baum gestiegen, und käme nicht mehr herunter.
Auf dem Heimweg begegnete mir allerdings eine lebende Parte: Die krebskranke Frau Schipflinger, die ihrem Namen zur Huld dem Tode nochmals von der Schipfe gesprungen ist.
In grellem Sonnenschein standen wir plaudernd vor dem Gasthaus. Mein Lächeln auf dem Gesicht fühlte sich die ganze Zeit so übertrieben an, und die Worte, die ich so von mir gab, klangen ebenfalls übertrieben positiv, und mir gelang es nicht, mich mit Frau Schipflinger zu befreunden, so daß ich hernach ein wenig traurig war. Das freudige Gefühl, das einen bei zwischenmenschlichen Begegnungen manchmal erfasst, blieb einfach aus.
Rehlein hatte sich etwas für ihre Lieben ausgedacht: Den Tisch festlich mit Lebkuchen, Pralinées und Sekt zu decken.

Rehlein wollte das Jahr, das für sie nicht schlecht gewesen sei, liebevoll und dankbar verabschieden.
Ich schlug vor zu wetten, ob wir den Opa heut in einem Jahr wohl noch haben? Doch niemand traute sich einen klaren Standpunkt abzugeben, und so stellte ich mir vor, wie traurig es wäre, wenn der Opa zwar schon noch da sei, doch Buz sei in der Zwischenzeit verstorben, und beim Erinnern sähen wir ihn noch genau vor uns, wie er letztes Jahr in der Sonne so dasaß. Doch dann tritt auch schon der Opa hervor, und sagt altersgrämlich: „Ich brauch 'n Ulsal!" (Eine Pille gegen Sodbrennen.)

Rehlein erzählte, wie Mobbl und Uromi früher zu Silvester ganz viele Überraschungsküchlein buken, und Rehlein freute sich jedesmal diebisch, wenn jemand in jenen mit dem Senf hineinbiss.
Dann erzählte Rehlein, wie sie den Opa im Sommer immer gewässert habe – wie eine Pflanze.

Einmal busselte Buz wild auf Rehlein ein, und Rehlein hing in etwas übertriebener Erschöpfung in seinen Armen und schlackerte mit den Augendeckeln.

Wir absolvierten einen Silvesterspaziergang.
Auf dem Heimweg lief ich sehr langsam und einmal gab's schon wieder einen ärgerlichen Zwist zwischen den Eheleuten: Buz sprach davon, daß er neue

Schuhe bräuche, und listete ironisierend auf, was Rehlein wohl gleich dazu sagen würde, so daß Rehlein stocksauer wurde und säuerliche Melodien vor sich hinsummte. Etwas, was mich immer ganz rabiat stimmt.

Abends wollte ich einen Kuchen backen, und suchte ganz lange vergebens an dem Rezeptbuch herum.
Oben sagte Ming: „Hier ist es nicht. Ich schwör´s Dir!" und dann fand ich das Buch beim Wörtchen „schwör´s" unter Mings Gutslesteller.

Ming spielte Klavier, ich buk im Wettlauf mit der Zeit, und wurde sehr nervös dabei.
Ich mußte darüber nachdenken, daß das Ende für Onkel Eberhards Exe, das böse Uschilein, hart werden könnte: Ihre Sünden setzen sich wie hartnäckige Schmeißfliegen auf ihre Seele. Das Uschilein versucht die wegzuscheuchen, doch es werden immer mehr, und am Ende liegt, oder sitzt sie, so wie die Frau Juhlke auf dem Krähenberg, in geistiger Umnachtung da und schreit: „Hilfe! Schweeeester!" doch es ist zu spät, und keiner kann ihr mehr helfen.

Personenverzeichnis:

Abel, Heidi, Schülerin Buzens (*1976)
Adam, Herr, Anwalt in Emden, begeisterter Tonmeister (*1954)
Alting, Herr, Psychiater in Aurich (Geburtsjahr unbekannt)
Andi, Onkel mütterlicherseits in Blankenfelde (*1949)
Anna J., Schülerin Buzens (*1966)
Anselm, (*1964) Schwiegersohn meiner Großtante Irma in Kiel
Anthina, Mutter der Familie Remy in Driever (Ostfriesland) (*1964)
Azing, ältester Sohn der Familie Remy (*1986)
Backa, Herr, gefürchteter ehem. Mathematiklehrer in Ostfriesland (*um 1917)
Backe, Herr, Freund der Familie (*1938)
Banckx, Henk, Impressario (?) für den „Musikalischen Sommer" auf der Holländischen Seite (Geburtsjahr unbekannt)
Barbara, Helferin bei der Omi in Grebenstein (*1966)
Barcabas, Freunde in Österreich: Peter (*1947) und Elisabeth (*1954)
Bea, Tante mütterlicherseits in Kalifornien (*1943)
Beppino, (*1969) jüngster Sohn von Buzens Schwester Uta in Rom
Böhmert, Jünger vom Opa, Weltverbesserer (Geburtsjahr unbekannt)
Breitsching, Herr, Bauersmann in Ofenbach (*1940)
Buz, unser Vater (*1938)
Christoph, (*1964) Lebensabschnitsgefährte meiner Freundin „Katharina"
Christoph-Otto, Lehrer, Cellist, Komponist und Alleskönner in Aurich (*1965)
Debbie, (*1953) Frau von unserem Onkel Dölein
Denniz, halbtürkischer Violinschüler in Aurich (*1992)
Dersch, Annemarie, alte Dame im Altenheim in Hofgeismar (*1922)
Dietrich, Herr, Klavierlehrer in Aurich (Geburtsjahr unbekannt)
Dimka, befreundeter Klarinettist (*1969)
Dirk, Mitarbeiter der „Ostfriesischen Landschaft" (*1953)
Dölein, Onkel mütterlicherseits in Florida (*1936)
Dorli, Cellistin in Wien (*1967)
Eberhard, Onkel väterlicherseits (*1947)

Edith (Gaßmann), (*1998) Töchterlein von Herrn Gaßmann in Worpswede, dem Gitarristen
Edith, Nachbarin in Grebenstein (*1942)
Ella, Omi väterlicherseits in Grebenstein (*1913)
Ensinger, schwäbisches Ehepaar in Ostfriesland (* um 1945??)
Evchen, (*1959) junge Arbeitskollegin von der Omi
Faß, Frau, lang gestorbene Nachbarin von der Omi in Grebenstein
Fekete, Frau, schwärmerische Dame in Celle (*1947)
Feli, (*1996) Töchterlein von meiner Freundin Ute
Florian, (*1986) Erstling von meinem Vetter Heiner in Bonn
Francesca, (*1972) Freundin von meinem Vetter Beppino
Franz, (*1968) emsigster Jünger Buzens, ein Taiwanese
Franziska, (*1947) Augenärztin und liebe Freundin in Baden-Baden. Schwester von unserer Freundin Veronika
Friedel, Vetter in Bonn (*1962)
Gabi, (*1961) Frau von unserem Onkel Eberhard)
Garrelts, Familie in Münkeboe (Ostfriesland) mit vier Söhnen
Gaßmanns, kleine Familie in Worpswede: Vater Joachim (*1953) Mutti Ingrid, (*1970), Töchterchen Edith (*1998)
George, (*1935) Ehemann von Mings Exe „Insa".
Gerhard, Opa, (1905-1952) Opa väterlicherseits
Gerswind, (*1964) Exe Mings
Gesine, (*1996) zweite Tochter von Mings Exe Gerswind
Greiner, Herr, (*1966) berühmter Geigenbauer
Golischewski, Frank, (*1960) Kabarettist aus Trossingen
Gottfried, (*1983) Einziger Sohn von Buzens Spezi Peter
Gust, Frank, (*1969) Frauenmörder
Hagi, (1940 – 1960) lang verstorbener, und leider unbekannt gebliebener Onkel mütterlicherseits
Hamann, (1935 – 2000) Celloprofessor in Trossingen
Han-Lin, (*1974) Schülerin Buzens, und erste Geigerin im Jade-Quartett
Hanno, (*1975) ostfriesischer Klavierschüler Buzens, der nach Österreich auswanderte
Hartmut, (*1945) Onkel väterlicherseits
Heidi, (*1964) liebe Freundin aus der Schulzeit in Ofenbach
Heidi, (*1961) jüngste Tochter von meiner Großtante Irma
Heiko, (*1961) enger Freund der Familie
Heinemeyers, Familie mit vier Söhnen in Aurich
Hisako, (*1967) schicksalsgeprüfte Halbjapanerin in Frankfurt

Hubert, (*1961) Ehemann von meiner Freundin Ute in Rottweil
Hügler, Herr, (*um 1927) ehem. Dirigent der Musikhochschule in Trossingen
Huschenbeth, Frau, (*um 1942) verruchte Blockflötenlehrerin in Trossingen
Ina, (*1982) hübsches junges Mädchen aus der Graf-Enno Straße in Aurich
Irene, (*1944) entfernte Kusine Rehleins in Ofenbach – man hat gemeinsame Urgroßeltern
Irma, (*1937) Witwe von Rehleins Lieblingsonkel Otto in Kiel
Jean-Jacques, französischer Konzertorganisator (Geburtsjahr unbekannt)
Jennylein, (*1975) zweite Tochter von Rehleins Schwester, Tante Bea in den USA
Jim, (*1961) Freund von unserer Kusine Linda
Kamp, Frau, (*1927) liebe Frau in Aurich
Katharina, (*1959) Freundin im Schwabenland
Kebap, Professor, (*1953) Musikgeschichtsprofessor in Trossingen
Kehrwald, Frau, (*1947) Professorin für alte Musik in Basel
Kionczyk, Frau, (*1919) Mutter von meiner Freundin Edith in Grebenstein
Kirchers, drei Kärnter Burschen, die ein Streichtrio bilden (Violine, Viola, Cello). Der Geiger „Fritz" ist der Ehemann von Mings Exe „Gerswind. (*1967, 1970, 1972)
Kohlhausers, Damen in drei Generationen aus Wiener Neustadt
Leonskaja, Elisabeth, (*1945) georgische Pianistin
Linda, (*1973) älteste Tochter von unserer Tante Bea
Lisel, (*1932) Ehefrau von Rehleins jüngstem Bruder Andi
Luisa, (*1980) hübsches junges Fräulein in Ostfriesland
Margarethe, (*1970) Cellistin
Maike Windau, (*1982) Geigenschülerin aus Ostfriesland
Marie, Tante, (1908 – 1998) Schwester von unserer Omi Ella in Hofgeismar
Marius, (*2000) Söhnchen von meiner Freundin Katharina im Schwabenland
Martin, (*1994) Klavierschüler Buzens in Aurich
Martin, (*1959) zweiter Sohn von meiner Großtante Irma in Kiel
Martin, (*1964) aus der Zeitung destillierter Ehemann meiner Freundin Ute M.

Meyer, Frau, (*1935) Zugehfrau in Aurich
Midori, (*1971) weltberühmte japanische Violinistin
Mireille, (*1966) halbjapanische Freundin in Frankfurt
Minken, (*1999) jüngstes Töchterlein der Familie Remy in Ostfriesland
Mobbl, (1910 – 1999) Omi mütterlicherseits
Müller, Bärbel, Fitnessdame in Aurich (Geburtsjahr unbekannt)
Münch, Frau, (*1943) meine Sekretärin in Aurich
Mürdl, Herr & Frau, Ehepaar in Ostfriesland (*um 1935?)
Nebelsiek, Eheleute in Veckerhagen (*1940/1943)
Neckermann, Johannes, enger Freund der Familie (*1942)
Neeske, (*1997) Töchterlein der Familie Remy
Opa, (*1909) Opa mütterlicherseits
Opa Nowak, (*1931) Schwiegervater von meiner Freundin Ute
Otten, Familie im Hause gegenüber in Aurich
Peter, (*1947) österreichischer Komponist und Pianist
Picker, Frau, (*1932) Klavierspielerin in Linz
Petra, (*1971) Studentin Buzens
Pollak, befreundete Eheleute aus Wien (*um 1935?)
Poppinger, befreundetes Ehepaar in Ofenbach (Gerhard und Renate*1943/1959)
Priwitz, Frau, Nachbarin in Aurich (*1911)
Rasmus, (*1991) Sohn der Familie Remy
Rehlein, (*1939) unsere Mutter
Reimer, Herr, (*1941) Rektor in Trossingen
Reimich, Frau, (*1958) Reinmachefee in Grebenstein
Remy, Großfamilie in Ostfriesland
Roman, (1986) Nachbarssohn und lieber Freund Mings
Roswitha, kühle Frau in der Vergangenheit (Geburtsjahr unbekannt)
Rübel, Herr, Pastor in Ostfriesland (*1934)
Runge, Herr, Lehrer in der Doppelhaushälfte gegenüber (*um 1951?)
Ruth, Tante, Opas Schwägerin (*1926)
Schaarschuh, Herr, (*1928) entzückender Herr auf Rügen
Schinke, Herr & Frau, Meine Bratschenschülerin (*1934) und ihr Mann (*1929)
Schmidt, Benni, bekannter österreichischer Violinist (*1968)
Schipflinger, Frau, (*1948) Frau in Ofenbach
Schröders, Vermieter und Nachbarn im Mietshaus in Grebenstein. (*Um 1955?)

Schuh, Josef, verschwundener Herr aus Ofenbach
Schüt, Herr, (*1917) väterlicher Freund Buzens in Aurich
Seibl, Frau, (*1947) Klavierspielerin in Ostfriesland
Silvia, (*1960) Tochter von meiner Großtante Irma in Kiel
Stephanie, (*um 1973) Tochter der Familie gegenüber in Aurich
Stoppelenburg, Künstlerfamilie aus den Niederlanden mit zwei singenden Töchtern (Vater Komponist)
Talea, (*1987) Tochter der Familie Remy
Tjebbe, (*1993) Söhnchen der Familie Remy
Tobias, (*1971) schwäbischer Schwiegerschüler Buzens
Uschilein, das böse, (*1946) Exe vom Onkel Eberhard
Ute B., (*1966) liebe Freundin in Rottweil
Ute M., (*1963) liebe Freundin in Winnenden
Veronika, (*1945) liebe und langjährige Freundin der Familie
Viktor, Onkel, lang verstorbener Großonkel Rehleins (1879 – 1971)
Vitzthum, Georg und Cornelia, Nachbarn in Ofenbach (*1936/1947)
von der Nahmer, Frau, (*1945) Mitarbeiterin in der „Ostfriesischen Landschaft" in Aurich
Wjescha, polnische Ehefrau von Buzens Vetter Bodo in Hofgeismar (Geburtsjahr unbekannt)
Wolfhard, (1934-1935) früh verstorbener Erstling von Omi Ella
Xie, Familie, die Familie von unserem Freund, dem Sänger Xie (*1957)
Yossi, (*1947) Bratscher und Spezi Buzens
Zachow, Frau, (1904-1988) Frau auf dem Friedhof in Aurich